행복한 책읽기

정 태 성

도서출판 코스모스

머리말

　삶이란 무엇인지 나름대로 고민하며 살아왔습니다. 책은 저에게 삶에 대한 많은 이야기를 해주었습니다. 여러 가지 책을 닥치는 대로 읽다 보니 어느덧 습관이 되었고 그런 가운데 책 읽는 순간이 행복했습니다. 다른 방해 없이 활자에 빠져 하루 종일 지낼 때도 많았습니다.

　혼자 읽어 나갔지만 좋은 많은 이야기가 있어 이 자리를 빌려 다른 사람과 나누고자 합니다. 문학, 인문, 사회, 철학, 과학 등 다방면이 책을 접하며 저 나름대로의 삶을 찾아온 것을 바탕으로 책의 내용과 함께 제가 느낀 삶에 대한 이야기를 공유했으면 합니다. 책은 저자의 손을 떠나는 순간 독자의 몫이 된다고 생각합니다. 읽는 이에 따라 그 느낌과 감동 그리고 해석이 다를 수 있겠지만 제 나름대로의 다가옴을 솔직히 고백하고자 합니다. 비록 부족한 면이 많고 받아들임이 다르더라고 넓은 마음으로 이해해 주시고 간접적으로나마 책을 통한 소통이 있었으면 합니다.

　행복한 책읽기를 통하여 여러분들과 삶에 대해 생각할 수 있는 조그만 기회가 되었으면 합니다.

2021. 7
글쓴이

차례

6

스테파네트는 별이 되어

알퐁스 도데의 "별" 만큼 아름다운 소설이 또 있을까? 중고등학교 때 교과서에 있었던 글 중에서 가장 마음 깊이 자리 잡았던 글을 꼽으라면 도데의 "별"과 피천득 선생님의 "인연"이 아닐까 싶다. 그때 배웠던 두 글이 그 오랜 세월이 지난 지금에도 마음속에 남아 있는 이유는 무엇일까?

"그러나 무엇보다도 나를 기쁘게 한 것은 우리 주인집 딸 스테파네트 아가씨의 소식이었습니다. 인근에서 아가씨보다 더 예쁜 아가씨는 없었습니다. 나는 별로 관심이 없는 체하면서 아가씨가 잔칫집에 자주 초대받으며 야외에도 많이 나가는지, 여전히 새로운 남자 친구들이 아가씨를 찾아오는지 알아보았습니다. 불쌍한 산의 목동인 나에게 그런 일들이 무슨 소용이 되겠냐고 묻는 사람이 있다면 이렇게 대답할 것입니다. 나는 나이 스무 살이었고, 스테파네트는 내가 태어나서 본 여성 중 가장 아름다웠노라고."

순수한 목동의 마음속에 자리 잡은 스테파네트 아가씨는 비록 신분의 차이는 있을지언정 어쩌면 인연이었는지 모른다. 인연은 운명이 아닐까? 목동의 가슴엔 언제나 스테파네트가 있었다. 가슴 깊이 자리하게 된 이러한 인연은 무슨 일이 있어도 항상 마음속에 떠나지 않을 것이다.

"아가씨가 비탈길을 따라 사라져갔을 때, 노새 발굽에 채어 구르는 조약돌 하나하나가 나의 가슴 위에 떨어지는 것 같았습니다. 나는 돌들이 굴러가는 소리를 언제까지고 듣고 있었습니다. 그리하여 해 질 무렵까지 잠에 취한 듯 꿈에서 깰까 봐 몸도 움직이지 못했습니다."

목동의 마음은 너무나 순수했다. 가슴속에는 스테파테트 아가씨는 항상 자리 잡고 있었다. 그러기에 그 조그만 조약돌에서조차 아가씨를 생각나게 하는 것은 아닐까?

이 소설의 배경이 되는 지역은 프로방스라는 곳인데 알퐁스 도데가 어린 시절을 보냈던 곳이다. 프로방스는 프랑스 제일 남동쪽 지역으로 동쪽으로는 이탈리아를 경계로 하고 있고, 남쪽으로는 지중해와 접해 있다. 예전에 이 지역을 자동차로 가 본 적이 있는데 정말 평화롭고 풍부한 곳이라는 것을 한 눈으로 알 수 있었다. 지중해성 기후로 인해 따스한 햇살, 풍요로운 농토는 보는 사람이 마음마저 넉넉히 해주기에 충분했다.

이 지역은 산속에서는 양을 키우고 분지에서는 포도 등을 지배하는 전형적인 농축업 지역이다. 순수한 자연 속에서 지낸 사람들은 마음도 순수하고 아름다운 것인가 보다.

"그리고는 아가씨가 소르그 냇물에 흠뻑 젖은 옷과 발을 말리도록 급히 불을 피웠습니다. 우유와 양젖 치즈도 아가씨 앞에 가져다 놓았습니다. 그러나 가엽게도 아가씨는 불을 쬐려 하지도 않고, 음식을 먹으려 하지도 않았습니다. 아가씨의 눈에 굵은 눈물방울이 맺히는 것을 보자 나도 울고 싶었습니다."

인연은 운명이다. 그러기에 스테파네트 아가씨는 집으로 돌아가는 길에 비를 만났고 조그만 냇물일지라도 건널 수 없어서 목동에도 돌아왔다. 그러한 일이 없었더라면 목동의 인생에서 스테파네트 아가씨와 함께 지낼 수 있는 그러한 기회가 없었을 것이다. 스테파네트 아가씨의 눈물을 보자 목동도 울고 싶었다. 그렇게 목동의 마음은 스테파네트 아가씨의 마음과 하나가 되었다.

"바로 그 순간 아름다운 별똥별 하나가 우리 머리 위에서 소리 나는 쪽으로 떨어졌습니다. 마치 방금 들은 저 구슬픈 소리가 빛을 이끌고 가는 것만 같았습니다

"뭐죠?"

스테파네트 아가씨가 낮은 목소리로 물었습니다.

"천국으로 들어가는 영혼이랍니다."

나는 대답하며 십자가를 그었습니다.

그리고 별들의 결혼에 대하여 설명하려고 하다가, 나는 무엇인가 신선하고 보드라운 것이 어깨 위에 가볍게 얹히는 것을 느꼈습니다. 리본과 레이스, 그리고 물결치는 머리카락이 곱게 부딪히며 나에게 기대어온 것은 잠이 들어 무거워진 아가씨의 머리였습니다."

영혼마저 자유롭게 만들어 주는 사람, 그 사람이 옆에 있는데 더 이상 무엇이 필요할까? 세상 모든 것을 주어도 그것과 바꿀 수 없을 것이다. 스테파네트는 목동에게 운명이었고, 그렇게 별처럼 아름다운 존재였다.

"아가씨는 날이 밝아 하늘의 별들이 희미하게 사라질 때까지 꼼짝하지 않았습니다. 가슴이 약간 두근거렸지만, 아름다운 생각만을 보내준 청명한 밤의 신성한 보호를 받으며 나는 잠든 아가씨의 모습을 바라보았습니다. 우리 주위에는 별들이 계속해서 많은 양 떼처럼 말없이 조용히 움직여 갔습니다. 나는 몇 번이나 별들 가운데서 가장 곱고 가장 빛나는 별이 길을 잃고 내려와 내 어깨 위에서 잠들었다

고 생각해보았습니다."

목동에게는 저 밤하늘의 반짝이는 별이 스테파네트 아가씨였다. 스테파네트 아가씨는 별이 되어 목동의 가슴에 내려앉았다. 모든 것이 하나가 되는 순간이었다. 더 이상 바랄 것도, 더 이상 원하는 것도 없는 그러한 아름다운 순간이었다.

우리가 살아가는 인생에 있어 이러한 순간은 몇 번이나 가능할까? 우리가 원한다고 해서 그러한 순간이 주어지지도 않을 텐데 목동에게는 그러한 순간이 운명처럼 주어졌다. 그 아름다웠던 순간은 목동의 인생에서 잊혀지지 않았을 시간이었을 것이다. 목동과 스테파네트의 사랑은 이루어졌을까? 소설에서 그러한 더 이상의 이야기는 없지만, 이루어질 수 없었기에 더 아름다웠는지 모른다.

2

친구 크눌프

헤르만 헤세의 소설 〈크눌프〉에서 주인공인 크눌프는 방랑벽이 있었다. 그는 다른 사람들처럼 직업을 갖거나 결혼을 해서 아이를 낳아 기르는 그런 삶을 살지는 않는다. 그냥 여기저기 다니면서 친구들 집을 전전하며 생활을 하는데 어찌 보면 낙오된 삶을 살아간다. 하지만 그는 선하며 예의 바르고 밝은 성격을 가지고 있다.

그는 친구의 집에서 아무런 목적도 없이 하루하루를 보낸다. 친구와 친구 아내와도 즐거운 시간을 가진다. 이웃집 하녀와 아름다운 감정을 나누기도 하지만 좋은 추억을 남긴 채 다시 방랑의 길을 떠난다.

또한, 크눌프는 어떤 한 사람과 함께 숲과 들판을 함께 돌아다닌다. 그들은 자유롭게 이곳저곳을 다니며 많은 대화를 나누기도 하면서 새로운 경험들을 같이한다.

크눌프는 그 친구에게 다음과 같은 말을 한다.

"모든 사람은 각자 영혼을 지니고 있고, 자신의 영혼을 다른 영혼과 뒤섞을 수는 없어. 두 사람은 서로 만나기도 하고, 함께 이야기할 수도 있고 또 서로 가까이 지낼 수도 있지. 하지만 그들의 영혼은 각자 자기 자리에 뿌리를 내리고 있는 꽃과 같아서, 어떤 영혼도 다른 영혼에게로 갈 수가 없어."

크눌프는 고독 속에서 그의 삶을 이어갔다. 그리고 그 고독을 스스로 받아들였다.

크눌프는 왜 방랑의 길을 갔던 것일까? 그 이유는 주위 사람들로부터 받은 아픔 때문이었다. 믿었던 사람으로부터 배신을 당하고 상처를 입었지만, 크눌프는 여전히 밝게 살아간다. 크눌프는 그러한 아픔 속에서도 어떻게 그렇게 밝게 살아갈 수 있었을까? 그는 인생의 덧없음을 그의 경험으로부터 깨달았다.

크눌프는 인생이란 결국 혼자서 자신의 짐을 지고 가야만 하는 쓸쓸하고 고독한 것을 알았다. 하지만 걱정과 근심으로 가득한 인생에도 기쁜 날들이 있음을 그는 알고 있었다.

방랑의 끝에서 폐결핵으로 쇠약해진 크눌프는 친구 의사로부터 도시의 병원으로 가서 치료받을 것을 권유받는다. 하지만 그는 자기 병이 불치병이라는 것을 알았고, 그에게 남아 있는 시간이 얼마 되지 않는다는 것을 깨달은 후 자신의 고향으로 돌아간다. 그리고 옛날 추억의 장소와 어릴 적 친구를 만나며 그에게 주어진 마지막 시간을 보낸다. 그러던 중 친구 한 명이 크눌프에게 왜 인생을 방랑만 하며 시간을 낭비하고 크눌프에게 주어진 재능을 사용하지 않았는지에 대해 질책을 한다. 이에 크눌프는 숲 속으로 들어가 진정한 삶의 길이 무엇인지 고민을 한다. 그리고 크눌프는 신에게 자신의 존재 의의에 대해 물어본다.

그리고 신은 크눌프에게 말한다.

"나는 오직 너의 있는 모습 그대로를 필요로 했다. 너는 나의 이름으로 방랑을 했던 것이고, 정착하려는 성향을 지닌 사람들에게 늘 자유에 대한 향수를 조금씩은 일깨워주어야 했다. 너는 나의 이름으로 어리석은 일을 했던 것이고 조롱을 받기도 했다. 네 안에서 내가 조롱을 받은 것이고, 내가 사랑을 받은 것이다. 그러므로 너는 나의 자녀요, 나의 형제요, 나의 일부다. 네가 무엇을 누리든, 무엇으로 고통을 받든지, 나는 항상 너와 함께 했었다."

즉, 크눌프는 신으로부터 사람들에게 '자유에 대한 동경'을 일깨워 주기 위한 것이라는 답을 얻는다. 그리고 그는 어쩌면 젊은 나이라 할 수 있는 40대에 평화롭게 눈을 감는다.

어찌 보면 크눌프는 대부분 사람들의 삶의 기준에서 볼 때 아무런 목표 없이 방랑만 하며 시간만 낭비하는 가치 없는 삶을 살았는지 모른다.

헤세는 말한다.

"나는 크눌프와 같은 인물들이 아주 마음에 끌립니다. 그들은 유용하지는 않지만, 많은 유용한 사람들보다 해를 끼치지는 않습니다. 크눌프와 같이 재능 있고 생기 있는 사람들이 그들의 주변 세계에서 자리를 찾지 못한다면, 그 주변 세계는 크눌프와 마찬가지로 책임이 있다고 봅니다."

자유를 사랑했던 크눌프는 어쩌면 헤세 자신이었는지 모른다.

우리에게 주어진 여러 가지 삶의 길에서 어떤 길을 가야 할까? 그리고 그 길이 옳은 길일까? 그 기준은 무엇일까? 어렸을 때나 나이가 들었어도 아직 가야 할 길은 남아 있다.

크눌프처럼 자유가 있는 그 길을 가고 싶은 생각이 드는 이유는 무엇일까? 사회가 요구하는, 그리고 대부분의 사람들이 원하는 그 길이 이제는 나의 가슴에 와닿지 않는 이유는 무엇일까?

나에게 왔던 것은 어차피 나의 것이 아니었다. 그러기에 하나씩 나로부터 떠나갔고 지금 있는 것도 다 떠날 것이다. 나는 원래 방랑자에 불과했는지도 모른다.

어느새 헤세의 크눌프는 내 친구가 되어 있었다.

3.

이성적 광기

표도르 도스토예프스키는 1821년 모스크바에서 태어났다. 그가 관심을 가졌던 것 중의 하나는 가난이다. 그는 가난한 집안 출신이었고, 페테르부르크 공병학교를 졸업한 후 공병단에서 일을 시작했지만, 문학으로 직업을 선택한다. 작가가 된 순간부터 가난은 그에게 필연이었다.

도스토예프스키는 8년에 걸친 유형 생활을 했다. 그는 사회주의 성격을 띤 금요일 모임에 출입하다가 스물여덟 살 때 사형선고를 받는다. 다행스럽게 사형 집행 직전에 사형이 취소되었고, 그 후 옴스크 감옥에서 4년 그리고 시베리아의 세미파라친스크 부대에서 4년을 보낸다. 감옥에서 그는 오로지 성경만을 읽을 수밖에 없었고, 1859년 감옥에서 나왔을 때 극우 보수주의자가 되어 있었다. 이때부터 신이 그의 소설에 등장한다.

그를 평생 괴롭혔던 것이 있었는데 그것은 바로 간질병이었다. 그는 평생 동안 주기적으로 간질 발작에 시달렸다. 간질 발작이 시작되고 의식이 완전히 사라지기 직전의 순간은 어쩌면 그에게 세계의 모든 비밀을 꿰뚫을 수 있는 절대적인 황홀경의 체험이었는지 모른다.

그는 또한 도박에 대한 열정이 대단했다. 그에게 도박이란 돈보다도 자신의 운명에 대한 시험이었다. 도박의 승부가 나기 바로 직전 그는 간질 발작 직전의 순간과 비슷한 것을 겪었는지도 모른다.

그가 43세이던 1864년 그의 아내와 친형 그리고 가장 친했던 친구를 한꺼번에 잃는 아픔을 겪는다. 그리고 3년 후 안나 그리고리예브나를 만나 결혼했는데, 그녀는 도스토예프스키가 죽는 1881년까지 14년간 지극한 가난에도 불구하고 그가 창작에만 전념할 수 있도록 내조를 한다. 하지만 1878년 안나와의 사이에 태어난 7살 된 아들도 사망한다.

도스토예프스키는 이러한 개인사의 아픈 토대 위에서 소설을 썼다. 그의 소설에서 인간의 구원과 불멸이 생각나는 것은 어쩌면 그의 아픈 일생으로 인한 것인지도 모른다.

도스토예프스키의 대표작 "죄와 벌"은 대학 시절 내가 읽은 소설 중 잊지 못할 작품이었다. 이 소설에서 주인공 라스콜니코프는 명문대 법학과 학생이었으나 가난으로 인해 학업을 중단할 수밖에 없었고, 하숙비가 밀려 끼니조차 이어가기 힘들 정도였다. 또한, 그는 어머니와 여동생의 생계를 책임져야 하는 집안의 맏아들이었다. 라스콜니코프는 그리 사회적으로 도움이 되지 않는 육십 대의 전당포 할머니와 지적 능력이 떨어지는 삼십 대 여성을 살해하고 금품을 빼앗는다. 그는 하니의 악을 통해 더 큰 선을 이루려 하였지만 어쩌면 그것은 그의 자기중심적 자만감에서 오는 오만이었는지 모른다. 일종의 스스로가 잘났다고 생각하는 선민의식이었을 수도 있다. 하지만 그는 자기 자신마저 객관적으로 볼 수 없었던 몽상가에 불과했다.

결국, 스스로 자신의 죄를 뉘우치지 못한 그에게 소냐가 나타난다. 그녀로 인해 자신의 죄를 깨닫고 스스로 그가 지은 죄에 대한 벌을 자청한다.

인간의 이성은 때로 광기로 변할 수 있다. 주인공 라스콜니코프의 죄는 이러한 이성적 광기에서 비롯되었는지도 모른다. 그 광기를 치유할 수 있는 것은 순수한 영성밖에 없다. 진정한 삶은 어쩌면 우리 영혼의 아름다움에 바탕을 두고 있는 게 아닌가 싶다.

도스토예프스키는 힘들고 어려운 삶을 살아냈다. 그의 불행한 운명적인 삶은 그가 원한 게 아니었다. 하지만 그의 삶에 있어서의 아픔은 그로 하여금 인간의 본질을 볼 수 있는 영혼의 눈이 되어 주었다. 어쩌면 그는 운명에 굴복하지 않고 그의 운명을 사랑했는지도 모른다. 그렇지 않고서는 그의 삶이 소설로 이어질 수 없었을 것이다. 그의 아픔이 그를 존재할 수 있게 만들었다.

살아가며 힘든 일이 있을 때마다 나보다 더 힘들었던 사람들의 삶이 생각나는 이유는 무엇일까? 힘든 일을 극복하고 나면 다시 다른 일이 닥치고, 그 일을 해결하고 나면 또 다른 어려운 일이 몰려온다. 삶은 어쩌면 문제를 해결하는 것의 연속일지 모른다. 하지만 아무리 어렵고 힘든 일이 닥치더라도 아름다운 영혼은 잊어버리지 않고 싶다. 저 화려한 봄날의 꽃처럼 나의 영혼도 아름답기만을 바랄 뿐이다.

4

싯다르타의 길

사람마다 다르겠지만, 내 인생의 단 한 권의 책을 고르라면 고민하지 않고 헤세의 싯다르타를 선택하겠다. 책을 왜 읽어야 하는지 나는 싯다르타를 읽고서 알게 되었다. 단순히 지식의 습득이 아닌, 그리고 지혜의 수준을 넘어서는 어떤 알 수 없는 무언가의 만남, 그 만남이 나를 바꾸어주기에 이제까지 책을 읽었고, 그리고 앞으로도 책을 읽을 것이다. 헤세는 나에게 나의 인생에서 가장 소중한 책 〈싯다르타〉를 선물해 주었다.

헤르만 헤세는 1877년 독일 남부 작은 도시 칼프에서 태어났다. 그의 아버지는 개신교 선교사였고, 그의 외삼촌은 독일인으로서는 특이하게도 불교 연구의 권위자였다. 이로 인해 헤세는 어릴 때부터 기독교와 불교 양쪽의 관심을 갖게 된다. 헤세는 학자였던 외조부의 수많은 장서를 통해 어릴 적부터 세계 고전 작품을 읽었고, 이는 헤세로 하여금 개인주의자이면서도 세계시민의 밑바탕을 마련해 준 환경이었던 것 같다.

헤세는 1891년 개신교 신학교에 입학하지만, 자신의 문학적 성향과 너무 맞지 않아 6개월 정도 다니다가 그만둔다. 그 후 헤세는 부모와 심각한 갈등을 겪었고 여러 학교를 다니는 과정에서 우울증에 시달려 자살을 시도하기도 했다. 이에 그의 부모는 헤세를 정신병원에 입원시키고, 헤세는 거기서 정원을 돌보며 정신 지체 아동을 돕는 일을 한다. 이때 헤세는 신과 부모 그리고 세상으로부터 버림을 받았다고 느끼며 엄격한 종교적인 경건주의를 가식이라 생각하게 된다.

헤세는 1894년 시계 공장에서 기계공으로 견습공 생활을 하지만 단순한 노동적인 삶을 견디지 못해 그만두고, 튀빙겐으로 가 문학과 정신적 삶에 전념하고자 1895년 한 서점에서 일하게 된다. 이즈음이 바로 헤세가 작가로서 출발하는 계기가 되었다. 이곳에서 일하며 그는 여러 분야의 많은 책을 읽으며 작가로서의 자양분을 얻는다.

1901년 그는 이탈리아 여행에 나서 여러 도시를 방문하고 바젤로와 서점에서 다시 일하면서 문학 작품들을 발표하기 시작하고 첫 소설 〈페터 카멘친트〉를 출간하면서 작가로서의 본격적인 활동을 시작하게 된다.

1904년 아홉 살 연상인 마리아 베르누이와 결혼하고 이후 세 아들이 태어난다. 결혼 생활 중에도 헤세는 여행을 자주 하였고 공동체를 조직하여 바위굴에서 체류하기도 한다. 1911년 결혼 생활에서 아내와 불화가 심해지면서 인도로 여행을 나서게 된다. 이 인도 여행은 추후 그의 작품에 상당히 많은 영향을 준다.

세계 제1차 대전이 발발하자 독일군에 자원입대하는데 부적격 판정을 받고 대신 전쟁 포로 사업소에서 일하게 된다. 여기서 그는 수많은 신문과 잡지에 많은 글을 발표하며 단호한 반전주의자가 된다. 이로 인해 많은 언론적인 공격을 받게 되고, 가정적으로도 부친과 아들의 질병 그리고 결국 첫 번째 아내와 파경을 맞게 된다. 이는 그에게 신경 쇠약이라는 질병을 안겨 주었고 심리치료를 받는 과정에서 정신분석학에 접하게 되며 이것이 새로운 창조적 에너지가 된다. 이

때 발표된 작품이 바로 〈데미안〉이다. 그리고 뒤를 이어 〈싯다르타〉를 출간하여 헤세 작품 인생의 최고점을 찍는다.

1923년 그는 독일 국적을 포기하고 스위스 국적을 취득하면서 1924년 루트 뱅거와 두 번째 결혼을 한다. 하지만 이 결혼도 얼마 가지 못하고 1927년 다시 이혼하게 된다. 당시 그의 고독한 심정이 담긴 소설이 바로 〈황야의 이리〉이다. 1931년 그는 니논 돌빈을 만나 세 번째 결혼을 한다. 이때부터 쓰기 시작한 소설이 바로 휴머니즘과 고도의 예술성을 보여주었다고 평가받는 〈유리알 유희〉이다. 그리고 1946년 노벨 문학상을 받는다. 그리고 그는 1962년 백혈병으로 타계한다.

싯다르타는 처음 읽었을 때부터 그 책은 나의 마음에 들어왔고 지금도 나의 안에 있다. 나는 나이가 들수록 어쩌면 싯다르타의 길을 내가 가야 할 길이라는 생각이 든다.

"자기를 빙 둘러싼 주위의 세계가 녹아 없어져 자신으로부터 떠나가 버리고, 마치 하늘에 떠 있는 별처럼 홀로 외롭게 서 있던 이 순간으로부터, 냉기와 절망의 이 순간으로부터 벗어나, 예전보다 자아를 더욱 단단하게 응집시킨 채, 싯다르타는 불쑥 일어났다. 그는 〈이것이야말로 깨달음의 마지막 전율, 탄생의 마지막 경련이었다〉고 느꼈다. 이윽고 그는 다시 발걸음을 떼더니, 신속하고 성급하게 걷기 시작하였다. 이제 더 이상 집으로 가는 것도, 이제 더 이상 아버지에게 가는 것도, 이제 더 이상 되돌아가는 것도 아니었다."

싯다르타는 그의 내면에 모든 것의 하나이자 불멸의 존재인 아트만을 알게 된다. 그리고 싯다르타는 그가 가야 할 길을 알았다. 그 이후 그는 모든 것을 버렸다. 미련 없이 가지고 있던 것을 다 버렸다. 그는 모든 것을 비우고 내려놓았다. 이제까지 가지고 있었던 것들이 다 공이란 것을 깨달았다.

"이 순간 싯다르타는 운명과 싸우는 일을 그만두었으며, 고민하는 일도 그만두었다. 그의 얼굴 위에 깨달음의 즐거움이 꽃피었다. 어떤 의지도 이제 더 이상 결코 그것에 대립하지 않는, 완성을 알고 있는 그런 깨달음이었다. 그 깨달음은 함께 괴로워하고 함께 기뻐하는 동고동락의 마음으로 가득 찬 채, 그 도도한 강물의 흐름에 몸을 내맡긴 채, 그 단일성의 일부를 이루면서 그 사건의 강물에, 그 생명의 흐름에 동의하고 있었다."

운명도 그에게는 의미 없었다. 자신마저 버리고 자아로부터 벗어나 그가 이른 곳은 무아였다. 자기를 초월한 없음의 경지로 그는 나아갔다. 그것이 그의 길이었다. 싯다르타는 인생이라는 수레바퀴에서 나와 휘이휘이 날아올라 피안의 세계에 이르렀다. 그는 모든 것으로부터 자유를 느꼈다. 세상과 내가 하나가 된 것이다.

"아제아제 바라아제 바라사아제 모지사바하(揭諦揭諦波羅揭諦波羅僧揭諦菩提娑婆訶)"

5

현실 자체가 형벌일 수도

조정래 소설은 내가 볼 수 없었던 것을 보여준다. 읽지 않을 수가 없다. 대학교 때 형이 태백산맥을 빌려왔다. 아무 생각 없이 1권을 읽기 시작했는데 10권을 다 읽기까지 책을 손에서 놓지 않았다. 그의 소설 유형의 땅도 마음 한구석에 항상 남아 있었다.

태형이 곤장을 치는 형벌을 말한다면 유형은 먼 곳으로 유배를 보내는 형벌이다. 유형의 땅이란 유배를 보낸 곳, 즉 유배지를 의미할 것이다. 유형의 땅이란 어떤 사람에게는 운명적으로 너무 힘든 환경에서 태어나 살아가는 과정에서도 온갖 곡절을 다 겪으며 힘들게 살아가는 현실 그 자체일 수 있을 것이다.

소설에서 만석은 머슴의 아들로 태어나 비천한 신분으로 인한 한을 뼈저리게 느낀다. 주인 아들의 비인간적이고 부당한 요구에 저항하지만 돌아온 것은 그의 아버지의 초주검뿐이었다. 게다가 그들의 모든 것이라 할 수 있는 소작지마저 다 뺏기고 거리로 나앉게 된다. 만석은 이로 인해 증오와 분노에 치를 떨게 된다.

6.25로 인해 인민군이 그에게 가져다준 인민위원회 부위원장은 그가 주인 집안의 처절한 복수를 할 수 있게 되었고 그는 사람 잡는

야수로 변해간다. 하지만 여맹에 가입한 그의 아내와 인민군 대장의 불륜을 목격하고 그 두 명을 그 자리에서 살해한다. 인민군 대장을 죽인 대가는 그의 부모와 하나뿐인 아들의 죽음이었다.

모든 것을 잃고 전국을 떠도는 막노동꾼으로 30년을 지내다 만난 두 번째 아내마저 젊은 남자와 함께 그의 전 재산을 훔쳐 달아난다. 태어난 지 얼마 되지 않은 아이를 안고 아내를 찾아 전국을 헤매다가 결국 병에 들게 된다. 이제 더 이상 살아갈 수 없다는 것을 알고 마지막 남은 아들마저 고아원에 맡기고 고향으로 돌아가 죽음을 맞이한다. 그는 평생을 유형의 땅이라는 그 시대의 현실에서 벗어나지 못하고 제대로 된 인간다운 삶을 한 번도 살아보지 못한 채 이 세상을 등질 수밖에 없었다.

만석은 그의 아버지가 극도로 가난했던 운명을 이기고 만석꾼이 되라는 뜻으로 지어준 이름이었지만, 평생 그는 그 가난이라는 형벌에서 벗어날 수 없었다. 주인에게 당한 아픔에 철저히 복수하지만, 그나 주인이나 시대만 바뀌었을 뿐 인간적으로는 다른 것이 하나도 없었다. 그도 한 번쯤은 인생에서 사람답게 살아보고 싶었을 것이다. 하지만 그는 스스로 그 운명을 이길 힘이 없었다.

만석에게는 현실 그 자체가 형벌이었다. 현실이라는 그 유형의 땅에서 살아남는다는 것은 그에게는 그리 쉬운 일이 아니었다. 시대를 선택할 수도 신분을 선택할 수도 없었던 사회는 어쩌면 우리의 삶을 피폐하게 만들 수밖에 없었는지도 모른다.

내가 할 수 있는 것보다도 할 수 없는 것이 훨씬 많은 삶은 누구에게나 비슷할 것이다. 내가 원하지 않았던 삶이 나에게 수시로 다가오지만, 나의 힘으로 이겨낼 수 없는 것도 사실이다. 어쩌면 우리는 현실이라는 유형의 땅에서 항상 살고 있는지도 모른다.

만석의 아버지는 만석에게 말한다.

"시상은 참아감서 살아야 허는 것이여. 한을 험허게 풀먼 또 다른 한이 태이는 것이여. 안 되야, 안 되야, 지발 사람 상허게 말어"

현실이라는 유형의 땅에서 어떤 선택이 옳은 것인지는 아무도 모른다. 하지만 그 선택으로 인해 그의 삶이 바뀐다는 것은 분명한 사실이다.

6.

꼭 지켜야 할 것들

A. J. 크로닌의 소설 성채는 우리가 살아가면서 어떻게 주위에 따라 변해가는지를 여러 가지 경우로 보여주고 있다. 물론 시간이 지나며 더 나은 모습으로 변해가는 것은 좋지만, 문제는 더 좋지 않은 모습으로 변화되어 가는 것이다.

성채(Citadel)이란 여러 가지로 해석할 수 있을 것이다. 성은 주로 우리가 평상시 생활하는 곳보다 더 높은 곳에 견고하게 지어 놓은 요새 같은 성을 말한다. 어쩌면 우리가 있는 이곳은 현실이고 높은 곳에 있는 성채는 이상이라고 할 수도 있다. 또한, 성채는 시간이 지나도 변하지 않는 견고한 모습을 유지하고 있기에 우리의 삶에서 궁극적으로 추구하는 변하지 않기를 바라는 가장 근본적인 우리 삶의 원칙일 수도 있다. 소설에서 주인공 앤드루의 성채는 완전한 의술을 통해 많은 이들에게 혜택을 주려는 것이었다.

하지만 사람들은 자신의 성채를 가지고 있으면서도 점점 세속적으로 예전보다 좋지 않은 모습으로 변해가기도 한다. 앤드루는 시간이 지나가면서 돈에 집착하게 되고 자신이 비난했던 사회적 비리와 부패를 자기 스스로 행한다. 또한, 속물이라고 싫어했던 사람들이 했던 것을 본인도 하게 된다. 그가 가지고 있던 높은 이상을 하나씩 현실과 바꾸며 부자 환자를 찾아다니고 가난한 환자를 무시한다.

또한, 어떤 조그만 것으로 인해 자신이 변해가면서, 삶에 있어 가장 중요한 것을 잃어버린다. 평생 같이할 것만 같았던 아내와 조그마한 것에서부터 문제가 생기고, 이는 오해로 악화되고, 결국 아내인 크리스틴과 갈등은 깊어지게 되어 돌이킬 수 없는 상황에까지 이른다. 크리스틴은 변해가는 앤드루를 일깨워 주려 나름대로 최선을 다한다.

"당신이 인생에 대해 어떻게 말했는지 기억나지 않아요? 인생은 미지에 대한 도전이며, 언덕 위에 있다는 것은 알지만 보이지는 않는 어떤 성을 차지하기 위해 힘겹게 언덕을 오르는 것과 같다고 말했잖아요."

하지만 앤드루에게 시간은 충분히 인내하지 않는다. 크리스틴은 사고로 죽게 되고 다른 사건으로 인해 의사면허까지 박탈당한 위기에 처한다. 비록 그 위기를 벗어나긴 하지만 이제 크리스틴은 묘지에 묻혀 있을 뿐이다.

나에게 있어 성채는 어떤 것일까? 살아가면서 나는 그 성채를 잊어버리며 살아온 것은 아닐까? 나에겐 아직 내가 그리 꿈꾸어 왔던 이상이 남아 있기는 한 것일까? 그 성채에 도달하기 위해 나에게는 얼마의 시간이 남아 있을까?

내 자신을 돌아보지 않는 동안 나의 성채는 신기루로 변하고 있는지 모른다. 나의 주관을 잃어버리기에 나의 성채는 사라지고 있는지도 모른다. 견고해야 할 그것이 허물어져 가고 있다. 이제 지켜야 할 것이 남아 있지도 않다면 나의 시간은 무슨 의미가 있을까? 나의 성을 다시 쌓고 그 성채를 향하여 나의 눈을 밝히고 쳐져 있던 어깨를 펴고 다시 고개를 들어야 할 때다.

7.

베르테르의 슬픔을 넘어

요한 볼프강 폰 괴테는 1749년에 태어나 1832년에 사망하기까지 아홉 명의 여성과 깊은 애정 관계를 가졌다고 알려진다. 괴테는 만났던 모든 여성에 대해 헌신적이며 열정적이었고, 사랑을 할 때면 자신의 몸과 마음을 다 바쳐 열렬히 사랑하였다고 전해진다. 그를 일약 최고의 세계적 작가로 만든 작품인 〈젊은 베르테르의 슬픔〉은 그의 세 번째 연인과의 직접적인 경험을 글로 쓴 것이다.

23살이던 1722년 그는 법학 공부를 마치고 베슬러라는 도시의 법원에서 실습을 하게 되었는데 이때 만났던 여성이 바로 샤로테였다. 그녀의 나이는 당시 16세였으며 샤로테가 바로 〈젊은 베르테르의 슬픔〉에서 주인공 베르테르가 사랑했던 여주인공 로테이다. 즉, 실제 인물의 이름인 "샤로테"에서 "샤"만 뺀 것이다. 하지만 샤로테는 소설에서와 마찬가지로 이미 다른 약혼자가 있었다.

괴테는 샤로테에게 그의 애정을 표현하지만, 약혼자가 있었던 그녀는 괴테에게 우정 이상은 힘들 것이라 그에게 말한다. 이에 실망하여 고향으로 돌아온 괴테는 절친했던 친구인 예루살렘이 유부녀와의 사랑에 실패한 후 권총으로 자살했다는 소식에 커다란 충격을 받는다. 이런 과정을 겪고 나서 쓴 소설이 바로 〈젊은 베르테르의 슬픔〉이다.

이 소설에서 주인공 베르테르의 로테에 대한 사랑은 진실로 지순하다.

"무의식중에 내 손가락이 로테의 손가락에 닿거나, 발이 탁자 밑에서 서로 부딪치기라도 할 때 내 혈관이란 혈관이 얼마나 마구 뛰고 치솟는지 모른다. 그러면 나는 불에라도 덴 것처럼 손과 발을 움츠린다. 하지만 곧 다시 현기증에 걸린 듯 어지러워진다. 오, 그런데 그녀의 순진한 마음, 거리낌 없는 영혼은 사소한 정감의 표시가 내 마음을 얼마나 괴롭히는지를 모른다."

베르테르는 로테의 손가락만 닿아도 마음 전체로 그녀의 존재를 알아차릴 만큼 그녀를 사랑했다. 하지만 사회적 제도와 주위 환경은 젊은 베르테르가 넘을 수 없는 커다란 산이었다. 운명의 그에게 미소를 지어주지 않았다.

"인간을 행복하게 만드는 것이, 동시에 불행의 원천이 될 수 있다는 사실이 과연 변할 수 없는 것일까? 생생한 자연을 받아들이는 내 가슴에 넘치는 뜨거운 감정은, 그렇게도 풍부한 기쁨을 내 마음속에 넘쳐흐르게 하고, 주변 세계를 천국처럼 만들어 주었건만, 이제는 그것이 내게 무자비한 박해자가 되고, 나를 지독히도 괴롭히는 마귀로 변하여, 어디를 가든 나를 따라다니며 떨어지려고 하지 않는다."

그는 행복을 바랬지만, 그것이 이루어질 수 없음으로 인해 불행으로 변하게 된다. 어쩌면 행복과 불행은 그 원천이 같은 것일지도 모른다. 즉 이것이 저것이 되고, 저것이 이것이 될 수도 있다. 결국, 베르테르는 그의 운명을 감당하지 못하고 권총으로 스스로 목숨을 끊는 비극을 선택하게 된다.

"한편 로테는 아주 이상스러운 상태에 빠져 있었습니다. 베르테르와 마지막 대화를 나누고부터 그녀에게 베르테르와 헤어지는 것이 얼마나 쓰라린 일이며 동시에 베르테르도 그녀와 떨어지는 것을 얼마나 가슴 아파할 것인가를 절감한 것입니다.

탄환은 재어놓았습니다. 지금 열 두 시를 치고 있습니다.

자, 그럼 됐습니다. 로테! 로테! 안녕, 안녕!

어떤 이웃 사람이 화약의 불빛을 보았고, 총소리를 들었습니다."

한 인간으로서의 개인이 뛰어넘을 수 없는 사랑에 절망하여 비극에 이르게 된다는 이 소설은 어쩌면 순수한 사랑에 대한 열정이라 할 수 있을 것이다. 이루지 못한 운명적인 사랑은 그로 인한 절망으로 삶 자체도 포기할 만큼 커다란 것일 수 있다. 인간의 진정한 정신적인 사랑은 이를 억제하는 모든 것이 감옥일 수밖에 없었고 여기서 탈출하는 것이 하나의 기쁨이 될지도 모른다면 베르테르에게 있어 죽음이란 오히려 기쁨이 될 수도 있을 것이다. 베르테르는 그의 슬픔을 기쁨으로 승화시키려고 최후의 선택을 했는지도 모른다.

하지만 이러한 정신적 고통을 극복하면 새로운 단계의 보다 높은 인생의 길을 만나지는 않았을까? 베르테르가 그 슬픔을 넘어섰다면 어땠을까? 변하지 않는 사랑이 존재할까? 이 세상엔 변하지 않는 것은 없다. 사랑도 변한다. 사람도 변한다. 베르테르는 슬픔으로 모든 것이 끝났다. 슬픔 이후에 무엇이 있는지조차 모른 채 삶을 다했다. 소설에서 로테도 베르테르를 좋아했다. 남겨진 로테는 베르테르의 죽음을 어떻게 감당해야 했을까?

지금 당장 내 앞에 어떤 일이 일어나더라도 그 너머에 무언가가 있을 것이라는 희망마저 포기한다면 우리네 인생은 정말 너무나 허무할지 모른다. 내가 원하는 것을 얻지 못하더라도 더 좋은 것이 얼마든지 있을 수 있다. 내가 원하지 않는 것이 나에게 주어지더라도 그 너머에 다른 무엇이 있는지 기다리는 삶은 어떨지 싶다. 추운 겨울을 참고 기다리면 예쁜 꽃이 피는 봄이 오는 것처럼.

8.

모든 게 다 변한다

세상에 변하지 않는 것은 없다. 오늘의 태양은 어제의 태양이 아니다. 항상 똑같을 것 같은 태양도 하루씩 변해가며 그렇게 100억 년이 지나면 소멸한다.

모든 것이 다 변한다. 생명이 있건 없건 우리가 인식을 못 할 뿐, 하루하루가 다 틀린 존재들이다. 변하는 정도에 차이가 있을 뿐이다. 그 변화를 어떻게 받아들이느냐가 문제다. 오늘의 나도 1년 전의 내가 아니다. 육체적으로 그리고 정신적으로도 조그마한 차이일지라도 어느 정도 변해가고 있다.

존재 자체만 변하는 게 아니다. 관계도 변한다. 가족관의 관계, 친구들 그리고 직장에서의 관계도 다 변한다. 사람들 사이의 관계뿐 아니라 사회와 니의 관계도 변한다. 그러한 수많은 변화 속에서 우리는 선택할 수밖에 없다.

읽는 사람마다 다를 수 있겠지만, 나는 카프카의 〈변신〉을 이런 측면에서 읽게 되었다. 이 소설은 우리가 받아들이지 못하는 변화에 관한 이야기가 아닐까 싶다

줄거리는 간단하다. 주인공 그레고르가 하룻밤 사이에 사람 크기의 희귀한 동물로 변해 버렸다. 그리고 그 이후의 어떤 일들이 벌어

지는지를 이야기하고 있다.

"그레고르 잠자는 어느 날 아침 불안한 꿈에서 깨어났을 때, 자신이 잠 속에서 한 마리 흉측한 해충으로 변해 있음을 발견했다. 그는 장갑차처럼 딱딱한 등을 대고 벌렁 누워 있었는데, 고개를 약간 들자, 활 모양의 각질로 나뉘어진 불룩한 갈색 배가 보였고, 그 위에 이불이 금방 미끄러져 떨어질 듯 간신히 걸려 있었다. 그의 다른 부분의 크기와 비교해 볼 때 형편없이 가느다란 여러 개의 다리가 눈앞에 맥없이 허우적거리고 있었다."

온 집안의 사람들은 그 동물이 아들이 변한 것인 줄 알면서도 받아들이지 못한다. 하루 만에 너무 많이 변해서 그랬던 것일까? 조금만 변했다면 받아들여 주었을까? 그동안 가정을 위해 모든 것을 바친 주인공이었지만, 가족은 그러한 과거를 모두 잊어버리고 아들을 가족의 일원에서 배제시켜 버리기 시작한다.

"그때가 좋은 시절이었다. 그 이후에는 한 번도 그런 시절, 적어도 그런 빛을 띠고는 되풀이되지 않았던 것이다. 그레고르가 돈을 많이 벌어, 온 식구의 생활을 감당할 수 있었고 실제로 감당하기도 했지만 말이다. 사람들이 익숙해졌던 것이다. 식구들이나 그레고르 역시도, 식구들은 돈을 감사하게 받았고, 그는 기꺼이 가져다주었으나, 특별한 따뜻함은 더 이상 우러나지 않았다. 그들은 그의 방을 말끔히 치워버렸다. 그가 아끼던 모든 것을 그로부터 앗아갔다."

시간이 지나면서 모든 가족의 일원들은 차라리 괴물같이 변해 버린 아들이 죽었으면 좋겠다고 생각한다. 그동안 같이 지냈던 인간적인 정마저 다 잊어버린다. 괴물처럼 변해버린 주인공이 없어지면 신경 쓰지 않고 편하게 지낼 수 있을 거라 생각하며 여동생은 아예 집 밖으로 내다 버리자고도 한다. 그레고르는 가족들의 그러한 따돌림에 정신적인 고통을 받게 되고 가족이 던진 물건에 맞아 병을 얻어 결국 죽음에 이르게 된다.

"곧 그는 자기가 이제는 도무지 꼼짝을 할 수 없게 되었음을 발견했다. 그가 없어져 버려야 한다는 데 대한 그의 생각은 아마도 누이동생의 그것보다 한결 더 단호했다. 시계탑의 시계가 새벽 세 시를 칠 때까지 그는 내내 이런 텅 비고 평화로운 숙고의 상태였다. 사위가 밝아지기 시작하는 것도 그는 보았다. 그러고는 그의 머리가 자신도 모르게 아주 힘없이 떨어졌고 그의 콧구멍에서 마지막 숨이 약하게 흘러나왔다."

수많은 변화 속에서 살아가야 하는 우리네 인생은 그러한 변화를 어느 정도 받아들이며 살아가야 할까? 나이 든 부모, 힘없어진 가장, 다 커버린 자식들, 이러한 시간의 흐름 속에서 그러한 변화를 어떻게 선택해야 하는 것일까?

관계란 이익이 아니다. 순수함이다. 그러한 순수함이 없다면 관계는 그리 오래가지 못한다. 수많은 변화를 받아들이기 위해서는 그러한 순수함이 필요하다. 괴물로 변했어도 받아들일 수 있다. 사회가 그리고 시대가 우리의 삶을 변하게 하기도 한다. 내가 원하지 않을지라도 그러한 과정에서 나도 모르게 변하기도 한다. 모든 것을 받아들일 수 있는 용량의 그릇은 그 순수함에 있지 않을까 싶다.

나의 포용력은 어느 정도일까? 솔직히 그리 크지 않은 것 같다. 하지만 이제부터라도 더 많은 것을 포용하기 위해 나의 순수함을 되찾으려 한다. 그래야 그 많은 변화들을 다 받아들일 수 있을 것 같다.

9.

사랑은 받아들임

프랑수아즈 사강은 왜 자신의 책 제목을 "브람스를 좋아하세요..." 라고 했을까? 내가 아는 바로는 프랑스 사람들은 브람스를 좋아하지 않는다. 이 소설은 당시 영화로도 만들어졌는데, 여주인공 폴은 당대 최고의 여배우 잉그리드 버그만이, 남자 주인공 로제는 이브 몽땅, 그리고 시몽은 안소니 퍼킨스가 역할을 맡았다.

소설의 줄거리는 간단하다. 여주인공 폴이 로제와 동거하다가 사이가 멀어진 후, 자신보다 나이가 훨씬 어린 시몽을 만나 지내다가 다시 로제와 합친다는 것이다. 하지만 이 간단한 줄거리에도 불구하고 사강은 사랑의 본질에 대해 깊이 있는 울림을 준다.

소설에서 주인공 폴은 로제와 함께 커다란 문제없이 동거하고 있지만, 시간이 흐르면서 서로에게 서서히 지쳐갔다.

"로제가 도착하면 그에게 설명하리라, 설명하려 애쓰리라. 자신이 지쳤다는 것, 그들 두 사람 사이에 하나의 규율처럼 자리 잡은 이 자유를 이제 자신은 더 이상 어떻게 할 수 없다는 것을. 그 자유는 로제만 이용하고 있고, 그녀에게는 자유가 고독을 의미할 뿐이 아니던가. 문득 그녀는 아무도 없는 자신의 아파트가 무섭고 쓸모없게 여겨졌다. 그가 그녀를 혼자 자게 내버려 두는 일이 점점 더 잦아지고 있었다. 아파트는 텅 비어 있었다. 두 눈에 눈물이 고였다. 오늘 밤도 혼자였다. 그리고 앞으로의 삶 역시 그녀에게는, 사람이 잔 흔적이 없는 침대 속에서, 오랜 병이라도 앓은 것처럼 무기력한 평온 속에서 보내야 하는 외로운 밤들의 긴 연속처럼 여겨졌다.”

로제는 폴과 동거하면서도 다른 여자를 만나는 자유분방한 사람이었다. 하지만 로제의 마음속에는 항상 폴이 있었다.

“로제는 자기 집 앞에 차를 세워 놓고 오랫동안 걸었다. 그는 심호흡을 하면서 조금씩 보폭을 넓혔다. 기분이 몹시 좋았다. 폴을 만날 때마다 그는 무척 기분이 좋아졌다. 그가 사랑하는 사람은 오직 그녀뿐이었다. 오늘 밤 그녀 곁을 떠나면서 그녀가 슬퍼하는 것을 느꼈지만 그는 뭐라고 말해 줘야 할지 알 수 없었다.”

지쳐가는 폴에게 갑자기 나타난 사람이 연하의 젊은 남자 시몽이었다. 시몽은 한눈에 폴에게 반하고, 그녀에게 가까이 다가가고자 생각했던 것이 바로 브람스 음악회였다. 브람스를 좋아하지 않는 프랑스 사람들에게 브람스 음악 연주회를 가기 위해서는

“브람스를 좋아하세요....”

라는 질문을 하지 않을 수가 없었을 것이다.

브람스는 자신보다 14살 연상인 로버트 슈만의 아내 클라라 슈만을 평생 마음에 품은 채 독신으로 살았다. 시몽은 자신보다 연상인 폴을 보면서 브람스를 생각했는지도 모른다.

이 질문을 받고 폴은 많은 생각을 한다. 갑자기 다가온 젊은 시몽이 싫지는 않았다. 하지만 그녀에게는 오랫동안 같이 지냈던 로제가 있었다.

“브람스를 좋아하세요...”라는 질문을 받았을 때 폴은 로제와 함께 했던 시간들을 회상하며 생각에 잠긴다.

"자기 자신 이외의 것, 자기 생활 너머의 것을 좋아할 여유를 그녀가 아직도 갖고 있기는 할까? 물론 그녀는 스탕달을 좋아한다고 말하곤 했고, 실제로 자신이 그를 좋아한다고 여겼다. 그것은 그저 하는 말이었고, 그녀는 그 사실을 알고 있었다. 마찬가지로 어쩌면 그녀는 로제를 진정으로 사랑하는 것이 아니라 사랑한다고 여기는 것뿐인지도 몰랐다."

그리고 로제와 헤어진 후 시몽과 동거를 시작한다. 하지만 그녀의 마음 깊은 곳엔 로제가 자리 잡고 있었다. 어느 날 식당에 간 폴과 시몽은 다른 여인과 함께 온 로제를 만나게 된다. 식사를 하고 폴은 시몽과 그리고 로제는 다른 여인과 춤을 추기 시작한다.

"저녁 식사 후 그들은 춤을 추었다. 로제는 그 여자 앞에서 언제나처럼 어색하게 몸을 이리저리 움직이고 있었다. 시몽이 일어났다. 그의 춤은 능숙했다. 두 눈을 감춘 채 그는 유연하고 날렵하게 춤을 추면서 노래를 흥얼거렸다. 그녀는 시몽에게 몸을 내맡겼다. 어느 순간 그녀의 드러난 팔이 가무잡잡한 여자의 등에 두르고 있던 로제의 손을 스쳤다. 그녀는 눈을 떴다. 로제와 폴, 그들 두 사람은 상대의 어깨너머로 서로를 바라보았다. 움직임도, 리듬도 없는 느린 춤곡이 흐르고 있었다. 그들은 아무런 표정도 짓지 않은 채, 미소조차 보이지 않은 채, 서로 알은체도 하지 않은 채 십 센티미터 거리에서 서로를 응시하고 있었다. 어느 순간 갑자기 로제는 여자의 등에서 손을 떼어 폴의 팔을 향해 뻗었다. 그의 손가락 끝이 그녀의 팔에 와닿았다. 순간 그의 얼굴에 떠오른 표정이 어찌나 간절했던지 그녀는 눈을 감지 않을 수 없었다. 이윽고 시몽은 몸을 돌렸고, 로제와 폴은 더 이상 서로의 모습을 볼 수 없었다."

폴과 로제의 손가락이 닿는 순간 폴은 로제에 대한 자신의 마음을 깨닫는다. 그리고 폴은 시몽과 이별을 고하고 로제와 다시 합친다. 폴과 로제는 다시 동거를 시작했지만, 로제가 예전과 달라진 것은 없었다.

사강은 사랑의 덧없음에 주목한다. 실제 사강이 사랑을 믿느냐는 인터뷰에 그녀는 답했다.

"농담하세요? 제가 믿는 건 열정이에요. 그 외엔 아무것도 믿지 않아요. 사랑은 2년 이상 안 갑니다. 좋아요, 3년이라고 해 두죠."

사랑은 영원할 수 있을까? 글쎄 잘 모르겠다. 하지만 생각해보면 사랑은 그냥 받아들임 아닐까 싶다. 그것이 자신 없다면 사랑을 시작하지도 말아야 할 것이다. 사랑은 자신을 위한 것이 아니기에 어렵다. 나에게 손해가 되는 것이기에 힘들다. 나 자신을 앞세운다면 사랑은 인스턴트커피 마시는 정도로 만족해야 한다. 그렇지 않다면 사랑은 없다.

10.

국가는 어디에

 제주 4.3 사건은 우리 현대사에 있어 너무나 아픈 상처이다. 소설가 현기영은 제주 출신이기에 〈순이 삼촌〉이라는 소설에서 4.3 사건을 마치 자신의 일인 것처럼 이야기한다.

 4.3 사건은 단세포적인 사고방식이 얼마나 큰 오류의 결과를 만들어 내는지 단적으로 보여주는 사건이다. 3백 명 정도 되는 좌익계열의 사람들을 체포하기 위해 수만 명의 일반 사람들까지 학살한 이러한 일은 다시 반복되어서는 안 되는 역사적 아픔이다.

 "맞아, 내가 말을 자꾸 실수해졌져. 그때 산에 올라간 사람은 무조건 폭도로 봤으니까. 하이간 굴속에 있는 사람은 영 행색이 말이 아니라서. 굶언 피골이 상접헌다가 한겨울에 젖은 미녕옷 한 벌로 몸을 가리고 떨고 있는디, 동상 걸려 발구락 모지라진 사람도 더러 있었쥬. 소위 비무장 공비란 것이 이 모냥으로 동굴 속에서 비참한 꼴로 발견되니까 냉중엔 상부에서도 생각을 달리 쓰게 되어서. 구호물자를 준비한 갱생원 차려 놓고 선무 공장을 썼쥬. 엘 파이브 연락기로 한라산 일대에 전단을 뿌려 투항을 권고하난 하루에도 수십 명씩 떼 지어 귀순자들이 내려와서라."

 커다란 아픔이었던 4.3 사건은 오랜 세월 동안 그 진실에 외면하고 있었다. 2000년대 들어와 특별법이 제정되어서야 비로소 이 사건의 진실을 공개적으로 얘기할 수 있었다.

"그러나 누가 뭐래도 그건 명백한 죄악이었다. 그런데도 그 죄악은 30년 동안 여태 단 한 번도 고발되어 본 적이 없었다. 도대체가 그건 엄두도 안 나는 일이었다. 왜냐하면, 당시의 군지휘관이나 경찰 간부가 아직도 권력 주변에 머문 채 아직 떨어져 나가지 않았으리라고 섬사람들은 믿고 있기 때문이었다. 섣불리 들고 나왔다간 빨갱이로 몰릴 것이 두려웠다. 고발할 용기는커녕 합동 위령제 한번 떳떳이 지낼 뱃심조차 없었다. 하도 무섭게 당했던 그들인지라 지레 겁을 먹고 있는 것이었다."

이 사건을 직접 당했던 제주 사람들은 기억조차 하기 싫을 정도의 트라우마에 사로잡혀 정신적인 고통 속에서 그 많은 세월을 보내야 했다. 그들은 평범한 일상생활조차 하기 어려운 시절을 보낼 수밖에 없었다. 그들의 시간을 누가 돌려줄 수 있는가?

"죽은 줄만 알았던 순이 삼촌이 살아 돌아와 밖에서 유리창을 두드렸을 때였다. 삼촌은 밤이 이슥해진 그때까지 시체 무더기 속에 파묻혀 까무라쳐 있었던 것이다. 교실 안에 들어선 당신은 이상하게도 사람들에게 접근하려 들지 않았다. 길수형이 가서 소매를 잡고 끌어도 막무가내로 뿌리치고 저만치 홀로 떨어져 웅크리고 있었다. 다른 사람들처럼 울지도 않았다. 두 아이를 잃고도 울음이 나오지 않는 것은 공포로 완전히 오관이 봉쇄되어 버린 때문이 아니었을까? 아마 울음은 공포가 물러가는 며칠 후에야 둑이 터지듯 밀려 나올 것이었다."

그 아픔은 잊을래야 잊을 수 없는 깊이를 가지고 있기에 평생을 안고 살아가야만 했다. 그 속에서 몸부림쳐 나오려 해도 나올 수가 없었다. 국가는 국민을 위하여 존재하는 것일까? 국가의 지도자는 무엇을 위하여 그 자리에 있는 것일까?

"그 옴팡밭에 붙박이 인고의 삼십 년, 삼십 년이라면 그럭저럭 잊고 지낼 만한 세월이건만 순이 삼촌은 그렇지를 못했다. 흰 뼈와 총알이 출토되는 그 옴팡밭에 발이 묶여 도무지 벗어날 수가 없었다. 당신이 딸네 모르게 서울 우리 집에 올라온 것도 당신을 붙잡고 놓지 않는 그 옴팡밭을 팽개쳐 보려는 마지막 안간힘이 아니었을까?"

권력은 휘두르라고 주어지는 것이 아니다. 세상에 영원한 권력은 없다. 자기에게 주어진 권력을 어떻게 사용하는지는 자신의 판단이지만 수많은 사람의 아픔을 주는 그러한 권력이 무슨 의미가 있을 것인가? 그들의 아픔을 어떻게 위로해 주어야 할 것인가? 국가는 어쩌면 아무런 의미 없는 추상적 관념에 불과한 것인지도 모른다.

11.

킬리만자로의 표범은 왜 눈 속에 묻혔나?

헤밍웨이의 단편 "킬리만자로의 눈"은 파란만장한 삶을 살다 간 해리라는 어느 한 남자의 인생에 있어 마지막 시간들에 대한 이야기다.

"킬리만자로는 해발 5,895미터, 아프리카 최고봉으로 일컬어지는 설산이다. 서쪽 산정은 마사이어로 '신이 사는 집'이란 뜻의 '느가이 느가이'란 이름을 갖고 있다. 이 서쪽 산정 부근에 바싹 마른 표범의 사체 하나가 얼어붙어 있다. 녀석이 대체 무엇을 찾아 그 높은 곳까지 온 것인지, 그 이유를 설명할 수 있는 사람은 아무도 없다."

내가 생각하기에 킬리만자로의 표범은 무엇을 찾아 그 높은 곳까지 간 것이 아니다. 가다 보니 거기에 다다른 것이다. 표범은 따스한 먹을 것이 풍부한 넓은 평원에서 사는 게 당연하다. 항상 그것을 원했을지도 모른다. 표범이 만년설로 뒤덮인 그 킬리만자로의 높은 곳으로 가야 할 이유가 없다. 하지만 표범은 자신도 모르는 사이에 흘러 흘러 만년설이 덮인 킬리만자로의 높은 그곳에 간 것은 아닐까?

우리의 삶은 어디로 갈지 모른다. 자신의 인생일지라도 본인이 생각한 대로, 계획한 대로 그렇게 가지는 않는다. 원하지 않았던 일들이 우리에게 닥치고 그러는 가운데 내가 생각지도 않았던 곳으로 우리 인생은 흘러간다. 자신이 인생을 본인 마음대로 조절할 수 있다고 생각하는 것은 자만을 넘어 몽상일 뿐이다. 그러한 삶을 사는 사람은 이 지구상에 결단코 단 한 명도 없다.

해리는 파란만장한 삶을 살았다. 전쟁을 겪고, 수많은 사람이 죽어 나가는 곳에서 살아남았다. 사랑하는 사람을 만나 결혼도 했다. 하지만 완벽한 결혼도 없듯이 세월의 흐름을 이기지 못하고 이혼도 했다. 삶은 그에게 그리 만만하지 않았다. 다른 여인을 만났지만, 다시 헤어지고, 그러는 과정에 그는 삶에 지쳐갔다. 소설에는 나오지 않지만, 직업적으로나 경제적으로도 그의 삶에는 감당치 못할 일들이 많았을 것이다.

"사실 지금의 여자와 다투는 경우는 그다지 많지 않았다. 예전에 사랑했던 여자들과는 싸움이 잦았고, 그 싸움은 언제나 공유했던 것들을 파멸시켰다. 그는 너무 많이 사랑했고, 너무 많은 걸 요구했고, 결국 모든 것이 닳아 없어지도록 만들어 버렸다."

해리는 그의 인생에 많은 욕심이 있었다. 그로 인해 그의 주위는 많은 어려움이 있을 수밖에 없었던 것이다. 그러던 중 해리의 인생의 강줄기는 그를 아프리카로 흘러가게 했고, 그곳에서 남편과 아들을 잃은 한 여인을 만난다. 둘의 만남은 수많은 인생의 행로에서 어쩌면 마지막 만남이었을지도 모른다. 삶의 허무함과 무료함에서 벗어나기 힘들었던 그녀도 해리를 만남으로 새로운 시작의 계기를 마련하는 듯 했다.

"시작은 아주 단순했다. 그녀는 그의 작품을 좋아했고 그가 영위하는 삶을 동경했다. 그녀에게는 그가 자신이 살고 싶은 삶을 사는 사람처럼 보였다. 그녀가 그를 얻고 마침내 사랑에 빠지게 된 과정은, 그녀에겐 새로운 인생을 만들어 주는 과정이었으며, 그에게는 지나간 삶의 잔재들을 말끔히 청산하는 과정이었다."

이제는 과거의 모든 것을 잊고 새로운 사람을 만나 남아 있는 그들의 삶을 누리려 하는 순간 삶은 잔인해서 그들을 그냥 내버려 두지 않았다. 아주 조그마한 나무 가시 하나가 그들이 소중하게 보내야 할 마지막 시간마저 통째로 없어지게 만든다.

"그는 어느 날 조그만 소리만 나도 잽싸게 숲 속으로 달아나려는 귀를 쫑긋 세운 채 콧구멍을 벌씬거리는 영양 떼를 사진으로 찍으려고 살금살금 다가가다가 나무 가시에 무릎을 찔렸다. 그 후 2주 동안 소독약을 바르지 않고 상처를 방치했다가 이런 일이 생긴 것이다! 게다가 영양 떼 사진을 찍지도 못했다. 놈들이 달아나 버렸기 때문이다."

해리는 그 작은 나무 가시 하나를 소홀히 했다. 그리고 2주 후 그의 삶이 파괴되기 시작한다. 가시에 찔린 다리가 썩어 들어가기 시작하고 결국 그의 생명마저 앗아가 버리고 만다. 마지막 남은 아름다운 시간을 즐기지도 못한 채 해리는 그렇게 이 세상을 떠나야 했다. 그는 죽기 전에 잠에서 자신을 구해 줄 수 있는 비행기를 타는 꿈을 꾼다.

"잠시 후 그들이 탄 비행기는 상승하기 시작했는데, 아마도 동쪽으로 가는 듯했다. 바깥이 어두워지는가 싶더니 어느새 폭풍우 속으로 들어와 있었다. 빗줄기가 얼마나 센지 마치 폭포 속을 비행하는 것 같았다. 그곳을 빠져나오자 컴프턴이 고개를 돌려 싱긋 웃었다. 그러고는 손가락으로 앞쪽을 가리켰다. 태양 빛을 받아 믿을 수 없을 정도로 하얗게 빛나는, 세상의 전부인 듯한 넓고 높은 지대가 눈에 들어왔다. 사각형 모양을 한 킬리만자로 산정이었다. 그것을 본 순간, 그는 자신이 가려던 곳이 바로 저곳이었음을 깨달았다."

해리는 눈 덮인 킬리만자로를 가는 꿈을 꾸며 그의 인생을 마감했다. 그는 자신이 킬리만자로에 묻히는 것을 무의식적으로 생각했는지 모른다.

삶은 우리가 예기치 않은 곳으로 흘러간다. 나름대로 최선을 다해 살아가려 해도 안 되는 것이 너무나 많다. 의도하지 않았던 일들이 우리의 삶에 파고들어 그동안 꿈꾸었던 우리의 아름다운 일상이 다 무너져 내리기도 한다.

따스한 대평원에서 마음껏 달리던 아프리카의 표범도 길을 잃어 헤매고, 먹을 것이 떨어져 굶주림에 고통받고, 폭풍우와 가뭄에 견디지 못해 평원을 떠나야만 했다. 그렇게 흘러 흘러 부족할 것 없을 것 같던 그 표범도 자신이 원하지 않았던 킬리만자로의 산속으로 흘러 들어가게 된 것은 아닐까? 해리가 바로 킬리만자로의 표범이었는지도 모른다.

12.

바이러스와 세균의 입장에서는

알베르 까뮈의 소설 〈페스트〉는 유행병의 무서움을 여실히 보여주는 이야기이다. 페스트는 중세 시대 유럽을 초토화시켰던 인류 역사상 가장 무서웠던 유행병이었다. 유럽 전체 인구의 삼 분의 일이 사망하였다. 우리나라에서는 이 병에 걸리면 사람이 죽을 때 피부가 검은색으로 변하며 죽어가기에 흑사병으로 알려져 있다.

소설에서는 북아프리카 알제리의 어느 한 도시에서 페스트가 발병하는 것으로부터 시작해서 많은 사람이 죽어 나가고 페스트가 약해지면서 사라지는 전 과정의 이야기를 담고 있다.

"4월 16일 아침, 의사 베르나르 리외는 진찰실을 나서다가 계단 한복판에 죽어 있는 쥐 한 마리에 걸려 넘어질 뻔했다. 당장에는 특별한 주의를 기울이지 않은 채 그 동물을 발로 밀어 치우도 계단을 내려왔다. 그러나 거리에 나서자 문득 쥐가 나올 곳이 아니라는 생각이 들어 발길을 돌려 수위에게 가서 그 사실을 알렸다."

페스트의 원인은 페스트균으로 주로 쥐와 같은 설치류를 통해 감염되는 것으로 알려져 있다. 하지만 어떤 문헌에서는 세균이 아닌 바이러스로 인한 것이라는 주장도 있다. 잠복기는 일주일도 안 되는 것으로 알려져 있으며 치료를 하지 않을 경우 병은 급속히 진행되어

심하면 사망에 이른다.

"그러나 그 뒤 며칠이 지나자 사태는 점점 더 악화되었다. 죽은 쥐들의 수는 날로 늘어만 갔고 수집되는 양도 매일 아침마다 더욱 많아졌다. 나흘째 되는 날부터 쥐들은 떼를 지어서 거리에 나와 죽었다. 집안의 구석진 곳으로부터, 지하실로부터, 지하창고로부터, 수챗구멍으로부터 쥐들은 떼 지어 비틀거리면서 기어 나와 햇빛을 보면 어지러운지 휘청거리고, 제자리에서 돌다가 사람들 곁에 와서 죽어버렸다."

소설에서는 병이 급속도로 전염되어 짧은 기간 안에 수많은 사람에게 전염되어 도시 전체가 마비되기에 이른다. 인류의 역사에 있어 대유행 병은 항상 있어 왔다. 흑사병은 천연두와 더불어 인류에게 가장 피해를 많이 준 유행병이다. 이러한 일은 언제 어디서나 일어난다. 미래에도 예외가 없을 것이다.

"리외는 환자가 윗몸을 침대 밖으로 내민 채, 한 손은 배에 또 한 손은 목덜미에 대고 대단히 힘을 쓰면서 불그스름한 담즙을 오물통에다 게우고 있는 것을 보았다. 오랫동안 애쓴 끝에 거의 숨이 막힐 지경이 되어서 수위는 다시 자리에 누웠다. 체온이 39.5도였고 목에는 멍울이 잡혔으며 팔다리가 붓고 옆구리에 거무스름한 반점 두 개가 퍼져가고 있었다."

유행병이 커다란 문제 중 하나는 우리가 준비가 안 된 상태에서 그러한 무서운 병과 싸워야 한다는 것이다. 이로 인해 유행병 초창기에는 수많은 사람들이 희생되어 왔다. 새로운 유행병에 대해 인간은 손도 제대로 써보지도 못하고 수많은 인명피해를 입을 수밖에 없었다. 유행병이 무서운 것은 인간의 일상이 전체적으로 파괴되기 때문이다. 정상적인 생활을 해 나갈 수가 없다. 인간이 위대한 존재라 생각하는 것은 착각이다. 눈에 보이지도 않는 작은 바이러스나 세균을 정복하는 것은 거의 불가능에 가깝다.

"첫 더위가 매주 700에 가까운 숫자를 기록하는 희생자 수의 급상승과 일치했기 때문에 우리 시는 일종의 절망에 사로잡히게 되었다. 변두리 지역의 보도가 없는 거리와 테라스가 있는 집들 사이에서도 활기가 눈에 띄게 줄었고, 주민들이 항상 문 앞에 나와서 살던 동네도 문이란 문은 모두 닫히고 덧창들마저 첩첩이 잠겨 있어서 햇빛을 막으려고 그러는 것인지 아니면 페스트를 막으려는 것인지 알 수 없었다. 시의 출입문에서 소동이 벌어지면 헌병들이 무기를 사용하지 않을 수 없게 되었고, 그로 인해서 어딘지 어수선한 동요가 생겼다."

시간이 지나면 유행병은 유행처럼 사라지기 마련이다. 하지만 이러한 질병의 끝은 없다. 새로운 질병이 언제 어디서 나타날지 모른다. 인간의 입장에서는 이러한 바이러스와 세균이 하루빨리 사라지는 것을 바란다. 하지만 바이러스나 세균의 입장에서는 자신의 세력을 더욱 넓혀야 종을 유지시킬 수가 있고, 인간의 백신이나 치료제에 대응해 새로운 돌연변이가 나타나야 살아갈 수가 있다.

"사실, 시내에서 올라오는 환희의 외침 소리에 귀를 기울이면서, 리외는 그러한 환희가 항상 위협을 받고 있다는 사실을 떠올리고 있었다. 왜냐하면, 그는 그 기뻐하는 군중이 모르고 있는 사실, 즉 페스트균은 결코 죽거나 소멸하지 않으며, 그 균은 수십 년 간 가구나 옷가지들 속에서 잠자고 있을 수 있고, 방이나 지하실이나 트렁크나 손수건이나 낡은 서류 같은 것들 속에서 꾸준히 살아남아 있다가 아마언젠가는 인간들에게 불행과 교훈을 가져다주기 위해서 또다시 저 쥐들을 불러내 어느 행복한 도시로 그것들을 몰아넣어 거기서 죽게 할 날이 온다는 것을 알고 있었기 때문이다."

페스트가 사라짐으로 인해 사람들은 좋아하지만, 페스트가 다시 유행할지도 모른다. 아니, 더 무서운 유행병이 나타날 수도 있다. 바이러스와 세균이 무서운 것은 너무나 쉽게 돌연변이가 나타나기 때문이다. 그들은 스스로 새로운 종들을 계속해서 만들어 낸다. 인간은 그 새로운 종을 예측할 수도 없다. 새로운 바이러스에 대해 백신을 쉽게 만들지 못할 수도 있다. 에이즈가 나타난 지 40년이 지났지만, 아직 백신은 만들어지지 않았다. 단지 치료제만 있을 뿐이다. 새로이 나타나는 세균에 대해 미리 항생제를 만들어 놓을 수도 없다. 어떤 세균인지를 알아야 항생제를 만들며, 만들어 놔도 세균은 거기에 대한 대항력을 갖춘다. 그리고 항생제를 무용지물로 만드는 또 다른 새로운 종을 만들어 낸다.

인간과 바이러스와 세균에 대한 싸움은 영원히 끝날 수가 없다. 바이러스와 세균의 입장에서는 인간이 많이 감염되어 죽어야 자신의 생존이 가능해지는 것이다. 인간의 방어에 그들은 새로운 돌연변이를 만들어 내며 번식하고 종을 유지시킨다. 인간의 패배가 그들에게는 승리일 수밖에 없다. 이 끝날 수 없는 전쟁에서 누가 최후의 승자가 될지는 알 수가 없다.

13.

실존은 비극이다.

알베르 까뮈의 시지프 신화는 인간의 운명을 가장 잘 표현한 글이 아닐까 싶다. 까뮈는 1913년에 알제리에서 태어났다. 그가 태어난 후 바로 세계 제1차대전이 일어났고, 그의 아버지는 이 전쟁에서 사망한다. 아버지 없이 청각장애인이었던 어머니, 그리고 할머니와 가난한 어린 시절을 보냈다. 고학으로 힘들게 대학에 들어갔을 때 그의 평생의 스승 장 그르니에를 만난다.

대학 때부터 까뮈는 인간 존재의 부조리에 대해 고민했다. 대학 졸업 후 그는 신문기자가 되었고 1942년에 쓴 〈이방인〉으로 일약 문단의 총아로 주목을 받았다. 이 소설은 부조리한 세상에서 무관심으로 살아가던 한 남자가 살인을 하고 사형선고를 받은 후 죽음에 직면하면서 깨달아 가는 이야기이다. 그의 이런 부조리에 대한 고민은 〈시지프의 신화〉에 더욱 명확히 나타난다.

"신들이 시지프에게 내린 형벌은 쉬지 않고 바위를 굴려 산꼭대기까지 올리는 것이었다. 그런데 산꼭대기에 오르면, 바위는 그 자체의 무게 때문에 다시 굴러 떨어지곤 했다. 그들이 허무하고 희망 없는 노동보다 더 끔찍한 형벌은 없다고 생각한 것은 일리가 있었다. 우리는 이미 시지프가 부조리한 영웅임을 알아차렸다. 그는 그의 열정뿐만 아니라 그의 고뇌로 인하여 부조리한 영웅인 것이다. 신들에 대한 멸시,

죽음에 대한 증오, 그리고 삶에 대한 열정은 아무것도 성취할 수 없는 일에 전 존재를 다 바쳐야 하는 형용할 수 없는 형벌을 그에게 안겨 주었다. 이것이 이 땅에 대한 정열을 위하여 지불해야 할 대가이다."

신의 저주에 의해 영원히 산 밑에서 산 위로 바위를 밀어 올려야 하는 시지프의 운명은 무슨 의미가 있는 것일까? 바위를 올려놓으면 다시 산 밑으로 떨어지고, 다시 내려가 또다시 바위를 밀어 올리면 바위는 또다시 산 밑으로 떨어지고. 시지프는 그러한 무한한 반복의 저주를 헤어날 수가 없었다.

"이 신화가 비극적인 것은 주인공의 의식이 깨어 있기 때문이다. 만약 한걸음 한 걸음 옮길 때마다 성공의 희망이 그를 떠받쳐준다면 무엇 때문에 그가 고통스러워하겠는가? 오늘날의 노동자는 그 생애의 그날그날을 똑같은 일을 하며 산다. 그 운명도 시지프에 못지않게 부조리하다."

시지프는 밀어 올려봤자 다시 내려갈 수밖에 없는 부조리의 삶을 계속 살아야만 하는 것일까? 그는 의식이 깨어 있지 않은 채 차라리 그 사실을 아무런 생각 없이 하면 더 낫지 않을까? 어쩌면 우리의 삶 자체도 시지프와 다를 것이 하나도 없다.

"그의 운명은 그의 것이다. 그의 바위는 그의 것이다. 이와 마찬가지로 부조리한 인간이 자신의 고통을 응시할 때 모든 우상을 침묵하게 만든다. 문득 본연의 침묵으로 되돌아간 우주 안에서 경이에 찬 작은 목소리들이 대지로부터 헤아릴 수 없이 솟아오른다. 은밀하고 무의식적인 부름이며 모든 얼굴의 초대인 그것들은 승리의 필연적인 이면이요 대가다. 그림자 없는 햇빛이란 없기에 밤을 알아야만 한다. 부조리한 인간의 대답은 긍정이며 그의 노력에는 끝이 없을 것이다. 개인적인 운명은 있어도 초월적인 운명이란 없다. 게다가 그 운명이란 피할 수 없고 경멸해야 할 것으로 판단된다."

어쩌면 부조리가 운명인지도 모른다. 이치에 맞지 않는 게 확실하다. 합당하지 않다. 합리적이지 않고 타당하지 않은 데 받아들일 수밖에 없다. 운명을 바꿀 힘은 인간에게는 없다. 거기에 순응하는 수밖에 다른 방법이 있다면 그 부조리로부터 도피하는 수밖에 없다. 스스로 그 운명을 포기하는 것이다. 즉, 부조리에서 벗어나는 길은 스스로 자신의 삶을 마감하는 것밖엔 선택의 여지가 없다. 그러면 더 이상 바위를 밀어 올리지 않아도 된다.

"이제 나는 시지프를 산기슭에 남겨둔다. 사람은 언제나 자기 짐의 무게를 다시 발견한다. 그러나 시지프는 신들을 부정하며 바위를 들어 올리는 한 차원 높은 성실성을 가르친다. 그 역시 모든 것이 다 잘되었다고 판단한다. 이제부터는 주인이 따로 없는 이 우주가 그에게는 쓸모없는 것으로도, 하찮은 것으로도 보이지 않는다.. 그에게서는 이 돌의 부스러기 하나하나, 어둠 가득한 이 산의 광물적 광채 하나하나가 그것만으로도 하나의 세계를 만든다. 정상을 향한 투쟁 그 자체가 인간의 마음을 가득 채우기에 충분하다. 이제 시지프는 행복하다고 상상해야 한다."

시지프는 그의 운명을 받아들일 수밖에 없었다. 그리고 도전하는 자체에 만족해야만 했다. 그게 인간이다. 인간이 할 수 있는 것은 그리 많지 않다. 부조리를 바꿀 수 없는 인간이기에 행복하다고 상상하며 지내기로 한 것이다. 바위를 계속 밀어 올리는 것이 어쩌면 운명에 대한 반항이며 투쟁이지만, 그리고 그러한 반항과 투쟁도 소용없다는 걸 알지만 그것으로 자족할 수밖에 없는 게 인간의 한계다. 더 이상 아무것도 바라지 말자. 자족할 수 있는 것으로도 충분하다고 생각하자. 실존은 어차피 비극이다. 그것이 인생이다. 비록 슬프지만 이러한 사실을 인정하는 나는 너무나 비겁한 삶을 살아가고 있는 것일까?

14.

운현궁의 봄은 왔지만

김동인의 소설 〈운현궁의 봄〉은 흥선대원군에 관한 이야기이다. 우리나라 근대사에 있어서 흥선대원군만큼이나 입에 오르내리는 인물은 없을 것이다. 정조 이후 안동김씨의 세도정치는 왕을 허수아비로 만들어 버렸다. 시대는 이를 뒤집을 영웅이 필요했었다. 이때 나타난 이가 바로 흥선대원군 이하응이다.

"흥선군 이하응은 이씨조 이십일 대 영조 대왕의 현손이요, 사도세자의 종손이었다. 순조의 뒤를 이어 여덟 살에 등극하셨던 세손 헌종은 기유 유월 초엿샛날, 보수 스물셋으로 후사가 없이 승하를 하셨다. 아직 청년이시기 때문에 따로이 세자를 책립지 않고, 헌종의 아버님인 익종께서도 소년 하세하셨기 때문에 세제도 없으셨으므로, 종친 가운데서 지존을 모셔오지 않으면 안되게 되었다. 만약 흥선으로서 나이가 좀 더 어려서 그때의 척신인 김씨들에게 좌우될 만하였더라면, 헌종의 뒤를 이어 제 이십오 대의 보위에 올라갈 자격이 넉넉하였던 것이었다. 그러나 운명의 신은 이 영락된 공자를 돌보지 아니하였다."

그는 정조의 이복형제인 은신군의 양자였기 때문에 왕이 될 충분한 기회가 있었지만, 운명은 그를 외면했다. 하지만 자신의 아들을 왕으로 만들기 위해 완전히 몸을 낮춘 채 기회만을 보고 있었다.

"왕가의 친척이기 때문에 정계에 진출할 수 없는 흥선의 집안은 재산이 없었다. 재산이 없는 흥선이 직업도 없이 속세에 나다니노라니, 집안의 꼴도 될 리가 없었다. 당당한 왕손으로서 단지 그 목숨을 보전하기 위하여 마음에 없는 타락된 행동을 하며, 뜻에 없는 비루한 언사를 하며, 가는 곳마다 수모를 받으며 다니는 흥선."

당시 조대비는 왕위에 오르지 못하고 죽은 순조의 아들 효명세자의 세자비로 아들 헌종이 왕위에 오르면서 대비가 된다. 하지만 시어머니였던 순원왕후는 안동김씨가 친정이었다. 이에 조대비는 한 많은 궁중 생활을 해야 했고 자신을 도와줄 확실한 인물을 찾던 중 조대비의 조카 조성하로 인해 이하응을 만나게 된다.

"한 사람뿐이올시다. 포부가 크옵니다. 종실에 사람이 많지만, 호방하고 뜻이 큰 이는 흥선군 한 분뿐이옵니다. 지금 구름을 못 얻었지만 구름만 얻는 날은 하늘로 올라갈 사람이옵니다. 그 포부를 펼 데가 없어서 술로써 생애를 모호히 하고 있습니다."

그리고 이하응을 유심히 관찰한 조대비는 그의 커다란 배포가 능히 안동김씨를 확실히 파멸시킬 것이라 생각하여 이하응의 둘째 아들을 왕으로 옹립하는데 그가 바로 고종이다.

"조대비와 흥선의 사이에 맺어진 밀약, 그것은 어떤 것이었던가? 김씨 일문에게 인손이를 잃고 거기 대한 복수의 염 때문에 눈이 어두운 조 대비는, 목적을 위하여서는 수단을 가릴 줄을 몰랐다. 흥선이 자기 둘째 아들 재황이를 조 대비께 추천할 때에, 조 대비는 그 소년이 학식이 어떤지, 인재가 어떤지를 묻지 않았다. 그리고 흥선이 추천하는 그 소년을 받는다 안 받는다의 말이 없이 다음 단계의 문제로 들어갔다. 즉, 상감께서 후사가 없이 천추만세 하시는 날에, 그 다음으로 보위에 오르는 사람은 승하하신 상감의 후사가 아니요, 당신의 지아버님되는 익종의 후사가 되어야 할 것이라는 것을 말하였다. 또한, 새로운 상감이 들어오시면 그때부터는 김씨의 세력을 뚝 잘라 버리고, 김씨 일문을 잔멸시켜야 하리라고 이런 의견을 제출할 때에도 흥선은 찬성하였다. 너무도 뻗은 그 세력을 꺾어 버리고, 조대비를 배경으로 한 조씨 일파와 흥선 자기의 친구들로써 내각을 조직하여 권세를 휘둘러야 한다고 맞장구를 쳤다."

그리고 조대비는 자신이 해야 할 수렴청정을 이하응에게 모두 일임하게 되고 이로부터 흥선대원군의 시대가 열렸던 것이다. 그리고 그가 머물렀던 곳이 바로 운현궁이었다. 바야흐로 운현궁에 봄이 찾아왔던 것이다.

"대신들의 의향이 그러니, 그럼 내 뜻을 말하리다. 국정이 어지럽고 조정의 권위가 땅에 떨어진 지금, 한때도 국왕 없이는 지내지 못할 테니, 흥선군 이하응의 둘째 아들 재황이를 익성군으로 봉해서, 이미 절사된 익종 대왕의 혈통을 부활하게 하도록 하시오. 주상전하가 유충합실 때에는 옛날 예로 말하자면 대비가 수렴청정을 하는 것이 격식이지만, 나는 아무것도 모르는 무식한 노파, 국사 다난한 이때에, 나 같은 무식한 노파가 청정을 하느니보다는, 전하의 생친 대원군이 섭정을 하는 것이 어느 편으로 보든가 상책일 테니깐 그렇게 하도록 마련하시오"

이제 조선의 모든 권력은 흥선대원군의 손에 들어가게 되었고, 그는 안동김씨 세력을 완전히 파멸시켜 버린다. 그리하여 60년간 조선의 모든 정치를 좌지우지했던 세도정치는 막을 내리게 된다.

"대사가 결정된 이후에는 한번 흥선을 찾은 사람은 누구를 막론하고, 진심으로 흥선에게 복종하기를 맹서하였다. 이 패기, 이 위력, 이 압력, 이 지배력, 이 통찰력 아래 반항을 하거나 대항을 할 만한 용기를 가져 본 사람이 없었다. 흥선의 이 위력과 압력을 봄에 따라서, 현하의 정계의 암류는 더욱 불안하고 무시무시하였다. 한번 손을 들 때에는 어떤 일이든 결행할 만한 흥선의 위력과 담력을 차차 이해함에 따라서, 장래에 생겨날 참극을 생각하고 모두 전전긍긍하였다. 이 사자가 출현하기 전에 삼림 속에서 제 세상이라고 횡행하던 시랑들은 사자의 포함성에 질겁을 하여 그림자를 감추어 버렸다. 이 사자는 구태여 그들을 쫓아가서 필요 없는 살육을 행할 필요가 없이, 시랑들은 스스로 숨어 버렸다. 아직껏 소인들의 장난에 시달리고 시달린 삼천리의 강토는 이 거인의 출현을 흔연히 맞았다. 운현궁은 정치의 중심지이며 따라서 이 나라의 중심지로 되었다. 이전에는 비루먹은 개 한 마리 찾지 않던 흥선 댁이나, 지금은 팔도강산에서 매일 찾아드는 수없는 시민의 무리 때문에, 수십 명의 궁리도 그 응대를 당하지 못하게 되었다. 옛날 흥선이 관직을 내어 던진 이래, 오랫동안 쓸쓸하기 짝이 없던 이 집에도 드디어 봄이 찾아왔다. 그리고 그 봄은 또한 유달리 화려한 봄이었다."

하지만 영원한 권력은 없듯이 흥선대원군의 시대도 10년이 전부였다. 12세였던 아들 고종이 22세가 되었고, 며느리 명성 황후 또한 결코 만만한 인물이 아니었던 것이다. 고종의 친정 선포로 흥선대원군을 권력을 잃고 추후에 다시 잠시 권력을 찾기도 하지만 세월은 그를 늙은 사자로 만들어 버렸다. 운현궁의 봄은 그리 길지 않았던 것이다.

15.

무지개가 있을지도

　존 오스본의 〈하버드대학의 공부벌레들〉은 어렸을 때 티브이에서 방영할 때 너무 재미있게 보았던 드라마였다. 당시는 흑백티브이였는데 비록 잘 이해는 되지 않았지만 어린 나이에도 불구하고 누나, 형과 함께 푹 빠져 보았던 기억이 난다. 기억이 흐릿하긴 하지만 '공부를 한다는 것이 참 좋은 것인가 보다'라는 생각을 그때 하게 되었던 것 같다. 그 드라마 때문은 아니겠지만 어쨌든 평생 공부를 하는 직업을 택하게 된 것은 내 생애 최고의 선택이 아니었나 싶다. 다시 태어난다 하더라도 난 지금의 직업을 택할 것 같다.

　드라마를 보고 얼마 전에 우연히 학교 도서관에서 〈하버드대학의 공부벌레들〉이란 책이 눈에 띄어 빌려와서 읽었는데, 예전의 기억이 되살아나며 너무 재미있었다. 소설에서는 하버드 로스쿨 킹스필스교수와 그의 수업을 듣는 하트가 주인공이다. 엄격하고 깐깐하기로 소문난 킹스필드 교수의 수업은 학생들에게는 버티어 내기 너무나 힘든 강의였다.

　"킹스필드 교수는 당연히 그해 첫 수업 시간에 다룰 판례들을 검토하고 있어야 했지만, 랭들관 이 층에 있는 자신의 사무실 벽면 대부분을 차지하고 있는 유리창을 통해 학생들이 강의실로 걸어가는 모습을 지켜보고 있었다. 하트는 한쪽 겨드랑이에 육중한 판례집 세 권을 아슬아슬하게 끼우고 다른 쪽 팔에는 작은 지도를 들고 있었다. 하트는 책들을 가슴팍으로 바짝 끌어당기고는 지도가 바닥으로 떨어지는 것도 아랑곳하지 않고 강의실의 붉은 문 쪽으로 헤치고 들어갔다."

킹스필드 교수 수업의 첫날부터 주인공 하트는 교수의 질문에 대해 제대로 답변도 하지 못하고 스스로 절망에 빠지지만, 시간이 지나가면서 자신의 잠재력을 발휘해 내기 시작한다. 힘들지만 버티어 가며 자신이 할 수 있는 최선을 다한다. 좋은 스승이란 학생들의 잠재력을 발휘할 수 있게 해주는 사람이 아닌가 싶다. 학생 스스로도 자신의 한계가 어딘지 모르기에 그 한계까지 가볼 수 있도록 해주는 것이 바로 스승이 해야 할 일이 아닐까?

"하트는 의자를 뒤로 빼고 기지개를 펴면서 몸을 풀었다. 도서관에 내리 여섯 시간을 앉아 있었더니 온몸이 뻐근했다. 그는 사람들이 빽빽이 앉아 있는 책상들 사이의 중앙 통로로 걸어 나가 윙윙거리는 복사기와 색인 카드 목록 주위에 몰려 있는 학생들을 지나갔다. 왼쪽으로 돌아서 그는 〈법률평론〉들을 따라갔다. 그는 중요한 판례들에서부터 사소한 판례들에 이르기까지 모든 참고 문헌을 더듬어 가면서 〈법률평론〉에 실린 모든 논문을 읽고 모든 법령을 샅샅이 뒤지기로 결심했다. 잠을 자지 않고 깨어 있기가 점점 힘들어졌다. 각성제를 샀지만 그건 손을 떨리게 했다."

나는 어쩌면 미국에서 박사과정을 할 때 운이 좋았는지도 모른다. 공부를 너무 많이 시키는 교수님들을 많이 만났다. 풀 수도 없는 너무 어려운 문제를 정말 많이 내주셨다. 처음 그런 문제들을 보았을 때 어떻게 해결해야 하는지조차 감이 오지 않았다. 일주일 내내 그 문제만 생각하며 지내야 했다. 밥을 먹을 때도, 걸어갈 때도, 샤워할 때도, 화장실에서도 계속 그 문제를 해결하기 위해 생각에 생각을 거듭할 수밖에 없었다. 학부 때처럼 연습문제 풀이 집이라든지, 비슷한 문제 같은 것도 전혀 없었다. 도서관에 가서 다 찾아봐도 찾을 수가 없었다. 아예 포기하고 내가 해결해 나가는 것이 훨씬 낫다라는 것을 알기까지에 그리 오랜 시간이 걸리지 않았다. 그런 과정에 나도 모르는 사이에 실력이 쌓여가는 것을 느끼게 되었다.

"강의 마지막 날이었다. 강단 앞에서 킹스필드 교수가 몸을 횤횤 돌리고 손짓을 해 가며 학생들을 마지막 긴장 속으로 몰아가고 있었다. 그들은 마지막 판례를 다루고 있었다. 킹스필드 교수는 판례집의 마지막 페이지에서 강의를 끝낼 것이다. 이건 아주 특별한 경우였다. 학생들 각자의 관심이 수업 진행을 바꿀 수 없도록 담당 과목을 그렇게 정확히 설명하고 강의를 그렇게 철저히 주도할 수 있는 교수가 과연 몇 명이나 될까?"

지나고 나고 보면 힘이 많이 들기는 하지만 고생하며 공부한 과목을 가르쳐 주신 교수님들에게 고마움을 느꼈다. 무언가를 배웠다는 느낌이었다. 내가 전에 모르던 것을 깨달을 수 있는 기회를 얻는 것만큼 소중한 것은 없었다. 그러한 분들이 나에게도 여러 명 있다는 것이 나에게 어쩌면 축복이었는지도 모른다.

"강의실 시계의 바늘이 끝나는 시간을 향해 천천히 다가가자 하트의 눈에서 눈물이 흐르기 시작했다. '바보처럼 굴지 마.' 그는 혼잣말로 중얼거렸다. 킹스필드 교수가 책을 덮었다. 그가 한 손으로 교탁을 쾅 내리치자 우렁우렁한 소리가 곡선형 의자들 앞뒤를 가로지르며 울려 퍼졌다. 수업이 끝난 것이다. 킹스필드 교수가 돌아서서 문 쪽으로 걸어갔다. 갑자기 강의실이 떠나갈 듯한 박수가 터져 나왔다.

요란한 박수 소리가 창문을 뒤흔들었다. 학생들은 천천히 모두 일어서서 손바닥이 뻘게지도록 박수를 쳤다. 그러곤 그가 강의실을 나갔다. 그들은 강단 쪽을 향해 기립한 채로 한참 동안 박수를 쳤다. 마치 요정 팅커벨처럼 박수가 없다면 킹스필드 교수가 죽기라도 할 것처럼 계속해서."

자존심 강한 학생들이 모인 하버드 로스쿨에서 킹스필드 교수처럼 학생들의 존경을 받는다는 것은 쉽지 않다. 그의 수업을 들었던 학생들도 한 학기 고생은 했을지언정, 그것이 얼마나 의미가 있는지를 알게 되었기 때문에 킹스필드 교수에게 박수를 보내는 것이다.

세상에서 쉽게 얻을 수 있는 것은 없다. 학문도 마찬가지이다. 어려운 길이 어쩌면 가장 보람 있는 것인지도 모른다. 쉬운 길로 가는 것은 편한지 모르나 얻는 것은 없다. 학문을 한다는 것은 그러한 어려움을 이겨내는 과정이 아닌가 싶다. 그러다 보면 예전에 보이지 않았던 세계에 대해 눈을 뜨게 되는 것 같다. 전에는 볼 수 없었던 세계, 내가 알지 못했던 그리고 내가 경험하지 못했던 세계를 갈 수 있는 것이 곧 학문을 하는 것이 아닌가 싶다. 그 세계는 어쩌면 내가 모르는 찬란한 무지개가 있을지도 모른다.

16.

살아가야 할 이유는 무엇일까?

레프 톨스토이의 단편소설 〈사람은 무엇으로 사는가〉는 진정한 삶의 의미가 무엇인지를 생각해보는 이야기이다. 톨스토이의 단편소설은 이러한 종류의 것이 많다. 소설에서 시몬과 마트료나는 부부였다. 길거리에서 얼어 죽어가는 미하일을 시몬이 집에 데려와 오래도록 같이 살게 되는데 실제로 미하일은 천사였다는 것이 나중에 밝혀진다.

"저는 벌거벗은 채 혼자 들판에 버려져 있었습니다. 그때까지 저는 인간의 가난도, 추위도, 배고픔도 알지 못했는데, 그런 제가 어느 날 갑자기 인간이 되어 버린 것입니다. 그 사람은 제게 다가오더니 저한테 옷을 입히고는 집으로 데려갔습니다. 제가 집에 도착하자마자 한 여자가 우리 둘에게 잔소리를 퍼붓기 시작했습니다. 그런데 남편이 하나님 얘기를 꺼내자 그녀는 금세 사람이 너그러워지더니 저녁을 준비해 주더군요. 그때 '사람의 마음에는 무엇이 있는가'라는 질문에 답을 깨달아 기뻤기에 처음으로 미소를 지을 수 있었습니다."

천사였던 미하일은 하느님의 명령을 어긴 죄로 세 가지의 문제를 풀어야 하늘로 돌아갈 수 있었다. 미하일은 하느님의 뜻을 잘 몰랐기에 그것을 알게 하기 위하여 하느님이 인간이 되도록 했던 것이다. 그 첫 번째 문제가 바로 '사람의 마음에는 무엇이 있는가'였다. 우리의 마음에는 무엇이 있을까? 나의 마음 안에는 도대체 어떤 것이 있을까? 나의 삶은 어쩌면 나의 마음에 의해 결정되는 것이 분명할 텐데 나의 마음에 무엇이 있는지 나는 정확히 알고나 있는 것일까?

"제가 그 집에 산 지 일 년이 지난 어느 날, 한 사람이 찾아와 일 년을 신어도 모양이 변하지 않고 뜯어지지 않는 장화를 주문했습니다. 그런데 저는 그 사람 뒤에 제 친구인 죽음의 천사가 서 있는 것을 발견했습니다. 저는 그 천사가 날이 저물기 전에 그 신사의 영혼을 데려가리라는 것을 눈치챘습니다. 그때 이런 생각이 들었죠.

'이 사람은 일 년 후의 미래를 준비하고 있지만 정작 자신이 오늘 저녁까지도 살지 못한다는 사실을 모르는구나.' 그제서야 비로소 '사람에게 주어지지 않은 것은 무엇인가?'라는 질문에 답을 할 수 있어 두 번째로 미소를 지었습니다."

그리고 두 번째 질문은 '사람에게 주어지지 않은 것은 무엇인가?'였다. 물론 천사는 그 답을 구했다. 하지만 소설에서의 톨스토이가 이야기하고자 하는 그 답이 무엇인지 아는 것도 중요하지만 톨스토이는 단지 그 답을 알려주기 위해 그 소설을 썼다고 생각되지는 않는다. 살아가면서 우리에게 주어지지 않는 것은 너무나 많다. 우리가 노력해서 얻을 수 있는 것도 있지만 그렇지 않은 경우가 훨씬 많다. 시대에 따라서 내가 살아가고 있는 환경에 따라서 우리가 가지고 있지 못하는 것이 너무나 많다. 그런 상황에서 우리가 할 수 있는 것은 무엇일까?

"어느덧 여기 온 지 육 년이 흘렀고, 오늘 한 부인이 쌍둥이 여자아이들을 데리고 찾아왔습니다. 저는 그 아이들을 한눈에 알아볼 수 있었습니다. 바로 제가 영혼을 거둔 여인의 아이들이었죠. 그리고 그 아이들이 죽지 않고 살아 있었다는 사실도 처음으로 알게 되었습니다. 저는 생각했습니다.

'그 여인 살려 달라고 내게 애원했을 때, 나는 그녀의 말처럼 부모가 없으면 아이들이 살아갈 수 없다고 생각했었습니다. 그런데 이처럼 다른 여인이 직접 아이들을 키워 건강하게 자라고 있구나'

그리고 그제서야 저는 사람은 무엇으로 사는지 알게 되었습니다. 저는 그때 세 번째 질문에 답할 수 있어 미소를 지었습니다."

미하일에게 주어진 마지막 질문은 바로 '사람은 무엇으로 사는가?'였다. 천사였던 미하일은 마지막 질문까지 그 쌍둥이들을 보고 알게 된다. 그렇게 그는 세 가지 질문에 모두 답을 할 수 있었다. 그런 후 미하일은 천사가 되어 오랜 기간 같이 지냈던 시몬과 마트료나에게 작별을 하고 하늘로 돌아간다.

우리는 정말 무엇으로 살아가는 걸까? 사랑, 행복, 부, 권력, 명예, 가족, 도대체 우리는 무엇을 위해 살아가는 것일까? 우리는 무엇 때문에 오늘 하루도 힘들게 세 끼를 먹어가며 살고 있는 것일까?

우리가 생각하고 있는 그 무엇이 변하지 않는 정답일까? 내가 지금 살아가고 있는 그 이유가 나중에 지나고 나서 보니 답이 아니었다면 우리는 그것을 위해 살았던 그동안의 세월을 어떻게 해야 하는 것일까? 우리는 진정 후회 없는 삶을 살아가고는 있는 것일까? 우리의 미래는 지금의 모습보다 더 나은 삶을 살게 될까?

창밖을 보니 따스한 봄 햇살이 가득한 하늘이다. 햇살처럼 눈 부신 삶은 지금 나는 살고 있는 것일까?

17.

나의 나됨은 버림에 있었다

법정 스님의 〈무소유〉는 내가 마음속에 항상 간직하고 있는 글이다. 지금도 가끔씩 책장에 꽂혀있는 그 책을 다시 꺼내 읽곤 한다.

대학 1학년 때 읽었던 에리히 프롬의 〈소유냐 존재냐〉도 같은 맥락이 아닐까 싶다. 우리는 존재하기 위해 태어났지 소유하기 위해 태어난 것은 아니다.

"사실 이 세상에 처음 태어날 때 나는 아무것도 갖고 오지 않았다. 살 만큼 살다가 이 지상의 적에서 사라져 갈 때에도 빈손으로 갈 것이다. 그런데 살다 보니 이것저것 내 몫이 생기게 되었다. 물론 일상에 소용되는 물건이라고 할 수도 있다. 그러나 없어서는 안 될 정도로 꼭 요긴한 것들만일까? 살펴볼수록 없어도 좋을 만한 것들이 적지 않다."

우리는 세월을 지내며 점점 소유적 인간으로 변모해 간다. 순수한 삶의 모습을 잃어버리고 가지고자 노력할 뿐이다. 어차피 가지고 갈 수 있는 것도 아닌데 말이다. 그걸 알면서도 왜 그렇게 살고 있지 못하는 것일까? 그 이유를 알고자 노력은 해 보았을까?

"우리들이 필요에 의해서 물건을 갖게 되지만, 때로는 그 물건 때문에 적잖이 마음이 쓰이게 된다. 그러니까 무엇인가를 갖는다는 것은 다른 한편 무엇인가에 얽매인다는 뜻이다. 필요에 따라 가졌던 것이 도리어 우리를 부자유하게 얽어맨다고 할 때 주객이 전도되어 우리는 가짐을 당하게 된다. 그러므로 많이 갖고 있다는 것은 흔히 자랑거리로 되어 있지만, 그만큼 많이 얽혀 있다는 측면도 동시에 지니고 있다."

가지고자 하기에 집착하게 되고, 그러다 보니 나를 잃게 된다. 자유롭지 못한 채 다른 것들에 얽매어서 진정한 나의 삶을 살아내지 못한다. 그렇게 시간이 흐르고 세월이 흐른다. 삶은 한 번뿐이다. 결코, 돌이킬 수 없다. 집착으로 인한 나의 존재는 삶의 그늘에 묻혀 지내고 있는 슬픈 나의 이면일지 모른다.

"나는 하루 한 가지씩 버려야겠다고 스스로 다짐을 했다. 인간의 역사는 어떻게 보면 소유사처럼 느껴진다. 보다 많은 자기네 몫을 위해 끊임없이 싸우고 있다. 소유욕에는 한정도 없고 휴일도 없다. 그저 하나라도 더 많이 갖고자 하는 일념으로 출렁거리고 있다. 물건만으로는 성에 차질 않아 사람까지 소유하려 든다. 그 사람이 제 뜻대로 되지 않을 경우는 끔찍한 비극도 불사하면서 제정신도 갖지 못한 처지에 남을 가지려 하는 것이다."

버려야 한다. 자유롭게 날아오르기 위해 거추장스러운 것은 다 버리고 가벼워져야 한다. 내가 신경 쓴다고 세상이 바뀌지 않는다. 만약 그런 생각을 한다면 그건 오만이며 몽상일 뿐이다. 많은 것을 버릴수록 더 자유로울 수 있다. 세상은 세상대로 사람은 사람대로 다 그들의 길이 있다. 내가 집착한다고 되는 게 아니다.

"크게 버리는 사람만이 크게 얻을 수 있다는 말이 있다. 물건으로 인해 마음을 상하고 있는 사람들에게는 한 번쯤 생각해볼 말씀이다. 아무것도 갖지 않을 때 비로소 온 세상을 갖게 된다는 것은 무소유의 또 다른 의미이다."

내 주위에 있는 사람도 나의 소유라 생각하기에 서로가 힘이 든다. 그 사람은 그 사람일 뿐이다. 같이 좋은 시간을 함께하면 좋을지 모르나 더 많은 걸 바라는 것은 나의 욕심일 뿐이다. 그저 그렇게 서로 자유롭게 각자의 존재자로 만족해야 한다. 내가 나를 버리는 순간 마음의 평안이 찾아왔다. 그래서 이제는 안다. 그 길이 내가 가야 하는 길이란 것을.

"살아남은 사람들끼리는 더욱 아끼고 보살펴야 한다. 언제 어디서 어떻게 자기 차례를 맞이할지 모를 인생이 아닌가. 살아남은 자인 우리는 채 못 살고 가 버린 이웃들의 몫까지도 대신 살아 주어야 한다. 나의 현 존재가 남은 자로서의 구실을 하고 있느냐가 항시 조명되어야 한다는 말이다. 일을 마치고 저마다 지붕 밑의 온도를 찾아 돌아가는 밤의 귀로에서 사람들의 피곤한 눈매와 마주친다.

'오늘 하루도 우리들은 용하게 살아남았군요.' 하고 인사를 나누고 싶다. 살아남은 자가 영하의 추위에도 죽지 않고 살아남은 화목에 거름을 묻어 준다. 우리는 모두가 똑같이 살아남은 자들이다."

살아 있다는 것만큼 가슴 벅찬 것이 있을까? 살아 있으니 내가 있고, 그러기에 내가 무언가를 할 수 있다. 하지만 진정한 살아 있음은 버림에서 비롯되는 것이 아닐까? 버리다 보니 집착으로부터 자유로워져 이제는 참된 나로 거듭날 수 있었다. 그래서 보다 많은 사람을 받아들이고 넉넉하게 아무 하는 일 없는 것 같지만 많은 일을 하는 순간들로 삶을 채워갈 수 있다. 나의 나 됨은 버림에 있었다.

18.

벽을 넘어서는 것이 본질일지 모른다

    사르트르의 소설 〈벽〉에는 감방에 갇힌 세 명의 등장인물이 나온다. 톰과 후앙 그리고 소설의 주인공 파블로이다. 실제로 사르트르는 2차 세계대전 당시 포로가 되어 독일 수용소에 수감된 적이 있었다. 이 소설에서 "벽"은 죽음을 표상한다. 수용소에 갇힌 세 명은 모두 사형 집행을 눈앞에 두고 있다. 죽음이라는 극한 상황에서 인간의 진정된 모습은 어떤 것일까? 인간이 죽음이라는 실존적 상황에 던져질 경우 인간의 본질은 어떤 것일까?

    우리의 존재는 어쩌면 우연일지 모른다. 어떤 필연성도 없다. 그래서 우리의 삶과 죽음이 허망할 수도 있다. 등장인물 중 한 명인 후앙은 그의 형이 무정부주의자라는 이유로 잡혀 왔다. 감방에서 고문을 당하고 총살을 당한다. 그의 형이 무정부주의자라는 이유로 그는 왜 죽임을 당해야 하는 것인가? 후앙의 경우를 보면 삶은 모순된 것이며 인간의 본질은 부조리한 것이다. 후앙에게의 삶이란 단지 그게 전부였다.

    사형을 앞둔 톰은 공포에 질려 오줌을 싸면서도 자신이 오줌 싼 것을 인정하지 않는다. 인간의 한계 상황에서는 있는 그대로의 모습을 볼 수 있기는커녕 자신이 한 일마저도 부인한다. 극한 상황에서 인간의 본질은 자기마저 기만해 버리는 약한 존재에 불과한 것이다.

주인공인 파블로는 이러한 모습을 보며 인간이라는 존재는 참으로 부조리하며 자기 자신을 기만할 만큼 무의미하다고 생각한다. 그리고 그는 살고 죽는 것 자체에 무관심하게 된다. 인간이 존재하는 것에 대해 의미가 없다고 생각한다. 그리고 그는 그가 이제까지 살아왔던 모든 것이 아무런 의미가 없다고 생각한다.

"그러나 이제 나는 나의 일생을 눈앞에 삼키고 있는 것 같은 느낌이었다. 그리고 '이건 새빨간 거짓말이다'라고 생각했다. 내 생애는 이미 끝장이 났으니 아무런 가치도 없는 것이다. 미리부터 이렇게 죽을 줄 알았더라면 나는 손가락 하나도 까딱하지 않았을 것이다. 내 일생이 붙잡아 맨 자루 속에 들어 내 눈앞에 놓여 있는 것이다. 그러나 그 속에 들어 있는 것은 모두가 미완성품들이다."

그가 그동안 살아왔던 모든 것이 죽음이라는 벽 앞에서 의미를 잃어버리고 말았다. 모든 것의 가치를 잃어버렸다. 삶은 어쩌면 환멸에 가까운 것인지도 모른다. 그래서 그는 삶 자체를 장난에 불과한 것으로 생각하게 된다. 그의 친구인 라몽의 소재를 알려주면 살려주겠다는 감방의 심문관에게 장난으로 묘지에 있다고 답한다. 파블로는 라몽이 사촌의 집에 숨어있는 것을 알면서도 심문관을 골탕 먹일 마음으로 장난을 했던 것이다. 하지만 라몽은 당시 사촌의 집에 폐를 끼치기 싫어 묘지에 숨어있었고, 결국 묘지에서 발각되어 총에 맞아 죽게 된다. 그 사실을 알게 된 파블로는 미친 사람처럼 계속해서 웃기만 한다. 그에게 인생은 아무런 가치도 없는 코미디에 불과했던 것이다.

"모든 것이 핑 돌기 시작했다. 나는 땅바닥에 주저앉아 있었다. 어찌나 웃었는지 눈에 눈물이 글썽글썽했다."

사르트르는 왜 이런 〈벽〉이란 소설을 썼을까? 그가 바라본 인간 삶의 진실은 무엇일까? 부조리하고 모순된 삶의 벽을 인간은 넘어서기 힘들지 모른다. 이런 상황에서 인간은 철저히 외롭고 고독한 존재일 수밖에 없다. 우리의 인생은 그의 소설처럼 희극에 불과한 것일까? 인생 자체가 희극이라면 나의 존재 또한 코미디에 불과하다는 말인가? 인간의 본질이 이렇더라면 삶의 의미를 찾는 것 자체가 가치가 있는 것일까?

아니다. 삶의 의미를 찾기보다는 삶의 의미를 만들어 갈 수도 있다. 내가 만들어 가는 삶의 의미가 나의 존재의 의미가 될 수도 있다. 인간의 본질은 단순히 주어지는 것에 끝나지 않는다. 그 벽을 넘어서는 것이 바로 인간의 본질일지 모른다.

19.

아름다운 죽음은 없을까?

　레브 톨스토이의 〈이반 일리치의 죽음〉이 마음에 와닿는 이유는 무엇일까? 예전엔 몰랐는데 이 소설이 남의 이야기가 아니라는 생각이 든다. 주인공 이반 일리치는 나름대로 최선을 다해 그의 삶을 살았다. 하지만 그에 대해 잘 아는 사람도 없고, 그를 진정으로 생각해주는 사람도 없다는 것을 알게 된다. 인생은 어차피 혼자라는 것을 깨달으며 삶에 대한 깊은 회의를 느낀다.

　"이반 일리치는 자신이 모든 사람들로부터 버림받은 것처럼 느꼈다. 그들은 하나같이 일 년에 삼천오백 루블을 받는 그의 위치가 지극히 정상이며, 심지어는 행운이라고까지 생각하는 것 같았다. 자신에 대한 온갖 부당하기 짝이 없는 대우들과 영원히 멈추지 않는 아내의 잔소리, 그리고 분수에 맞지 않는 생활을 하면서 얻기 시작한 빚 때문에 쪼달리는 생활 등, 그가 처한 실상을 아는 사람은 그 자신뿐이었다. 오직 그 자신 한 사람만이 자기 처지가 정상적인 것과는 한참 거리가 멀다는 사실을 알고 있었다."

　무엇을 위하여 그는 그동안 살아왔던 것일까? 그는 판사였고, 본인이 생각했던 인생의 목표를 어느 정도는 달성했건만 마음이 허탈한 이유는 무엇일까? 그는 왜 그렇게 열심히 살았던 것일까? 누리지도 못한 채 재미없이 살아왔던 이유가 무엇일까? 몸이 아프고 마음이 힘든데도 불구하고 일상을 벗어나지 못했던 이유는 무엇일까?

"그는 육체적인 고통과 공포심까지 더해진 상태로 매일 밤 힘겹게 잠자리에 들어야 했고, 그마저도 통증 때문에 대부분을 뜬눈으로 보내는 날이 많았다. 아침이 오면 다시 일어나 옷을 차려입고 법원으로 출근해서 말을 하고 서류를 작성해야 했고, 출근을 하지 않으면 스물네 시간을 꼬박 집에서 보내야 했다. 그리고 집에서 보내는 스물네 시간은 매 순간이 고통의 연속이었다. 그렇게 그는 파멸의 끝자리에서 그를 이해하고 위로해 주는 사람 하나 없이 외롭게 견디지 않으면 안 되었다."

그가 외롭고 힘들게 그의 삶을 버티어 낸 이유는 무엇일까? 아무도 그의 아픔을 알아주지 못하는데 왜 그는 그런 삶을 계속 살아왔던 것일까? 그렇게 살아가다 보니 세월은 흘러 병이 들었고 이제 그에게 남아 있는 시간은 그다지 많지 않았다. 그리고 그는 자신의 죽음이 멀지 않았음을 알게 된다.

"이반 일리치는 자신이 죽어가고 있다는 사실을 깨달았고, 그래서 끊임없이 절망했다. 그는 자신이 죽어간다는 사실을 마음 깊은 곳으로는 알고 있었다. 하지만 그것을 사실로 받아들이지도 이해하지도 못했고 또 이해할 수도 없었다. 그는 죽음을 알아보았다. 그는 죽음이 나타났지만 아주 살짝 모습을 비춘 것에 불과했기 때문에 죽음이 곧 사라지리라 기대하면서도 자기도 모르게 옆구리에 신경을 쓰고 있었다. 죽음이 꽃장식 뒤에서 그를 똑바로 쳐다보고 있었다. 그는 서재로 가서 누웠고 그렇게 다시 홀로 죽음과 대면해야 했다. 죽음과 얼굴을 맞대고 있었지만, 그가 죽음을 상대로 할 수 있는 것은 아무것도 없었다. 그저 죽음을 바라보며 차갑게 얼어붙을 뿐이었다."

죽음은 언제 우리에게 찾아올지 모른다. 어느 순간 갑자기 나의 존재를 무너뜨릴지 알 수가 없다. 다가오는 죽음 앞에 누구나 속수무책일 것이다. 아무런 준비 없이 한순간 나의 인생이 끝이 날지도 모른다. 이반 일리치는 그의 죽음이 다가오는데도 불구하고 평상시처럼 지내는 아내와 자식들의 모습을 보며 깊은 상실감에 빠진다. 말로는 이반의 병을 안타까워하지만, 그가 그동안 가족을 위해 희생을 한 것을 기억하는 사람은 없었다.

"결국은 죽음을 향해 열심히 달려온 것이나 마찬가지인 자신의 삶을 되돌아보는 순간, 그때는 기쁨으로 여겨졌던 모든 것들이 이제는 그의 눈앞에서 허망하게 녹아내리면서 아무것도 아닌 하찮은 것으로 더러는 구역질 나도록 추한 것으로 변해 버렸다."

이반 일리치가 죽음을 향해 열심히 달려왔다고 느끼는 이유는 무엇일까? 왜 그는 그런 생각을 가지게 되었을까? 그가 생각했던 그동안의 삶의 기쁨들에 대해 왜 그는 인생의 마지막 순간에서 구토를 느끼게 되었을까? 이반 일리치는 결국 외롭게 그의 삶을 마감한다. 후회스럽게 그리고 너무나 슬프고도 아프게 그는 그렇게 이 세상을 떠난다.

이반 일리치는 그의 인생을 너무 열심히 살았다. 그게 원인이었다. 그는 인생을 최선을 다해 살면 되는 줄 알았고, 다른 사람들이 그의 최선을 알아줄 거라 생각했다. 하지만 삶은 그렇지가 않았다. 그로 인해 그는 슬픈 죽음을 맞이할 수밖에 없었다. 아름다운 죽음이란 없는 것일까? 이반 일리치의 죽음을 보며 대충 살아야 할 이유가 충분하다는 것을 느끼는 것은 왜일까?

20.

희망의 오뚝이 되어

진 웹스터의 동화 같은 소설 〈키다리 아저씨〉는 너무나 따뜻한 이야기이다. 진 웹스터는 사실 마크 트웨인의 조카였는데 고아원에서 일했던 경험을 바탕으로 이 책을 썼다. 소설의 주인공 주디는 고아원에서 자라고 있었는데, 후원자로 키다리 아저씨가 나타나 그녀를 대학에 보낸다. 대학에 입학한 주디가 매주 키다리 아저씨에게 쓴 편지를 모든 형식으로 소설은 이루어져 있다.

주디에게는 아무도 없었지만 "키다리 아저씨"라는 희망이 있었다. 그 희망을 불빛으로 그녀는 자신의 새로운 미래를 위하여 명랑하게 성장해 간다.

"아저씨의 병아리가 무럭무럭 자라 힘이 넘치는 닭이 되고 있답니다. 꼬꼬 하고 우는 소리도 단호하고 아름다운 깃털도 아주 많아요. 다 아저씨 덕분이죠."

삶에는 수많은 우여곡절이 있다. 자신이 원하는 경우도 있지만 그렇지 않은 경우도 많다. 그러한 과정에서 가끔은 힘들고 지쳐 쓰러지는 경우도 있다. 하지만 오뚝이처럼 씩씩하게 다시 일어서야 하는 게 우리의 인생이 아닐까? 바라는 것을 성취하지 못해도 다른 것을 또 할 수 있으니 우리의 인생은 어느 경우에나 희망의 등불이 켜져 있는 것은 아닐까? 주디는 비록 가진 것도 없고, 함께 할 사람도 없지만, 하나하나 그녀의 인생을 멋진 삶으로 채워나간다.

"제 드레스에 대해 아직 말씀드리지 않았지요? 모두 여섯 벌인데 전부 다 아름다운 옷이랍니다. 누구에게 물려받은 옷이 아니라 저만을 위해서 산 것이지요. 이 사실이 고아에게 얼마나 신나는 일인지 아마 아저씨는 상상도 못 하실 거예요. 이 옷들은 모두 아저씨께서 주신 거예요. 정말, 정말, 너무나 고맙습니다. 교육을 받는다는 것은 참 즐거운 일이지만 여섯 벌의 새 드레스를 가졌다는 이 눈부신 기쁨과는 비교할 수 없답니다."

부모나 형제도 없이 자란 주디는 어떻게 그런 밝고 꿋꿋한 마음을 가지게 되었을까? 그녀의 내면에 본인이 꿈꾸는 아름다운 미래의 드넓은 세상이 있어서였을까? 아직은 아는 것도 별로 없고, 배워야 할 것도 많이 있지만, 그녀에게 도전은 행복한 것일 뿐이다. 알아 가는 게 즐겁고, 매일 성장해 가는 것에 보람을 느낀다.

"또한, 사람의 조상이 원숭이라는 것과 '에덴동산'이 아름다운 신화에 불과하다는 것도 몰랐습니다. 모나리자라는 그림도 처음 보았고, 셜록 홈즈라는 이름도 처음 들었습니다. 아! 저는 이 독서 시간이 무척 소중해요. 밤이 오기를 기다렸다가, 밤이 되면 방문 앞에 '공부 중'이라는 팻말을 걸어 놓고, 빨간 목욕 가운을 입고 털이 푹신푹신한 슬리퍼를 신지요. 그리고 긴 의자에 쿠션을 있는 대로 겹쳐 놓은 다음, 램프를 켜 놓고 책을 읽는 거예요."

대학을 졸업한 주디는 그녀가 꿈꾸었던 작가로서 성공하게 된다.

그렇게 성장해서 그녀는 인생의 행복이 무엇인지도 알게 되고, 자신의 삶에 자족할 수 있는 진정한 어른이 되었다.

"아저씨, 저는 진짜 행복이 무엇인지 알게 되었어요. 그건 현실에 만족하는 것이에요. 지난날을 후회하거나 장래를 걱정하지 않고, 현재의 삶 속에서 가능한 많은 기쁨을 찾아내는 것이지요. 저는 만약 대작가가 되지 못한다 해도, 인생의 길가에 앉아서 작은 행복을 높이 쌓아 올리겠다고 결심했어요."

어린 주디였지만 나는 주디로부터 많은 것을 배운다. 삶의 어느 경우에서건 희망을 잃지 않는 꿋꿋한 그녀의 씩씩함이 경이로울 뿐이다. 우리가 살아가다 보면 생각지도 않았던 많은 힘든 상황이 다가오지만 내 스스로 힘들어하지 않으면 그 어떤 것도 힘들지 않다. 설령 내가 생각하는 바를 이루지 못하고 실패를 하더라도 희망의 등불을 바라보며 오뚝이처럼 다시 일어나야 한다.

아무리 커다란 실패를 했더라도 죽지 않고 살아 있어 이 세상에 존재할 수만 있다면 그것만으로도 충분하지 않을까? 그대로 주저앉아 있으며 그것으로 끝날 뿐이다. 다시 일어나면 그 어떤 좋은 일이 나를 위해 기다리고 있을지도 모른다. 고아였던 주디는 희망의 오뚝이였다.

21.

이반은 정말 바보였을까?

우리가 살아가는 삶의 기준은 맞는 것일까? 대부분의 사람들이 생각하는 사회적 삶의 기준은 어디서부터 온 것일까? 다른 사람과 조금 다르게 살아간다고 해서 왜 지탄을 받는 것일까? 지탄하는 사람들은 정말 스스로 옳게 살아가고 있다고 자신할 수 있는가? 톨스토이의 소설 〈바보 이반〉은 어쩌면 우리가 살아가는 모습의 진정한 기준이 잘못되어 있지는 않은 것인지 생각해 볼 기회를 준다. 소설의 내용은 정말 간단하다. 주위 모든 사람들이 바보라고 손가락질당하는 '이반'의 말도 안 되는 행동과 그에 얽힌 여러 가지 일화를 담고 있다.

소설에서 이반은 아버지의 재산을 받아 부자로 살다가 너무 욕심을 부린 나머지 전 재산을 탕진한 큰 형이나 작은 형의 모든 요구를 다 들어준다. 어떻게 보면 정말 자신의 이익을 챙길 줄도 모르는 바보였지만, 그는 그에게 다가오는 모든 것을 포용할 줄 알았다. 어쩌면 그 모든 것을 다 받아들일 수 있는 사람은 바보여야 가능한 것인지도 모른다.

"이반은 일을 마친 후 집으로 돌아왔다. 말을 풀어놓고 집안으로 들어가니 맏형인 세몬이 그의 아내와 함께 저녁 식사를 하고 있었다. 그는 자신의 땅을 전부 빼앗긴 채 간신히 감옥에서 도망쳐 나와 여기로 달려온 것이었다. 세몬은 이반이 들어오는 것을 보자 이렇게 말했다.

'당분간 너에게 신세를 좀 져야겠다. 새로운 일자리가 생길 때까지 나와 집사람을 먹여다오.'

'네 그렇게 하시죠. 여기서 사세요.'

이반은 반갑게 맞이하며 대답했다."

하지만 이반은 지켜야 할 것은 반드시 지키는 사람이었다. 어떻게 보면 황소 같은 답답함이 있을지 모르나 자신이 꼭 지켜야 할 것은 어떤 상황에서도 지켜나갔다. 둘째 형의 무리한 행동과 요구에 대해 이반은 자신의 원칙을 굳게 지켰다.

"한편 따라스도 금화를 더 만들어 달라고 이반에게 사정했다. 이반을 고개를 내저으며 안 된다고 말했다.

'왜 그러지? 얼마든지 만들어 주겠다고 약속했잖아?'

'약속은 했었죠. 그러나 이제는 더 만들지 않겠어요.'

이반은 단호하게 거절했다.

'어째서 만들지 않겠다는 거야? 이 바보 녀석아!'

'왜냐하면, 형님의 금화가 미하일로프에게서 암소를 빼앗아 갔기 때문이죠.'

'왜 빼앗았다는 거냐?'

미하일로프에겐 암소 한 마리가 있어서 아이들이 그 암소에서 짠 우유를 마시고 있었어요. 그런데 얼마 전에 그 아이들이 내게 찾아와 우유를 달라고 자꾸만 졸라대는 거예요. 그래서 그 아이들에게 물어보았죠.

'너희 암소는 어떻게 했니?'

'끌고 갔어요.'

'누가 끌고 갔더냐?'

'배불뚝이 따라스의 관리인이 찾아와 엄마에게 금화 세 닢을 주더니 암소를 끌고 가 버렸어요. 그래서 우리는 이제 마실 우유가 없어졌어요.'

나는 형님이 금화를 장난감으로 가지고 노는 줄 알았는데 어린아이들에게서 암소를 빼앗아 가버렸어요. 나는 이제 절대로 금화를 만들어 드리지 않겠습니다."

비록 이반의 바보스러운 행동을 사람들은 이해를 하지 못했지만 결국 나중에 이반은 나라까지 세워 거기서 사는 모든 사람들은 아무런 걱정 없이 잘살게 된다.

"그리하여 이반과 이반의 나라는 지금까지도 남아 있으며 계속 백성들이 그의 나라로 몰려오고 있다. 두 형도 이반에게 찾아와 함께 살고 있다. 또 그 누구라도 찾아오면 흔쾌히 받아들였다.

'우리들을 좀 돌봐 주십시오.'

'그렇게 하시오. 이곳에 와서 사시오. 여기에는 모든 것이 얼마든지 있으니.'

그러나 이 나라에는 단 한 가지 중요한 법이 있었다. 손에 굳은살이 박인 자는 식탁에 앉을 수 있지만 그렇지 않은 사람은 먹다 남은 찌꺼기를 먹어야 한다는 것이었다."

삶의 기준은 사람마다 다르다. 사회에서 생각하는 추구하는 성공이나 행복의 기준은 정말 무엇을 바탕으로 하는 것일까? 많은 사람들이 생각하는 것들을 아무 생각 없이 따르는 것이 정말 옳은 것일까?

이반은 정말 바보였을까? 왜 톨스토이는 〈바보 이반〉이라는 소설을 쓰게 되었을까? 우리가 생각하고 있는 지금의 삶의 기준은 정말 맞는 것일까? 나의 기준과 다르다 해서 다른 사람의 살아가는 모습을 인정해주지 못하고 받아들이지 못하는 것은 무엇 때문일까?

삶의 제각각 다른 모습을 다 포용할 수 있는 방법은 없는 것일까? 자신의 생각이나 기준이 항상 옳다고 생각하는 사람이 진정한 바보는 아닐까? 나는 이반처럼 많은 것을 포용하고 있는 것일까? 〈바보 이반〉은 나에게 많은 것을 가르쳐 주었다.

22.

가족도 타인에 불과한 것인가?

〈타인의 방〉은 고등학교 2학년 때 신춘문예에 당선한 최인호가 26살이라는 나이에 쓴 작품으로 1972년 현대문학상을 받은 작품이다. 서울에서 나고 자란 그는 도시인의 소외됨과 고독함에 유난히 관심이 많았다.

이 작품은 평범한 생활을 하는 가장의 이야기를 전지적 작가 관점에서 쓴 것인데, 극단적인 개인주의로 인한 가족 간의 소외감을 다룬 깊이 있는 소설이다.

우리에게 가족이란 무엇일까? 자신의 욕심을 채우기 위한 수단일까? 자신의 만족을 위해 존재하는 타자일 뿐일까? 소설에서 주인공은 며칠간의 출장 끝에 피로한 몸을 간신히 이끌고 집으로 돌아오지만, 집의 문은 닫힌 채 아무도 없었다. 대신 집에 들어오면서 식탁 위에 놓인 아내가 쓴 쪽지는 거짓말이라는 것을 알게 된다. 돌아올 예정일보다 하루 먼저 돌아왔지만, 아내는 예정일에 맞추어 전보를 받은 것으로 쪽지를 남겨놓은 채, 그가 출장한 날부터 집을 비웠다는 사실을 알고 울분을 느낀다.

"여보, 오늘 아침 전보가 왔는데, 친정아버님이 위독하시다는 거예요. 잠깐 다녀오겠어요. 당신은 피로하실 테니 제가 출장 가신 것을 잘 말씀드리겠어요. 편히 쉬세요. 밥상은 부엌에 차려놨어요. 당신의 아내가"

아내는 친정아버지가 위독함에도 불구하고 남편은 올 필요가 없다고 이야기한다. 왜 그럴까? 무슨 이유로 장인이 위독함에도 불구하고 오지 말라고 하는 것일까? 남자의 부모가 아니라서 그런 것일까? 친정아버지에게는 왜 남편은 오지 못한다고 얘기를 하는 것일까? 겉으로 보기에는 위하는 것처럼 보이지만 실제는 그런 마음이 없이 자신을 감추는 것이 진정한 가족일까?

주인공은 오랜 출장에 힘든 몸을 가지고 집에 돌아올 때 집안의 누군가가 기다려주고 문을 열어주길 바랐다. 하지만 그 공간엔 아무도 없었다. 집에 와 편히 쉬고 싶었지만, 청소와 정리도 되어 있지 않은 집에서 마음 편히 쉬지도 못하며 환멸감을 느낀다. 배가 고파 먹을 것을 찾았지만 딱딱하게 굳어 있는 오래된 빵 한 조각이 전부였다. 가족을 위해 힘들게 일한 그를 위해서는 그 아무것도 없었다.

그리고 그는 자신의 살아가고 있는 그 공간에서 외로움을 느낀다.

"그는 한층 더 깊은 피로감을 느끼면서 거실로 돌아와 술병의 술을 잔에 가득히 부어 단숨에 들이마셨다. 그러자 그는 아주 쓸쓸하고 허무맹랑한 고독감을 느꼈다. 그래서 그는 다시 한 잔을 그득히 부어 연거푸 단숨에 들이마셨다. 술맛은 짜고 싱겁고, 달고도 썼다.

그는 어디쯤엔가 피우다 남은 꽁초가 있을 것으로 생각하고 서랍을 뒤지다가 말라빠진 담배꽁초를 발견했다. 그는 그것에 불을 붙였다. 술기운이 그를 달아오르게 하고 그를 격려했기 때문에 그는 아동처럼 큰소리로 노래를 부르기 시작했다.

나뭇잎에 놀던 새여. 왜 그런지 알 수 없네.

낸들 그대를 어찌하리. 내가 싫으면 떠나가야지."

주인공은 왜 자신의 집안에서 외로움을 느끼고 있을까? 자신이 살고 있는 그 공간에서 고독한 이유는 무엇일까? 그가 홀로됨을 느끼는 것은 그만의 책임일까? 수많은 시간을 가족을 위해 희생했건만 그것을 알아주지 못하는 박탈감과 허무함은 어디서 보상받아야 할까?

그에게 있어 그 방의 주인은 그가 아니었다. 그곳은 그를 위한 공간이 아니었다. 소설에서 주인공은 그 공간에서 한 번도 아내와 만나지 못한다. 같이 살고 있는 것 같지만 남과 다를 바 없었다. 자신의 삶에 철저히 몰입된 개인주의는 가족마저 남으로 만들어 버렸다. 그는 가정 안에서도 소외되고 고립된 채 외로이 살아가는 존재에 불과했다. 그는 차라리 그 누구도 자신의 존재를 알아주지 않는 그 공간으로부터 도망가고 싶을 정도였다. 아침이 되어 그는 다시 회사로 출근을 하고, 아내는 집으로 돌아온다.

"다음다음 날 오후쯤 한 여인이 이 방에 들어왔다. 그녀는 방 안에 누군가가 침입한 흔적을 발견했다. 매우 놀라서 경찰을 부를까고도 생각했었지만, 놀란 가슴을 누르며 온 방 안을 조심스럽게 살펴보았는데 틀림없이 그녀가 없는 새에 누군가가 들어온 것은 사실이긴 했지만, 자세히 구석구석 살펴본 후에 잃어버린 것이 없다는 것을 발견하자 안심해버렸다."

아내는 남편이 들어온 것도 모르고 타인이 그 방에 온 것으로 생각했다. 남편이나 아내나 그 공간은 그들의 방이 아닌 타인의 방이었던 것이다.

23.

삶의 끝자락에서도

〈바람이 숨결 될 때〉라는 책은 스탠퍼드 대학 병원의 신경외과 의사였던 폴 칼라티니가 시한부 인생을 선고받고 그의 인생 마지막에 이르기까지의 이야기를 본인 스스로 남긴 글이다.

밝은 미래만 남아 있었던 그에게 갑자기 죽음이 눈앞에 다가왔을 때 그의 나이는 36살이었다. 가정을 이룬 지 얼마 되지도 않았고 이제 갓난아이 하나가 있는 상태였다. 믿기지 않는 현실에 좌절했지만 모든 것을 받아들였다. 그는 다시 의사의 가운을 입고 자신이 할 수 있는 한계 내에서 수술을 했다. 그리고 그에게 남아 있는 마지막 불꽃까지 태우다 결국은 38살의 나이에 사망하고 만다. 그가 시한부 인생을 선고받았을 때의 심정은 어땠을까?

"내 인생의 한 장이 끝난 것처럼 보였다. 어쩌면 책 전체가 끝나가고 있는지도 몰랐다. 나는 사람들이 삶의 과도기를 잘 넘기도록 도와주는 목자의 자격을 반납하고, 길을 잃고 방황하는 양이 되었다. 내 병은 삶을 변화시킨 게 아니라 산산조각 내버렸다. 형형한 빛이 정말로 중요한 것을 비춰주는 에피퍼니의 순간이 찾아온 것이 아니라, 누군가가 내 앞길에 폭탄을 떨어뜨린 것 같은 기분이었다. 이제 다른 길로 돌아가야 할 터였다."

그는 젊은 신경외과 의사로서 촉망받는 젊은이였다. 예일대학교 의과 대학을 졸업하고 스탠퍼드 대학 병원에서 수련의 과정을 마치고 이제 전문의로서의 길을 시작하려던 참이었다. 갑자기 다가온 죽음에 그는 얼마나 큰 충격을 받았을까? 삶에 대해 부풀었던 희망이 하루아침에 절망으로 바뀌었을 때의 심정은 어땠을까? 죽음에 너무 익숙하지 않은 나이이기에 더욱 아팠을 것이다.

그동안 그는 그 자신의 인생을 위해 얼마나 많은 노력을 해왔을까? 지난 모든 노력과 앞으로의 삶의 계획이 다 허사로 돌아가게 되는 상황을 감당해 내기가 얼마나 어려웠을까? 회복 불가능한 폐암 말기 선언은 그의 심장을 찢는 듯한 아픔을 주었을지도 모른다.

"내 삶은 그동안 잠재력을 쌓아왔으나 그 잠재력은 결국 빛을 보지 못할 것이었다. 나는 정말 많은 걸 계획했고, 그 계획이 곧 성사될 참이었다. 내 몸은 쇠약해졌고, 내가 꿈꿨던 미래와 나 자신의 정체성은 붕괴되었으며, 내 환자들이 대면했던 실존적 문제를 나 역시 마주하게 되었다. 폐암 진단은 확정되었다. 내가 신중하게 계획하고 힘겹게 성취한 미래는 더는 존재하지 않았다. 일하는 동안 무척 익숙했던 죽음이 이제 내게 구체적인 현실로 다가왔다. 나는 죽음과 마침내 대면하게 되었지만, 아직 죽음의 정체를 명확하게 알 수 없었다."

젊은 나이에 죽음을 받아들이기는 결코 쉽지 않다. 그는 삶에 대한 집착을 쉽게 놓을 수 있는 나이도 아니었다. 꿈꾸던 가정을 이제야 이루었는데 바로 태어난 자신의 자식에게 사랑 한번 듬뿍 주지도 못한 채 작별을 고해야 했다. 절망으로 스스로 무너지기가 훨씬 더 쉬웠을지도 모른다. 하지만 그는 다시 다짐한다. 마지막까지 살아내기로.

"그날 아침 나는 결심했다. 수술실로 다시 돌아갈 수 있도록 노력하기로. 왜냐고? 난 그렇게 할 수 있으니까. 그게 바로 나니까. 내가 죽어가고 있더라고 실제로 죽기 전까지는 나는 여전히 살아 있다. 나는 죽어가는 대신 계속 살아가기로 다짐했다."

그렇게 그는 그에게 주어진 마지막 짧은 기간을 최선의 모습으로 살아냈다. 그리고 갓 태어난 자신의 분신인 아이를 바라보며 이생에서의 삶을 마쳤다.

어찌 보면 우리는 누구나 모두 시한부 인생을 살고 있다. 언제가 될지는 모르지만 모두 이생을 마감해야 할 시간은 누구에게나 분명히 주어져 있기 때문이다. 그날이 언제가 될지는 그 누구도 모른다. 삶은 살아 있다는 자체만으로도 감사해야 할 일이 아닐까? 우리는 오늘도 삶의 끝자락에 서 있는 것은 아닐까? 지나가는 봄이 너무나 아름답게 보이는 이유는 무엇 때문일까?

24

이젠 이기주의자로 살아도 될 때가 아닐까?

이기주의의 사전적 뜻은 "자기의 이익을 중요하게 생각하고, 다른 사람이나 사회의 이익은 고려하지 않는 것"을 말한다. 따라서 많은 사람들이 이기주의를 나쁜 것으로 생각하는 경우가 흔하다. 하지만 여기서 하나 짚고 넘어가야 할 것은 다른 사람의 이익은 고려하지 않지만 다른 사람의 피해 또한 주지 않는다는 것을 생각하는 사람은 드물다는 사실이다. 따라서 대부분의 사람들이 그냥 선입견으로 이기 주의를 나쁜 것으로만 생각하는 경향이 흔하다.

이타주의는 "자신보다는 타인의 이익을 더 생각하는 것"을 뜻한다. 자신의 이익을 돌보지 않고 자신을 희생하며 다른 사람을 위해 살아 가는 것이다. 이로 인해 많은 이들이 이타적인 사람을 인간적으로 높 이 평가한다.

웨인 다이어의 〈행복한 이기주의자〉라는 책은 그동안 알고 있었던 이기주의에 대한 우리들의 생각을 다시 한번 돌이켜 보게 한다.

이기주의는 결코 나쁜 것만은 아니라는 것이다. 이기적인 사람들이 더 행복할 수 있다는 그의 글은 충분히 설득력이 있다.

과연 이기주의자가 어떻게 행복하다는 것일까? 저자가 바라보는 이 기주의는 우리가 가지고 있는 일반적인 시각을 돌아보게 해준다. 그의 이기주의자는 자신을 사랑하는 사람이다. 또한, 다른 사람의 이익을 많이 생각하지는 않더라도 다른 사람에게 전혀 피해를 주지도 않는다.

대부분의 사람들은 가정을 이루고 가족을 위해 많은 희생을 하며 수십 년을 살아간다. 전형적인 이타적인 삶이다. 하지만 세월이 지나도 가족의 구성원들은 그 희생을 알아주지도 않는다. 오히려 그 희생을 당연하게 생각하며, 더 많은 희생과 노력을 요구할 뿐이다. 그 오랜 기간 자신을 위한 삶은 거의 없었는데도 불구하고 더 커다란 희생을 해야 한다. 그렇게 시간이 지나 자식들은 품을 떠나고 일 년에 볼 수 있는 기회는 고작 한두 번뿐이다. 나이 들어 어디 가도 알아주는 사람도 없다. 자신의 이익은 전혀 생각하지 않고 다른 사람을 위해 살았던 자신의 삶에 회의를 느끼게 된다. 물론 성인의 경지도 도달한 사람들은 이런 것들을 다 받아들일지도 모른다. 허나 일반적인 사람들은 외롭고 쓸쓸하게 그들의 인생 후반을 지낼 뿐이다. 차라리 정도 것만 희생하고 이기적인 삶을 살았더라면 어땠을까? 그것이 그리 나쁜 것일까? 저자는 이 책에서 행복한 이기주의자들의 삶의 모습을 묘사한다.

"그들은 매우 현재 지향적이다. 어떤 걱정이건 질질 끌어서는 안 된다고, 현재의 삶을 살면서 이리저리 기웃대는 것은 어리석은 짓이라고 주지시키는 듯한 내부 신호를 가지고 있다. 이런 사람들은 과거나 미래가 아닌 현재에 살고 있다. 미지의 것을 두려워하지 않고 색다르고 낯선 경험을 찾아 나선다. 현재가 자신이 가진 전 재산이라고 생각하면서 늘 현재를 음미한다. 아직도 일어나지 않은 일을 위해 미리 계획하지 않으며, 어떤 일이 일어나기를 기다리는 기나긴 휴지기 동안에도 안달복달하는 일이 없다."

책에서 말하는 이기주의자는 행복하다. 그들의 삶은 대부분의 삶과 조금 다르다. 주위에 있는 사람들에게 행복하냐고 물어보면 행복하다고 답하는 사람이 몇이나 될까? 다이어의 책에는 행복한 이들로 가득하다. 내일이 올지도 모르는 그들에게는 오늘 현재 행복하기 위해 노력한다. 오늘 행복하지 않은데 내일 행복할 것이라 장담할 수가 없다. 내일을 행복을 위해 오늘의 행복을 포기하지 않는다.

  "그들은 놀라울 정도로 자립적이다. 그들이 둥지를 틀었던 곳도 아늑한 가정이 있고, 가정에 대한 각별한 애정이나 헌신도 갖고 있다. 하지만 그들은 어떤 관계에서나 의존보다 자립을 훨씬 높게 평가한다. 그들은 자신들이 기대에서 자유롭다는 사실을 값지게 여긴다. 그들의 관계는 갖자 자신을 위해 결정을 내릴 수 있는 권리를 서로 존중해주는 가운데 세워진다. 사랑을 담보로 상대방에게 가치관을 강요하지 않는다."

  행복한 이기주의자들은 다른 사람에 구속되지 않는다. 가족일지라도 너무 기대하지 않고 바라지도 않는다. 서로에게 자유롭다. 도와줄 때는 도와주지만 자신의 모든 것을 바쳐 전부 희생하지는 않는다. 친구나 주위 사람들과 잘 지내지만, 이익을 위한 관계가 아니다. 서로 순수하게 마음을 주고받는 것으로 만족한다.

  "그들은 모든 사람들의 사랑을 필요로 하지 않을뿐더러 자신의 행동 하나하나에 대해 모든 사람들이 인정해줬으면 하는 터무니없는 바람도 품지 않는다. 그들은 언제나 어느 정도의 반대에 부딪힐 수 있다는 사실을 염두에 두고 있다. 그들은 외적 요인에 좌우되지 않고 자신의 의지대로 운신할 수 있다는 점에서 다른 사람들과는 사뭇 다른 면모를 보인다."

  행복한 이기주의자들은 자신의 내면이 강한 이들이다. 외부의 어떤 요인에도 일희일비하지 않는다. 다른 사람에게 기대도 하지 않지만, 실망도 하지 않는다. 내 주위에 일어나는 일에 연연해하지 않는다. 그런 일로 나의 행복을 뺏길 수 없기 때문이다. 다른 사람들이 자신을 착하고 선하다고 인정해주길 바라지도 않는다. 소위 '착한 사람' 콤플렉스가 없다. 나의 행복이 다른 사람에 의해 결정되는 것이 아니기 때문이다.

내가 만약 이 세상에서 사라진다면 나에게는 아무것도 남아 있는 것은 없다. 주위 모든 사람들, 지구 위에 존재하는 모든 것들, 아니 우주 공간 전체에 있는 전부가 나와 함께 사라지는 것이다. 내가 없으면 우주도 없다. 내가 곧 우주고, 우주가 곧 나다. 이제 내 자신을 위해 살아도 될 때가 된 것은 아닐까? 내가 곧 우주이기 때문에.

25.

머나먼 길

그동안 살아왔던 길을 돌이켜 보면 후회되고 아쉬운 점이 너무나 많다. 하지만 지나간 것은 지나간 것이다. 지금에 와서 어쩔 수 없다. 그것에 미련을 갖거나 연연해 하지 말고 다 떨쳐 버려야 한다. 그래야 앞으로 남아 있는 길이라도 후회 없이 전보다 나은 삶을 살아갈 수 있기 때문이다.

M. 스캇 펙의 〈아직도 가야 할 길〉은 삶의 진정한 모습을 깊이 생각하게 해 주는 책이다. 자신의 모습을 객관적으로 바라보고 더 나은 미래의 나를 위해 어떻게 해야 내적 성장을 할 수 있는지 그의 오랜 정신의학의 경험을 바탕으로 이야기하고 있다.

우리가 살아가고 있는 삶이란 무엇일까? 지나온 시간들을 나름대로 열심히 살았지만, 그것이 나에게 의미하는 것은 무엇일까? 앞으로 나에게 남겨진 시간이 얼마가 될지 모르지만, 그 시간들은 나에게 어떤 의미가 있는 것일까? 삶을 잘 이해하지도 못한 채 우리는 우리의 하루하루를 살아가고 있는 것은 아닐까?

"삶은 고해다. 이것은 삶의 진리 가운데서 가장 위대한 진리다. 그러나 이러한 평범한 진리를 이해하고 받아들일 때 삶은 더 이상 고해가 아니다. 다시 말해서 삶이 고통스럽다는 것을 알게 되고 그래서 이를 이해하고 수용하게 되면 삶은 더 이상 고통스럽지 않다. 왜냐하면 비로소 삶의 문제에 대해 그 해답을 스스로 내릴 수 있게 되기 때문이다."

삶의 고통은 살아가는 동안 생기는 문제로부터 비롯된다. 만약 그러한 문제들에서 자유롭다면 더 이상 삶은 고통스럽지 않을 것이다. 고통이나 고해가 없는 인생은 없기에 고통을 있는 그대로 받아들인다면 우리의 삶은 고통으로부터 큰 영향을 받지 않을 것이다. 받아들이는 것과 극복하려는 것은 다르다. 극복하기 위해서는 그를 위한 힘이 필요하지만, 받아들이는 것은 그렇지 않다. 고통에 대한 모든 집착과 욕심을 버리고 그냥 있는 그대로 담담하게 살아가면 된다. 시간이 지나 그 고통은 언젠가 사라지기 마련이다. 영원한 고통은 존재하지 않는다. 언제 사라지는지는 알 수 없지만, 그 시기가 큰 문제가 되지도 않는다. 이미 마음을 비웠으므로.

"당면한 문제를 해결하는 전체 과정 속에 삶의 의미가 있다. 삶의 승패는 그 문제를 얼마나 해결하느냐에 달려 있다. 문제는 우리에게 용기와 지혜를 요구할 뿐만 아니라 없던 용기와 지혜를 만들게도 한다. 영적으로 정신적인 성장은 오직 문제에 직면함으로써 가능한 것이다. 우리의 정신적 성장을 자극하려면, 문제를 해결할 수 있는 역량과 도전적인 태도를 격려해야 된다."

삶의 의미는 우리에게 다가온 인생의 문제들을 어떻게 해결하느냐에 달려 있는지도 모른다. 우리 삶의 의미를 높이기 위해서는 아무리 커다란 문제가 닥쳐와도 담담하게 마주하여 이겨내야 우리가 걸어가는 그 길이 의미가 있을 것이다.

그러한 문제들은 다름 아닌 내가 해결해야만 한다. 그 누구도 나의 문제를 해결해 주지 않는다. 문제를 잘 해결할 수도 있고 그렇지 못할 수도 있다. 하지만 그렇다고 해서 실망할 건 없다. 그 상황에서 다시 시작하고, 거기로부터 다시 가야 할 길을 가면 된다. 가고 싶었던 길을 가지 못했다고 아쉬워하는 것은 살아가는 데 있어 전혀 도움이 되지 못한다. 어차피 그 길이 내 길이 아니다.

"사람들은 변화에 대한 그들의 두려움을 제각각 다른 방법으로 다루지만, 그들이 실제로 변화하고자 한다면 두려움은 불가피한 것이다. 진정한 용기란 두려움으로 인한 위험에 그저 저항하는 데서 머물지 않고 뛰쳐 나와 알지 못하는 미지의 세계로 들어가는 행동이다. 어떤 단계의 정신적 성장이든, 사랑이든, 항상 용기를 필요로 하며 그래서 모험이다."

우리에게 다가오는 문제들이 현재의 내가 극복하기 어려울 수도 있다. 따라서 지금 닥친 문제나 앞으로 다가올 새로운 문제를 해결하기 위해서라도 우리는 변해야 한다. 정신적으로 그러한 문제를 해결해 나갈 수 있는 새로운 내가 되어야 한다. 예전의 모습만 유지하고 있다면 알 수 없는 새로운 문제를 해결해 나가기 어렵다. 그러기에 나의 내적 성장이 중요하다. 아무리 어려운 문제가 와도 그것을 해결할 수 있는 나로 성장해 있다면 그다지 어려움 없이 그 길을 갈 수 있을 것이다.

내가 앞으로 가야 할 길이 어떤 길이 되는지 알 수는 없지만, 나에게 주어진 길을 묵묵히 가는 것 자체가 나의 삶의 의미가 되는 것은 아닐까? 그 길에 무슨 일들이 있을지는 모르겠으나, 그 길에서 보람과 의미를 내 스스로 만들어 갈 수도 있을 것이다. 비록 그것이 엄청나게 화려하고 멋있지는 않을지라도 나는 거기에 만족할 수 있을 것 같다.

26.

내면에 숨어있는 악의 진화

　우리는 우리 자신의 내면의 세계를 잘 알고 있는 것일까? 나의 내면에는 어떠한 것들이 있는 것일까? 나는 선한 사람일까, 악한 사람일까? 아니면 선한 것과 악한 것이 함께 공존하고 있는 것일까? 정유정의 〈종의 기원〉은 우리 인간의 내면에는 선한 모습뿐 아니라 악한 모습도 숨어있고, 그것들이 점차 진화해 나간다는 내용의 장편 소설이다.

　소설에서 주인공인 유진은 그의 안에 자리 잡고 있던 악이 점점 진화하여 끔찍한 살인마인 사이코패스 중 최고 단계인 '프레데터'로 변화해 가는 이야기를 담고 있다. 소설의 〈종의 기원〉은 평범한 '인간'이라는 종이 극악한 살인자인 '프레데터'라는 새로운 종으로 탄생한다는 내용이다. 그러면 어떻게 평범한 인간으로부터 끔찍하고도 무서운 '프레데터'라는 새로운 종의 나타나게 되는 것일까?

　"어머니는 정확하게 알고 있었다. 나를 가장 효과적으로 괴롭히는 게 무언지, 나를 무릎 꿇리려면 내게서 무엇을 빼앗아야 하는지. 그러니 그런 벌칙을 고안해 나를 괴롭혔겠지. 마음 한구석에 걸린 죄책감은 일기인지 메모인지에다 괴롭히는 자의 고통을 고백하는 일로 상쇄시켰을 테고. 덕택에 내 인생의 막후에서 이뤄진 일, 어머니가 죽지 않았으면 절대로 몰랐을 비밀이 내 책상으로 배달된 셈이었다."

우리 인간의 내면에는 누구에게나 선과 악의 두 면이 존재한다. 시간이 지남에 따라 어느 쪽으로 진화해 나가는지가 중요하다. 소설에서 어머니와 의사였던 이모는 유진이가 가지고 있는 악한 면을 알고 이를 포용해주지 못하며, 이로 인해 유진은 오히려 더 악한 모습으로 진화해 간다. 이러한 사실을 알고 있었던 엄마와 이모가 좀 더 유진이를 사랑하고 넓은 마음으로 포용해주었더라면 유진이의 악한 면이 그렇게까지 진화하지는 않았을지 모른다. 하지만 그는 그가 가지고 있었던 내면의 악한 모습이 더욱 진화하여. 결국, 인간을 먹잇감으로 생각하여 단순히 살인하며 잡아먹는 포식자인 '프레데터'가 되어 버리고 만다. 이 새로운 종은 평범한 인간이라는 종이 아니기에 자기와 다른 종인 인간은 단지 사냥감에 지나지 않게 되고, 인간이라는 종을 죽여도 전혀 아무런 죄의식이나 죄책감을 느끼지 못하게 되는 것일 뿐 아니라 당연하다는 생각을 한다. 최후엔 그의 어머니와 이모마저 살인을 해버리고 아무렇지도 않다는 듯이 시체를 토막 내서 집안에 보관한다. 그에겐 이러한 행동이 우리가 먹다 남은 음식을 냉장고에 보관하는 것과 다를 바 없었다.

어떻게 보면 우리의 내면에는 우리가 잘 인식하지 못하는 이러한 악한 면이 누구에게나 있을 수 있다. 주위 상황이나 환경에 따라 자신이 스스로 이러한 악을 누르는 사람이 있는가 하면, 그렇지 못해 악의 화신으로까지 변해나가는 경우가 있다. 즉, 내가 내면의 악에게 패배를 당한다면 나 스스로 인간을 잡아먹는 포식자인 '프레데터'로 진화되어 새로운 종이 될 수가 있는 것이다. 그렇게 된다면 그는 더 이상 인간이 아닌 인간을 잡아먹는 괴물이 되어 버리는 것이다. 인류 역사상 그러한 악인은 너무나 많았다. 제2차 세계대전 당시 히틀러와 그의 집단은 유대인이라는 이유만으로 아무런 죄도 없는 600만 명의 유대인을 무차별적으로 잡아먹어 버렸던 것이다. 그 수백만의 유대인들은 무슨 잘못을 했길래 그렇게 죽어야만 했던 것인가?

새로운 종인 '프레데터'가 되기 전에 우리는 우리 내면의 악의 모습의 실체를 이해하고 이를 스스로 사멸시켜 버릴 그러한 노력이 필요하다. 하지만 그것이 쉽지 않을 수 있다. 왜냐하면 '진화'란 자연의 원리이기 때문이다. 하지만 인간의 내면에는 무의식뿐만 아니라 의식도 있기에 프레데터와 같은 '악한 종'으로서의 진화를 막고, '선한 종'의 방향으로 진화를 해 나가야 할 필요가 있다. 우리 주위엔 '성인'이라는 말을 들을 정도의 착한 사람도 많다.

소설에서 유진의 엄마는 유진이 가지고 있는 악한 면을 선한 면으로 진화하는 데 도움을 주지 못했다. 오히려 유진을 악한 '종'으로 진화해 가는데 일면의 역할을 했다. 그리하여 소설 속 유진은 새로운 종으로 완전히 진화해 버린 것이다. 이제 그는 인간을 자신과 같은 종이 아닌 먹잇감에 불과하다고 느낀다. 사자가 사슴이나 얼룩말을 잡아먹듯 '프레데터'라는 새로운 종은 인간이 단순한 먹잇감에 불과하였던 것이다. "선으로 악을 이기라"는 말이 깊이 마음에 와닿을 수밖에 없다.

27

의지는 힘이 되어

인간의 내면에 있는 의지는 어떤 모습일까? 우리는 그 의지로 무엇을 할 수 있을까? 나의 삶과 나의 의지는 어떤 관계가 있는 것일까? 내가 살아가는 데 있어서 나의 의지는 어느 정도의 힘을 발휘할까?

토마스 만의 〈행복에의 의지〉라는 소설은 우리 내면에 존재하는 의지와 삶에 대한 관계를 돌아보게 해 준다. 소설의 주인공인 파올로는 어릴 때부터 심장이 매우 약한 아이였다. 그의 병약함은 그를 언제든 사망에 이르게 할 수 있었다. 병약했던 파올로였지만, 그에게는 항상 좋은 사람을 만나 행복해지겠다는 꿈, 즉 행복하겠다는 의지가 강했다.

파올로는 실연을 하기도 하지만, 언젠가는 자신이 사랑하는 여인과 행복한 가정을 이룰 수 있을 것이라는 꿈을 포기하지 않았다. 그것으로 인해 그의 죽음은 연장되어 가고 있었는지도 모른다. 죽음이 가까웠을 때도 그의 행복에의 의지는 사라지지 않았다.

"지나간 몇 해 동안에 벌써 천 번이나 죽음과 얼굴을 맞댄 적이 있다고 생각해. 그러나 죽지는 않았어-무엇인가가 나를 붙잡고 있는 거야나는 벌떡 일어나서 한 가지를 생각하지. 그리고 어떤 말마디를 꼭 붙잡고 늘어져 한 스무 번쯤 외운단 말이야. 그러는 동안에 내 눈은 주위에 있는 모든 광명과 삶을 탐욕스럽게 빨아들이지."

삶의 이유와 목표가 없어도 나의 삶의 의지는 유지가 될까? 만약 내가 살아가야 할 이유가 없다면, 가지고 있었더라도 그것을 잃어버린다면, 나의 살고자 하는 의지는 어떻게 될까? 그러한 의지가 사라져 버린 후 다가오는 삶의 허무함과 회의는 나의 삶을 어떻게 만들어 놓을까?

파올로는 청년 시절 어느 남작 집안의 딸인 아다를 만나고 둘은 사랑에 빠진다. 하지만 아다의 아버지인 남작은 파올로의 병약함을 이유로 결혼을 허락하지 않는다. 아다와 헤어진 파올로지만 언젠가 다시 아다와 만나 행복한 가정을 이룰 수 있을 것이라는 생각으로 절망을 버티어 나간다. 그의 행복에의 의지는 병약한 육체와 청혼을 거절당한 후 느낀 고통과 아픔을 이겨낼 수 있었던 것이다. 시간이 지나 아다의 마음을 돌릴 수 없었던 남작은 결국은 결혼을 허락하여 파올로와 아다는 행복한 결혼식을 한다. 파올로는 그가 목표로 했던 결혼과 사랑을 이루지만, 결혼식을 한 다음 날 파올로의 약했던 심장은 그를 사망에 이르게 만든다.

"더 이상 무슨 할 말이 남았겠는가? -파올로는 죽었다. 결혼식을 치른 다음 날 아침에- 아니 거의 그날 밤에 죽은 것이다. 당연한 일이었다. 그렇게 오래도록 죽음을 억눌러 온 의지-행복을 향한 의지 때문이 아니었던가? 행복으로의 의지가 충족되었을 때, 파올로는 죽을 수밖에 없었다. 투쟁도, 반항도 없이 죽을 수밖에 없었다. 이제는 살기 위한 어떤 이유도 가지지 않았기 때문이다."

파올로는 육체적으로 약했지만, 그것을 버티어 낼 수 있었던 것은 행복하겠다는 의지였다. 그가 꿈꾸었던 행복한 미래에 대한 의지가 그의 현재의 어려움을 이겨낼 수 있는 원동력이었다. 하지만 그의 목표가 이루어졌을 때, 그는 더 이상 그런 의지가 필요 없었고, 이로 인해 병약했던 그는 더 이상 버틸 수 있는 에너지가 사라지며 죽음에 이르게 되었던 것이다. 파올로에게 의지는 생명보다 더 강했던 것이다.

우리는 우리 내면의 의지가 어떤 것인지는 잘 모르지만, 그런 의지가 우리의 삶의 버팀목이 되어 주고 있다는 것은 부인할 수 없는 사실이다. 그러한 의지를 잃는 순간, 삶은 버티어 내기가 그리 쉽지 않은 현실로 가득 차 있는 것 같다. 그러기에 나의 삶을 살아내기 위해서는 강철 같은 의지가 필요한지도 모른다.

그러한 강한 의지는 바로 나의 내면에서 비롯된다. 나의 내면이 강할수록, 외부의 요인에 흔들리지 않는 의지를 가지고 있을수록 우리는 삶의 모든 어려움을 다 극복해 낼 수 있는 것이 아닐까? 그러한 강한 의지는 어디서 올까? 그것은 지나간 시간과 현재의 삶을 뛰어넘을 수 있는 삶에 대한 관조, 즉 삶을 깊고 넓게 바라볼 수 있는 마음의 눈에서 오는 것은 아닐까? 나의 의지는 나의 삶의 가장 큰 힘이 되기에 나의 의지를 위한 응원가가 필요할지도 모른다.

28

미래를 위한 역사

E. H. 카의 책 〈역사란 무엇인가〉는 역사에 대한 우리의 새로운 시각을 촉구한다. 역사를 기록하기 위해서는 기록하는 자의 역사의 재구성이 필요한데, 이는 역사가의 주관이 배제될 수 없다. 그는 의미 있다고 생각되는 과거의 사실들을 기록하기에 역사는 역사가가 살고 있는 현재의 시각에서 보는 과거라 할 수 있다.

"역사가와 역사의 사실은 서로에게 필수적이다. 자신의 사실을 가지지 못한 역사가는 뿌리가 없는 쓸모없는 존재이다. 자신의 역사가를 가지지 못한 사실은 죽은 것이며 무의미하다. 따라서 '역사란 무엇인가'라는 질문에 대한 나의 대답은, 역사란 역사가와 그의 사실들의 끊임없는 상호작용 과정, 즉 현재와 과거 사이의 끊임없는 대화이다."

역사를 '현재와 과거의 대화'라 한다면 그 대화의 목적은 무엇일까? 이는 아직 다가오지 않은 미래를 위함일 것이다. 단순히 그냥 다가오는 미래가 아닌 더 나은 미래를 위한 대화이다. 역사를 기록하는 것은 우리의 과거의 잘못을 반복하지 말고, 보다 나은 미래를 위해 현재에 있는 우리들이 과거와 대화하는 것이다.

"역사란 본질적으로 현재의 눈을 통해서 그리고 현재의 문제들에 비추어 과거를 바라보는 것이며, 역사가의 주요한 임무는 기록하는 것이 아니라 평가하는 것임을 의미한다. 왜냐하면, 만일 역사가가 평가하지 않는다면, 도대체 그는 무엇이 기록될 만한 가치가 있는지를 어떻게 알 수 있겠는가? 미국의 역사가 칼 베커는 '역사의 사실들은 역사가가 그것들을 창조할 때까지는 그를 위해서 존재하지 않는다'고 주장했다."

과거를 평가함이 없다면 더 나은 미래를 위한 대화를 할 필요가 없다. 어떤 것이 옳고 그렇지 않은 것인지 과학적으로 철저히 분석해 더 나은 미래를 위한 좌표를 제시함이 바로 역사를 하는 이유가 아닐까 싶다. 그렇기에 우리는 우리의 과거를 정확히 알아야 한다.

"역사가가 연구하는 과거는 죽은 과거가 아니라, 어떤 의미에서는 현재에도 여전히 살아 있는 과거이다. 그러나 과거의 행동은 만일 역사가가 그것의 배후에 있었던 사유를 이해할 수 없다면, 그 역사가에게는 죽은 것, 즉 의미 없는 것이다. 그러므로 모든 역사는 사유의 역사이며, 역사란 사유의 역사를 연구하고 있는 역사가가 그 사유를 자신의 정신 속에 재현하는 것이다."

살아 있는 과거란 우리가 철저히 이해한 역사가 우리의 현재에 영향을 미쳐 더 발전된 미래의 역사를 창조해 가는 것을 말함이다. 어제보다 오늘이, 오늘보다 더 나은 내일의 모습이 우리가 추구해야 할 일이기 때문이다.

"우리는 오로지 현재의 눈을 통해서만 과거를 조망할 수 있고 과거에 대한 우리의 이해에 도달할 수 있다는 점이다. 역사가는 그가 살고 있는 시대에 속하는 사람이며, 인간의 실존조건 때문에 자신의 시대에 얽매일 수밖에 없다. 그가 사용하는 바로 그 말들, 즉 민주주의, 제국, 전쟁, 혁명과 같은 말들은 그 시대의 함축적인 의미들을 가지고 있고, 그는 그 말들을 그 의미들과 분리시킬 수 없다."

과거를 바라보는 우리의 시각은 정확할까? 우리의 시각마저 시간의 함수로서 변하는 것은 아닐까? 시각의 객관성은 무엇을 기준으로 어떻게 보장될 수 있을까?

모든 것은 끊임없는 노력의 결과여야 한다. 우리의 시각도 우리의 노력으로 발전될 수 있다. 정확한 시각을 가지고 있지 못하다면, 정확한 이해도 불가하다. 따라서 역사란 현재 살고 있는 우리들의 끊임없는 노력이 필요할 수밖에 없다. 그렇게 해야만 우리는 보다 나은 미래를 위한 과거와 현재의 대화를 할 수 있을 것이다.

개인적으로 본다면 우리 삶의 보다 나은 미래를 위해서도 과거의 삶을 현재의 상황에서 돌이켜 보아야 할 필요가 있다. 나의 과거와 현재의 대화를 끊임없는 노력으로 하는 것은 어떨까? 나의 현재의 상황에서 과거를 바라보며 반성할 것은 반성하고 잊을 것은 잊어야 함이 현명하지는 않을까? 그렇게 한다면 하루하루 새로워지는 내가 될 것이고, 그러한 노력이 보다 성장된 나를 이끌어 줄 수 있음은 분명하다. 그것을 알아주는 사람이 없더라도, 내 자신을 위해서.

29.

포기는 이유가 안된다

우리의 환경은 우리의 삶에 있어 어느 정도 영향을 미칠까? 어떤 환경에 처하더라도 그것을 극복하고 자신의 세계로 나가는 것은 그리 쉽지 않을 것이다. 그러한 환경의 장애물을 넘어설 수 있는 힘은 바로 자신의 의지와 미래에 대한 희망에서 나오는 것은 아닐까?

〈길 위에서 하버드까지〉라는 책은 리즈 머리의 실화를 본인 스스로 쓴 책이다. 그녀는 뉴욕 브롱크스 빈민가에서 태어나, 마약 중독자인 부모 밑에서 고통에 가까운 빈곤과 최악의 환경에서 어린 시절을 보냈다.

"엄마와 아빠가 어떤 판단을 할 때 그 판단 기준은 자신들이 좋아하느냐 싫어하느냐가 아니었고, 우리 가족에 이로우냐 해로우냐도 아니었다. 엄마 아빠의 판단 기준은 마약이었다."

리즈 머리의 엄마, 아빠는 두 명 모두 심각한 마약 중독자였다. 엄마는 결국 에이즈에 걸려 사망하고, 나중에 아빠는 개선 가능성이 없는 마약 중독자로 판단되어 정부에 의해 보호시설로 보내지면서 어린 나이에 고아 아닌 고아가 되고 만다. 학교에서는 친구들의 조롱으로 인해 상처를 받고 학교를 나와 거리를 방황하는 어린 노숙자로 살아간다.

"슬픔에 저항하거나 신경을 다른 곳으로 돌려 슬픔을 감추는 대신 스스로에게 슬픔을 경험하도록 허용하자, 또 다른 경험이 표면 위로 떠 올랐다. 나의 고통을 직시하기로 마음먹고 나니 그 이면이 보이기 시작했다. 내 삶의 보이지 않는 승리들이 초점 속으로 들어왔다."

그녀는 배가 고파 쓰레기통을 뒤져 먹을 것을 찾고, 지하철에서 잠을 자며, 절망의 환경에서 죽지 못해 살아간다. 하지만 그녀는 자기 고통을 객관적으로 바라보고 그것을 받아들인다. 그리고 난 후

자신의 운명을 스스로 개척해 나가기로 마음을 먹고, 정규학교가 아닌 대안학교에 입학해 거리를 전전하며 4년간의 노력 끝에 최고의 명문 하버드대학으로부터 입학 허가를 받는다. 불굴의 의지로 최악의 환경을 극복한 인간 승리였다. 그녀에게 포기라는 단어는 사치에 불과했던 것이다

"삶은 늘 그런 식이었다. 한순간 모든 것이 이치에 닿다가도, 다음 순간 상황이 바뀐다. 사람들이 병에 걸리고, 가족들이 헤어지고, 친구들이 문전박대를 한다. 그곳에 앉아 있는 동안 내가 경험한 급작스러운 변화들이 떠올랐지만, 내 마음속에 솟아난 감정은 슬픔이 아니었다. 느닷없이, 이유가 무엇인지 몰라도, 그 자리에 다른 감정이 자리 잡고 있었다. 그것은 희망이었다. 인생이 최악으로 변할 수 있다면, 어쩌면 좋은 쪽으로도 변할 수 있다는 생각이 든 것이다."

그녀는 우리가 살아가는 삶은 우리 스스로 어떤 의미를 부여하느냐에 따라 달라질 수 있다는 것을 알고 있었다. "세상은 마음먹기 달렸다"는 것을 그녀는 알았다. 단지 남아 있는 것은 자신의 꿈을 이루기 위한 노력일 뿐이었다. 그녀는 짧지 않은 시간에 그녀가 가지고 있는 모든 에너지를 쏟아부어 남들이 생각하는 불가능을 가능으로 만들었다. 그녀에게 있어 주위 환경은 정말 아무것도 아니었다.

우리가 현재 처해 있는 상황이 우리를 힘들게 하고 구속할지라도 절망에 빠지지 말고 희망의 빛을 바라보며 한 걸음씩 앞으로 나아가야 하지 않을까? 내가 처해 있는 상황을 비탄과 한숨으로 바라보며 아무것도 하지 않는다면 갈수록 더 깊은 나락으로 떨어질 뿐이다.

삶은 어쩌면 마라톤일지 모른다. 마라톤을 완주하기에는 쉽지가 않다. 중간에 포기하고 그만두느냐, 끝까지 달리느냐는 오직 자신한테 달렸을 뿐이다. 마라톤에 있어서의 완주는 아무리 지치고 힘들어도 포기하지 않는 자에게만 주어지는 기쁨이요, 영광이다. 리즈 머리에게는 주위의 환경이나 장애물은 도전에 대상일 뿐이었다. 그러한 도전을 넘어 그녀는 자신의 꿈과 미래를 위해 완주했다. 그녀에게 있어서 포기는 어떠한 이유도 되지 못했다.

30

내가 있는 곳이 켄터베리

〈켄터베리의 순례자들〉은 "주홍글씨"로 유명한 나다나엘 호돈의 단편소설이다. 소설에서 "켄터베리"는 성지를 뜻하는 것으로 산꼭대기에 있는 셰이커 교단을 말한다. 이곳은 사바세계 즉 속세와 끊어진 곳이다. 조슈아와 미리엄은 셰이커 교단에서 만나 가정을 이루기 위해 켄터베리를 떠나 속세로 향하고 있던 중 샘물이 있는 곳에서 휴식을 취한다. 반면 네 명의 순례자들은 속세를 떠나 교단을 향하던 중 조슈아와 미리엄을 만나 서로에 대해 이야기를 한다.

"여행자들은 남자 세 명과 여자 한 명, 그리고 어린 여자아이 한 명과 소년 한 명이었다. 그들은 검소한 차림새였으나 옷은 기나긴 여름 낮의 뿌연 먼지에 온통 더럽혀졌고, 밤이슬에 축축이 젖어 있었다. 산길을 오르는 동안 세상사의 고통과 슬픔이 발걸음을 더욱더 무겁게 만든 듯이 얼굴은 수심에 가득 차 있었다."

순례자 중 한 명은 시인이었는데 그는 속세의 사람들이 시인의 영혼을 이해하지 못한다고 생각하여 켄터베리로 가는 중이었다. 하지만 시인의 속마음은 속세에서 자신을 알아주지 못하니 교단에서 인정을 받고 싶어 길을 나선 것이다. 사실 시인이 원한 것은 정신세계가 아니라 자신을 인정해주는 세상이었다.

순례자 중에는 상인이 있었는데 그는 속세에서 장사를 하다 망했다. 그의 말로는 재산이라는 것이 허무하다는 것을 알고 켄터베리에 가서 수행하겠다고 하지만, 실제로는 셰이커 교단으로 가서 교단의 재정을 관리하면서 돈을 벌 욕심으로 성지로 향하는 것이었다.

세 번째 사람은 어느 한 남편이었는데 평생을 일해도 가난을 벗어날 수 없어 삶에 회의를 느껴 켄터베리로 가는 중이었다. 그는 생존의 고통스러운 삶을 벗어나 교단에서 평안한 기쁨을 얻으려 했다.

나머지 한 명은 그 남편의 아내로서 평생 남편과 살았으나 가난은 별 문제가 안 되지만 남편과의 사랑이 식어 더 두 사람 사이의 관계에 희망이 없어 성지로 가는 중이었다.

네 명의 순례자들은 세상의 여러 가지 이유로 속세를 떠나 켄터베리로 가는 중이었던 것이다. 그들은 조슈아와 미리엄에게 속세로 가지 말고 같이 켄터베리로 돌아가자고 제안한다. 하지만 조슈아와 미리엄은 세상의 있는 고통도 의미가 있을 것으로 생각하고 작별을 한 후 속세를 향한다.

"이윽고 켄터베리 순례자들은 산상을 향해 올라갔다. 그동안 시인이 그들의 격에 맞는 우울한 노래인 '견금의 작별'이라는 침통하고 절망적인 가사를 읊었다. 그들은 모든 자연환경이나 사회 문제를 끊었던 것이다. 모든 것이 평준화된, 인간적인 희망과 두려움 대신에 마치 이 세상에서 추방된 자의 피신처인 무덤 속처럼, 냉랭하고 정열이 없는 평화로운 안전이 보장되는 그런 고장으로 피신하려는 것이다. 연인들은 셰이커 샘에서 물을 마셨다. 그리고는 시련을 겪은 희망과 신뢰감이 깊은 애정을 가지고 낯선 세상에 나가려고 발걸음을 재촉했다."

성지를 향하여 순례의 길을 가는 것은 이 세상에 살면서 느끼는 고통과 아픔을 벗어나고 싶어서다. 하지만 그곳에 가도 사람의 마음이 변하지 않는 한 크게 달라질 것은 없다. 시인이나 상인은 자신이 얻고자 하는 것을 위해 그곳을 향하고 있지만, 성지에서 그들이 추구하는 것은 속세에서의 그들의 욕심과 다를 바 없다. 남편 또한 켄터베리를 간다고 해도 속세에서 하던 것처럼 켄터베리에서도 무언가를 해야만 먹고 살 수 있을 것이다. 아내의 경우도 속세에서 못다 한 사랑이 켄터베리에서 보장이 되는 것도 아니다. 사랑은 언젠가 식게 마련이며, 오히려 그곳에서 더 외롭고 쓸쓸할 수도 있다.

속세를 향하는 조슈아와 미리엄은 비록 고통이 있고, 다툼이 있을지라도 켄터베리에서 이루지 못한 사랑을 속세로 가서 많은 것을 이겨내며 살아가겠다고 다짐한다. 그들에게는 속세가 오히려 성지였다. 어떻게 보면 오히려 조슈아와 미리엄이 진정한 순례자일지 모른다. 이 세상에서 성지라는 이상향은 그 어디에도 존재하지 않기에, 시련이 다가와도 그것을 극복해나가는 곳이 진정한 성지일지 모른다.

우리는 모두 이 땅에서 각자의 길을 걷고 있다. 그 길에서 우리는 많은 것을 겪을 수밖에 없지만 힘들다고 그것을 회피하여 다른 성지를 찾기보다 이를 받아들이고 이겨내는 것이 진정한 삶의 태도가 아닐까 싶다. 우리의 삶에 어둠이 있어도, 그것을 밝힐 빛을 스스로 준비해야 한다. 절망 속에서도 희망을 품고, 어려움 속에서도 용기를 가지고 한 걸음씩 이 땅에서 걸어가는 것이 진정한 삶의 길일지 모른다.

고통이 없는 곳은 없다. 고통을 피해 그곳을 떠난다면 그것으로 끝이다. 그 고통을 어떻게 받아들이느냐가 중요하지 않을까? 우리가 있는 이곳이 진정한 성지인 "켄터베리"일지 모른다. 천국은 다른 곳이 아닌 지금 있는 이곳에 그리고 내 마음에 있는 것은 아닐까? 지금 있는 이곳을 천국으로 만드는 일, 그것이 진정 순례자가 해야 할 일이 아닐까?

31.

프레임에 갇힌 사람들

　김동리의 소설 〈무녀도〉는 무당 가족의 한 맺힌 이야기를 담고 있다. 소설에서 무당인 모화는 벙어리 딸 낭이와 살고 있다. 어느 날 모화의 아들 욱이가 집으로 돌아오는데, 그는 모화가 무녀가 되기 전에 낳았던 사생아였다. 욱이는 어릴 때 신동이라 불릴 정도로 똑똑하였지만, 집이 너무 가난해 절로 보내진다. 욱이는 절에서 자랐지만, 그의 어머니인 모화에게 돌아왔을 때는 기독교 신자가 되어 있었다.

　욱이가 무당인 어머니를 기독교로 전도하여 개종시키려 하면서 갈등이 시작된다. 하지만 무당이었던 모화는 예수교라는 것을 처음 들었고, 아들인 욱이가 예수 잡귀에 쓰인 것이라 하여 쫓아내려 한다.

"엇쇠 귀신아, 물러서라

여기는 영주 비루봉 상상봉혜

깎아 질린 돌 베랑혜, 쉰 길 청수혜

너희 올 곳이 아니니라.

바른손혜 칼을 들고 왼손혜 불을 들고

엇쇠 잡귀신아, 썩 물러서라. 툇툇!"

　둘의 갈등은 더욱 깊어지고, 결국 모화는 아들인 욱이를 교회를 다니지 못하게 하려고 성경책을 부엌에서 불에 태운다. 불 속에 있는 성경을 꺼내려는 욱이와 모화가 몸싸움을 하다가 모화가 휘두르는 칼에 욱이는 찔리고 만다.

모화의 극진한 간호에도 불구하고 욱이는 결국 죽고 만다. 모화의 슬픔은 극에 달하고, 마침 모화는 부잣집 며느리의 혼백을 건지는 굿을 맡게 된다. 모화는 그녀의 평생의 마지막 굿을 하고, 신에 들려 주문을 외며 물가로 다가가 물에 빠져 죽고 만다.

"모화가 넋대를 따라 점점 깊은 물 속으로 들어갔다. 옷이 물에 젖어 한 자락 몸에 휘감기고, 한 자락 물에 떠서 나부꼈다. 검은 물은 그녀의 허리를 잠그고, 가슴을 잠그고, 점점 부풀어 오른다. 그녀는 차츰 목소리가 멀어지며 넋두리도 허황해지기 시작했다. (중략) 모화의 몸은 그 넋두리와 함께 물속에 아주 잠겨 버렸다. 처음엔 쾌잣자락이 보이더니 그것마저 잠겨 버리고, 넋대만 물 위에 빙빙 돌다가 흘러내렸다."

무당이 넋두리와 함께 물에 빠져 죽는 것은 "접신의 경지"에 들어가는 것으로 전해지고 있다. 모화는 아들의 죽음과 더불어 그렇게 세상을 떠났다. 엄마와 오빠가 죽고 혼자 남은 낭이에게 어떤 한 남자가 낭이를 데리러 오는데 그는 낭이의 아버지였다. 낭이와 아버지는 전국을 돌아다니며 무녀도를 그려주는 일로 살아간다.

소설을 쓰는 사람이 의도한 바가 있겠지만 작가의 손을 떠난 이상 그 소설의 독자의 몫이 된다. 내가 읽은 무녀도를 한 문장으로 말한다면 "프레임에 갇힌 사람들"이다.

사람들은 각자 자신이 생각하는 것이 있다. 어떤 이들은 자신의 생각과 다르더라도 다른 사람들의 생각을 받아들이는 데 있어 융통성을 발휘하는 반면, 그렇지 못하는 사람들도 있다. 아마도 다른 사람의 시각을 받아들이지 못하는 경우가 대부분일 것이다. 그만큼 자신의 에고가 크다는 뜻이다. 그럴 경우 서로 간의 다툼의 원인이 되기도 하지만, 더 아쉬운 것은 자신의 성장의 커다란 장애가 되기도 한다.

자신의 프레임에 갇혀 버리면, 진실이 왜곡될 수도 있으며 그 진실을 자신을 위해 악용을 하기도 한다. 다른 사람을 이해하기도 힘들고, 자신의 아집에 빠져 배타적으로 될 뿐이다. 모화와 욱이가 그랬다. 각자가 가지고 있는 세계관과 종교가 다르기에 상대를 이해하려고 하기 보다는 자신의 생각을 상대에게 강요하기만 했다. 각자가 가지고 있는 프레임에 갇혀, 가족 간의 이해와 사랑은 다 사라지고 자신의 주장만 관철시키려 하다가 결국 파국에 치닫게 된 것이다.

프레임은 이만큼 무섭다. 다른 것을 이해하려 노력하기는커녕, 하나도 받아들이지 않는다. 자신이 생각하는 것이 옳지 않을 가능성을 전혀 생각하지 않는다. 이로 인해 사소한 오해가 점점 커져 사단이 나는 것이다.

모화와 욱이는 모자지간이었다. 어찌 보면 세상에서 가장 소중하고 친밀한 관계라 할 수 있다. 서로가 조금만 달리 생각하면 충분히 받아들이고 이해해 줄 수 있었는데도 불구하고, 둘은 결국 모두 이 세상을 떠나게 된다. 모화와 욱이처럼 자신의 프레임에 갇혀 버리면, 스스로 그 프레임에서 벗어나기 힘들 수 있다. 다른 사람이 그 프레임을 벗어나게 해 주기는 힘들다. 스스로 갇힌 그 프레임에서 벗어나지 않는 이상, 그들에게는 그 세상이 전부일 뿐이다. 남는 것은 모화와 욱이처럼 서로 간의 비극밖에 없다. 내 자신의 프레임을 깨는 것이 그리 쉽지는 않지만 스스로 노력하는 수 밖에는 없다.

32

존재는 모든 걸 앞선다

나는 존재함 자체로 의미가 있다. 존재는 모든 걸 앞선다. 다른 건 그 이후다. 내가 존재하지 않는 한 모든 것은 의미가 없다. 내가 있은 후 우주도 있다.

내가 존재함을 느낄 수 있는 건 나로서의 삶이다. 다른 이유로 인한 삶은 나의 존재를 허물어뜨릴 수 있다. 내가 진정으로 살아 있음을 느낄 수 있는 삶이 내 존재 이유다. 나의 욕심과 사회적 관습은 나의 존재의 순수함을 잃어버리게 한다. 그 순수함을 지키는 것은 쉽지 않다. 그러기에 내가 내면적으로 성장해 가야 한다.

에리히 프롬의 〈소유냐 존재냐〉는 진정한 존재자로서의 삶이 무엇인지를 알려준다.

"소유와 존재의 차이는, '생명에 대한 사랑'과 '죽음에 대한 사랑'의 차이인 동시에, 인간 실존의 가장 중대한 문제라는 것이다. 아울러 경험적, 인류학적, 정신분석적 자료를 토대로 분석해 보면, 소유와 존재는 경험의 기본적인 두 형태로, 그 강도가 개인의 성격과 온갖 유형의 사회적 성격의 차이를 분명히 결정짓는다는 것이다."

우리가 소유하고 있는 것은 언젠가 다 사라진다. 내 주위에 영원히 존재하는 것은 없다. 오로지 나 자신이 나와 시작과 끝을 함께 할 뿐이다. 사라지는 것이 소중할 수도 있다. 하지만 거기에 집착하는 순간, 나의 존재의 뿌리가 흔들린다. 혼란은 그로부터 시작된다. 갈 길을 모르고 가는 것과 다를 바 없다. 가다 보니 남아 있는 시간은 이제 얼마 없다는 것을 깨닫게 된다.

"새로운 사회의 기능은 새로운 인간의 출현을 촉진시키는 일이다. 새로운 인간이란 어떤 성격을 갖고 있는 존재일까? 그는 완전하게 존재하기 위해 모든 소유 형태를 스스로 포기하려는 의지가 있다. 자기 이외의 어떠한 인간이나 사물도 자신의 인생에 의미를 부여하지 못함을 안다. 철저히 독립하고 사물에 집착하지 않는 것이 동정과 나눔에 헌신하는 가장 완전한 능동성의 조건이 된다는 사실을 인정한다."

새로운 인간이란 별 게 아니다. 과거보다 나은 내가 되려고 노력하는 인간이 새로운 인간이다. 다시 태어나야 한다는 뜻이다. 자신의 틀 안에 갇혀 있는 한 다시 태어날 수는 없다. 그 틀을 깨야겠다는 스스로의 인식이 없이는 불가능하다. 자신의 가능성의 영역을 넓히어 나가는 일이 바로 새로운 인간이 해야 할 일이다. 소유는 단순한 재산이나 물건이 아니다. 모든 집착이다. 그 집착에 붙들려 있는 동안 넓혀야 할 가능성의 영역은 줄어들 뿐이다. 따라서 집착하고 있는 것을 다 버려야 한다.

"그는 지금 자신이 있는 곳에 완전히 존재한다. 생명의 모든 현상을 사랑하고 존경한다. 그것은 물건의 권력과 모든 죽어 있는 것이 아니라, 생명과 그 성자에 관련된 모든 것이 신성하다는 지식 속에서 찾을 수 있다. 그는 어디까지 도달할 수 있느냐는 운명에 맡기고 항상 성장하는 삶의 과정에서 행복을 찾아낸다. 그 이유는 최선을 다해 완전하게 산다는 것은 자기가 무엇을 달성할 수 있느냐 하는 걱정을 할 필요가 없을 정도로 만족감을 주기 때문이다."

내가 어디까지 도달할 수 있는지는 알 수 없다. 인간은 유한한 삶을 살 수밖에 없기에 그렇다. 어디까지 달성하는 것이 중요한 것이 아니다. 그 길을 가는 하루하루가 중요할 뿐이다. 내가 존재하는 곳에서 내가 되어가는 과정에 나의 존재의 의의가 있다. 내일을 바라지 않는 내가 바로 존재자로서의 내가 아닐까? 존재가 모든 걸 앞서기에.

33.

다른 사람을 포용하지 못한다면

하인리히 클라이스트의 〈칠레의 지진〉은 종교의 틀에 갇힌 사람들의 이성을 잃은 광기에 관한 이야기이다. 종교건 관습이건 우리가 가지고 있는 가치관과 세계관이 폐쇄적이라면 그 사고의 틀이 광기로 변해 얼마나 무서운 결과를 초래하는지를 보여준다. 소설의 내용은 간단하다.

칠레의 산티아고에 사는 청년 루게라는 가정교사를 하고 있는 집의 딸 호세페와 사랑에 빠진다. 호세페의 아버지는 루게라를 집에서 내쫓고, 딸은 수도원으로 보낸다. 하지만 루게라와 호세페는 수도원에서 만나 사랑을 이어가고 호세페는 임신을 하게 된다. 우연히 성체 축제일에 아이를 낳게 된 호세페는 거룩한 성일을 더럽혔다는 명목으로 종교재판으로 참수형에 처해지고, 루게라는 감옥에 갇힌다.

"성체 축제날 일이었다. 예비 수녀들이 수녀들 뒤를 따르는 엄숙한 행렬이 막 시작되려는 순간, 호세페는 불행하게도 종소리와 함께 진통을 느끼면 본당 계단 위에 쓰러졌다. 그리고 산고에서 풀려나자마자 대주교의 명령으로 아주 준엄한 심판을 받았다. 시민들은 분개하여 떠들어댔으며 불상사를 낸 수도원에 대해 비난하는 소리가 사자의 포효처럼 일어났다."

거룩한 장소라는 수도원에서, 거룩한 성일에 집에서 쫓겨난 사람들의 아이가 태어났다는 이유가 호세페가 참수형에 처해지는 것이 옳은 것일까? 아이의 탄생이 오히려 거룩한 것이 아닐까? 내가 생각하기에는 인간을 구원하는 것이 종교의 할 일이다. 종교는 버림받은 사람을 도와주어야 마땅하다. 어디가 성지이고 언제가 성일일까?

종교의 교리에 얽매여 갓 태어난 아이의 엄마를 죽여버리는 이유는 극히 편협한 시각일 뿐이다. 종교의 교리가 사람의 목숨보다 더 소중한 것일까? 사람들이 생각하는 것이 곧 신의 생각은 아니다.

참수형에 처해져 호세페가 형장으로 가던 중, 칠레에 대지진이 일어난다. 호세페는 아이를 찾아 숲속으로 도망가고, 감옥을 탈출한 루게라는 호세페와 아이를 숲에 가서 찾아 만나게 된다. 마침 페르난도와 그의 아내 엘비레는 갓난아이 후앙이 있었는데 젖이 모자라는 것을 알고 호세페가 후앙에게 젖을 먹이며 도와준다.

하지만 시민들은 칠레의 지진이 풍기문란을 저지른 루게라와 호세페 때문이라며 둘을 길거리에서 때려죽인다. 이를 말리던 중 페르난도가 안고 있던 그의 아들 후앙도 시민에 의해 죽게 된다.

"우두머리인 페드릴로는 페르난도 가슴에서 한 아이의 다리를 잡아 낚아채어서 아이 몸이 교회 기둥 모서리에 닿아 으스러뜨리기 전까지 공중에서 빙빙 돌리는 일을 계속하였다. 그런 뒤, 조용해지고 모두들 떠나갔다. 페르난도는 어린 후앙이 뇌에서 골수를 쏟은 채로 자기 앞에 쓰러져 있는 모습을 보고 뼈를 깎는 듯한 고통에 가득 차서 눈을 들어 하늘을 쳐다보았다."

하루아침에 아들을 잃은 페르난도와 그의 아내 엘비레는 말할 수 없는 참담함에 빠지지만, 호세페의 아들을 데리고 양자로 삼아 살아간다.

두 남녀가 사랑하는 것이 지진의 원인은 아니다. 그것은 단순한 자연현상일 뿐이다. 우연히 일어난 지진이 왜 그들의 책임이라는 것인가? 그러한 것이 이제 태어난 갓난아이까지 죽여야 하는 이유가 되는 것인가? 인간의 광기의 한계는 어디까지인가?

우리가 살아가고 있는 현재에도 소설과 같은 일이 일어나고 있지는 않을까? 어느 시대건 어떤 사상이나 관습을 절대시 해서는 안 된다. 자신이 생각하고 있는 것이 무조건 옳다고 생각하는 그 자체가 위험할 수 있다. 다른 가능성을 항상 열어 놓고 다른 사람을 받아들일 수 있는 포용력은 우리의 삶을 다르게 변화시킬 수 있다. 그렇지 않다면 그 누구든 광기의 인간으로 될 수가 있기에.

34.

태초 그 이전

우주는 어떻게 시작되었을까? 우리는 우주의 시작을 진정으로 알수 있을까? 시간이 흐르면서 우주는 어떻게 변해가고 있는 것일까? 우주의 미래는 어떤 모습일까?

어쩌면 인간의 영원한 질문이라 할 수 있는 우주의 기원과 진화에 대해 폴 데이비스는 〈현대물리학이 발견한 창조주〉라는 책을 통해 답하려 노력한다.

어쩌면 이 질문에는 답이 있겠지만, 우리는 그 정답을 영원히 찾을수 없을지도 모른다. 인간의 지식이 아무리 발전을 하고 인류가 멸망할 때까지 노력을 한다 하더라도 이 문제에 대한 답은 찾지 못할 수도 있다.

찾지 못하는 답을 위해 질문을 하고 노력을 할 필요가 있을까? 어쩌면 그것은 우리가 가지고 있는 알 수 없는 것에 대한 호기심이라는 본능일지도 모른다. 신의 영역을 들여다보고 싶은 인간의 호기심말이다.

"우주 창조라는 것이 있었을까? 만일 있었다면 언제 그 일이 일어났으며, 무엇이 그것을 일으켰을까? 인간과 삼라만상의 존재에 대한 수수께끼보다 더 심오하고 대답하기 어려운 것은 없다. 대부분의 종

116

교들은 우주 만물이 어떻게 시작되었는가를 설명하는 이야기를 가지고 있다. 이 점에서는 현대 과학도 마찬가지다."

우주의 시작은 어떤 모습이었을까? 현대 우주론은 이 질문에 답하기 위해 지난 많은 시간 동안 엄청난 노력을 기울여 왔다. 이제까지 알려진 지식을 종합해 보면 실로 경이로울 수밖에 없을 정도이다.

저자는 이 책에서 과학의 가장 최전선이라고 할 수 있는 현대물리학의 발전 과정과 그 결과들을 살피면서 신의 존재도 이야기하고 있다.

"우주가 무한히 오래된 것이든 아니면 과거의 한정된 시간대에 출발점을 갖고 있든 간에, 거기 모든 것의 맨 처음 원인이 존재해야만 한다는 논리는 우리가 어떤 단순한 원인의 개념에만 집착하는 한 상당히 의심스러운 것일 수가 있다. 생각건대, 시간을 거꾸로 소급해 올라가서 작용하는 인과론이나 또는 양자론의 의식 개입 과정과 같은 색다른 원인 결과 메카니즘에는 우주 창조 이전에 하나의 원인이 있어야 한다는 필요성을 없애준다."

근대 과학의 가장 중요한 성과 중의 하나는 어떤 결과에는 반드시 원인이 있다는 것이다. 이것이 바로 뉴턴 과학의 가장 놀라운 성과였다. 하지만 그것은 현대 과학에 들어와 무너졌다. 인과론은 이제 지나간 시대의 유물에 불과했다. 우주의 기원에 대한 답을 찾기 위해서는 인과론이 필수불가결한 것은 아니다.

"현대물리학은 시간과 공간, 그리고 물질에 대한 많은 상식적인 개념들을 둘러엎었기 때문에 진지한 종교적인 사색가라면 그것을 무시할 수가 없다. 세상을 그것의 다양한 측면들을 이해할 때만이 우리는 우리 자신을 이해하게 될 뿐만 아니라 우리의 집인 이 우주의 배후에 숨은 의미를 이해하게 되리라는 것이 나의 깊은 확신이다."

현재 우주론의 대세라 할 수 있는 대폭발 이론은 우주의 시작을 어떤 우연에 의한 폭발로 본다. 그것을 모든 것의 시작이라고 한다. 그렇다면 그 대폭발이 되기 위해서는 그 시작 전에 그것을 가능하게 해 줄 수 있는 무언가가 있어야 한다. 태초 그 이전에 또 다른 무엇이 있어야 한다는 뜻이다. 그것이 무엇일까? 우주를 탄생시키기 위한 대폭발을 위해 우주가 시작되기 전에 무엇이 그것을 가능하게 했던 것일까? 태초 그 이전엔 과연 무엇이 있었던 것일까?

그 질문에 대한 답을 찾을 수가 있을까? 어떻게 그 답을 찾아야 하는 것일까? 우주에 대한 질문은 우리 인간의 지식의 한계를 벗어난 영역이다. 하지만 우리는 끊임없이 질문하고 답을 찾아 나간다. 그것이 우리의 운명인지 모른다. 그렇게 우리는 신의 영역을 들여다보고 있는 것이다.

35

개인적 이성의 한계

인간의 인식은 대단하지 않다. 우주 전체를 생각할 때 우리가 알고 있는 지식은 하찮을 뿐이다. 우리가 알고 있는 현재의 인식과 지식으로 모든 것을 판단할 때 항상 부족함이 있음을 알아야 한다. 우리가 모르는 것이 훨씬 더 많기 때문이다. 우리는 모든 것을 판단할 때 자기중심적으로 생각하지 않을 수 없다. 그렇기에 우리의 판단에 잘못이 있을 가능성이 있다.

제임스 조이스의 단편소설 〈뜻밖의 죽음〉은 단순한 지식적 판단이 우리의 삶에서 얼마나 동떨어져 있는지를 묻고 있다. 주인공 더피는 자신의 지식과 정신세계는 항상 옳다고 생각하는 사람이다. 그는 자신의 지식이 항상 완벽하다고 생각해 오고 있었다. 하지만 그것은 어찌 보면 다른 사람을 인정하지 않는 아집에 불과했다. 그는 어느 날 음악회에서 우연히 어떤 여인을 만나 교제를 시작한다. 하지만 지식이나 교양이 별로 많지 않고, 마음 가는 대로 살아가는 그 여인에게 나중에 이별을 고한다. 그로부터 버림받은 그 여인은 몇 년 후 열차에 치여 죽게 되는데 더피는 그 여인의 죽음을 생각하며 자신이 그동안 살아왔던 시간에 대해 회의를 느낀다. 자신의 지성적인 판단이 항상 옳다고 생각했지만, 그 세계가 전부가 아니었기 때문이다.

우리는 자신이 가지고 있는 이성적 판단으로 살아간다. 하지만 중요한 것은 우리가 알고 있는 것이 전부가 아니라는 것을 인식해야 한다. 내가 모르는 다른 것이 또 존재하고 있을 수 있다는 것을 마음에 깊이 새겨야 한다. 자신의 알고 있는 지식으로 모든 것을 판단하고 끝낸다면, 숨어있는 진실은 영영 알 수가 없게 된다.

더피의 가장 커다란 문제는 자신의 지성을 너무 믿었던 것이다. 그로 인해 그는 어쩌면 인생에서 가장 중요한 것을 잃었다. 삶은 지식이 전부가 아니다. 오히려 자신이 감정에 충실하려 했던 그 여인이 삶의 진정한 주인공이었는지 모른다.

"왔던 길로 되돌아갔다. 기관차의 리듬이 여전히 귓전에서 고동치고 있었다. 그는 추억이 일러주는 이야기의 진실성을 의심하기 시작했다. 그래서 어떤 나무 밑에서 발을 멈추고, 그 리듬이 사라져 가기를 기다렸다. 그러자 이미 그녀는 어둠 속에서 자기 옆에 있지도 않았고, 그녀의 목소리도 들리지 않았다. 더피씨는 몇 분 동안 귀를 기울이며 기다렸다. 이제 아무것도 들을 수 없었다. 밤은 더할 나위 없이 고요했다. 다시 귀를 기울였다. 완전히 고요했다. 그는 혼자임을 느꼈다."

우리는 우리의 이성적 판단을 전적으로 믿는 경향이 있다. 거기에 오류가 있다. 우리의 그 이성적 판단이 완벽하지 않기 때문이다.

더피는 자신의 지식이 항상 옳다는 확신으로 살았기에 그는 삶의 진리를 이해하지 못했다. 그가 쓸쓸함을 느끼는 것은 자신의 자아상이 흔들렸기 때문이다. 그동안 믿고 살아왔던 자신의 세계가 전부가 아님을 느꼈기 때문이다.

우리가 지금 집착하고 있는 것, 원하고 있는 것, 목표로 하고 있는 것, 배타적으로 생각하고 있는 것, 그러한 것이 나에게 어떤 의미가 있는 것인지 생각하는 사람은 드물다. 이성의 한계에 빠져 있기 때문이다. 인간의 이성은 완벽하지 않음에도 우리는 자신의 이성이 완벽하다고 믿고 있는 것이다.

자신의 판단과 이성에서 자유로울 때 우리는 그나마 더 풍요로운 삶을 살게 될지도 모른다. 우리가 알지 못했던 다른 것들을 볼 수 있기 때문이다. 자아가 강한 사람일수록 그렇게 하기가 쉽지 않다. 나의 자아가 나의 성장을 방해하고 있는 것인지도 모른다.

우리가 철저히 믿고 있는 우리의 이성은 모든 것을 다 알려주지는 않는다. 우리는 현재 우리가 살고 있는 이 세계가 4차원 시공간이라고 믿고 있다. 하지만 만약 4차원 시공간이 아니라면 어떻게 되는 것일까? 우주가 5차원이나 10차원이 되지 말라는 이유라도 있는가? 우리가 4차원 시공간적인 이성을 가지고 있기 때문에 그렇게 믿고 있는 것은 아닐까?

우리 각자의 이성으로는 이 세상을 다 알 수 없다. 자신이 알고 있는 것이 전부라는 아집에서 벗어나야 한다. 세상은 우리가 가지고 있는 지성으로 시시비비를 따지며 살아가다 보면 더 중요한 것을 잃을 수 있다. 거기에 우리 이성의 한계가 있다. 그 이성의 한계를 넘어서는 것이 어쩌면 진정한 삶의 길로 들어서는 것인지 모른다.

36.

삶에 대한 전율

다가오는 것을 피하지 않는다. 선택하지도 말고 그냥 다 받아들인다. 모든 것을 스스로 다 헤쳐나간다. 두려워 피하거나 겁내서 도망치지 않는다. 겪을 건 다 겪고, 감내할 건 다 감내하고, 체념할 건 다 체념한다. 삶의 한 가운데 서 있을 때 우리는 삶의 전율을 느낀다.

루이제 린저의 〈생의 한가운데〉는 니나라는 여인의 삶을 그녀를 사랑했던 슈타인의 편지와 일기로 조명한 소설이다. 니나는 생의 한 가운데에서 그녀의 삶 전체를 받아들이고 그녀 삶의 흐름을 스스로 바꾸려 노력한 여인이었다. 그녀는 자신에게 닥치는 삶의 모든 것들을 피하지 않았다. 모든 장애물과 아픔을 전부 받아들였다. 니나는 그녀가 겪는 많은 아픔과 고통은 그 자체로 받아들였다. 그것을 뛰어넘으려 했고, 그러다 넘어지기도 했다. 사람은 살아가면서 누구나 고통을 겪으며 살아간다. 우리는 그 고통을 벗어날 수가 없지만 그것을 넘어서다 보면 기쁨도 있고, 행복도 있다.

소설의 또 다른 주인공이라 할 수 있는 슈타인은 니나를 사랑했지만 멀리서 그녀를 지켜보며 그 사랑을 지켰다. 니나에게 20년 연상인 그는 그 오랜 세월 니나의 성장과 변화를 관찰하며 그의 생의 모든 것을 건다. 그는 니나의 방종을 인내했고, 다른 남자의 아이를 임신한 그녀의 자살을 막아주었다.

죽음을 앞둔 슈타인이 18년간 지켜보았던 니나에게 마지막 편지를 남긴다. 슈타인은 그의 죽음 앞에서 니나를 회고하며 그녀를 온전히 받아들임으로써 삶을 마감한다.

"나는 인생한테, 나에게 그런 아름다운 해후를 마련해준 데 대해서 감사한다. 니나의 목소리는 내가 들은 마지막 인간의 것이 되어야 했고 니나의 눈은 내가 기억해둘 마지막 눈이 돼야 했다. 아침에, 다시 한번 나의 양심은 나의 인생을 회고해 보기를 강요했다. 그리고 나는 많은 빛이 있었던 것을 발견한다. 인생의 빛, 이제 너는 변경할 수 없는 그런 순간에 그런 것을 통찰한 고통은 크다. 나는 니나한테 마지막 편지를 쓴다. 어스름이 닥치고 나를 위한 시간이 다가온다. 고통이 시작되고 나의 의식은 장막에 쌓이기 시작한다."

니나라는 여인과의 사랑을 지켰던 그는 죽어가며 삶이 무엇인지 느꼈으리라. 슈타인은 니나로 인해 그의 존재의 의의를 느끼며 생을 마감했다. 어쩌면 정말 행복한 삶의 종말일지도 모른다.

우리가 살아가다 보면 생각지도 못한 많은 일들이 일어난다. 하지만 어떤 일에도 흔들리지 않고 나가야 한다. 삶의 근원적인 의미는 흔들리지 않음이다. 거기에 우리의 존재 가치가 있다. 외부의 폭풍에 흔들리면 우리의 존재도 더 이상 유지될 수가 없기 때문이다.

우리는 살아가면서 스스로가 만든 굴레도 있고, 외부에 의해 타의로 주어지는 굴레도 있다. 이러한 굴레를 단순히 벗어나려고 하다가 오히려 절망과 좌절에 이를 수도 있다.

하지만 삶의 한가운데서 굳건히 서서 그냥 다 부딪치고, 헤쳐나가고 잠시 쉬더라도 다시 전진해 가야 한다. 거기에서 우리는 삶의 전율을 느낀다. 그 전율은 겪지 않은 사람은 모를 것이다. 자신의 모든 것을 바쳐 살아온 사람만이 겪을 수 있는 것이다. 삶은 도피가 아니다. 삶을 마주보며 어떤 일이건 헤쳐나갈 때 우리는 진정한 삶의 깊이를 알 수 있을 것이다.

37

삶의 불확실성

　베르너 하이젠베르크는 1901년 독일 뷔르츠부르크에서 태어나 뮌헨 대학에서 물리학과 수학을 공부하였다. 그곳에서 만난 스승이 바로 좀머펠트 교수였다. 실험에 재능을 보이지 못한 하이젠베르크에게 좀머펠트는 이론 물리학에 집중하라 조언하며 그의 재능을 이끌어낸다. 하이젠베르크는 박사학위를 받기 위한 시험에서 빈이 출제한 물리학 실험에 관한 문제를 하나도 답하지 못해 학위를 받지 못할 위기에 처하게 된다. 하지만 스승이었던 좀머펠트는 빈을 적극 설득하고 빈은 실험에서 하이젠베르크에게 합격선의 최저점을 부여하여 간신히 박사학위를 받는다.

　그 후 하이젠베르크는 괴팅겐 대학으로 가 막스 보른 밑에서 수학을 집중적으로 공부한다. 1년 후 좀머펠트 교수의 주선으로 코펜하겐의 보어에게 가서 함께 연구할 기회를 얻는다. 보어와 연구하던 중 그는 질병에 걸려 휴양차 코펜하겐을 떠나 홀로 지내야 했는데, 이 시기가 그의 인생에서 몰입을 할 수 있는 기회였다. 그의 책 〈부분과 전체〉에서 베르너 하이젠베르크는 당시를 회상한다.

　"1925년 말에 나는 아주 불쾌한 고초열병에 시달리게 되었다. 나는 도리 없이 보른에게 2주일 동안의 휴가를 얻을 수밖에 없었다. 고초열병을 완치하기 위하여 나는 헬골란트섬으로 여행을 하면서 바다 공기를 마시기로 했다. 헬골란트에 도착하였을 때는 얼굴이 부어올라 참으로 비참한 몰골을 하고 있었다. 내가 든 방은 아랫마을과 그 후면에 있는 모래사장과 바다를 한 눈으로 내려다볼 수 있는 곳에 자리 잡은 여관의 3층이었다."

하이젠베르크에게 이 몰입의 시간은 그의 인생의 전환점이 되었다. 좀머펠트, 보른, 보어 밑에서 많은 것을 배우고 무언가를 할 수 있는 준비된 바탕 하에 자신만의 창조적 시간이 그에게 주어졌던 것이다. 그는 이 기간 동안 양자역학의 가장 중요한 틀인 행렬역학을 만들어 낸다. 페스트가 유행하던 아이작 뉴턴이 휴교기간이었던 2년여 동안 자신의 모든 것을 집중하여 운동의 법칙과 미적분을 만들어 낸 것과 유사하다.

"어느 날 밤, 에너지의 표, 즉 요즘의 언어로 말하면 에너지 행렬의 각각의 항을 오늘날의 척도로 보면 매우 복잡하고 번잡하지만, 계산을 통해서 표현할 수 있는 경지에까지 이르렀다. 최초의 1항으로서 에너지의 법칙이 확증되었을 때 나는 일종의 흥분상태에 빠져서 다음 계산이 자꾸 틀리곤 하였다. 그래서 그 계산의 최종 결과가 나온 것은 새벽 3시가 가까워서였고, 모든 항에서 에너지의 법칙이 타당한 것으로 증명되었다. 그래서 나는 수학적으로 아무런 모순이 없는 완전한 양자역학이 성립되었다는 사실을 더 이상 의심할 수가 없었다. 처음 순간, 나는 참으로 놀라지 않을 수 없었다. 모든 원자 현상의 표면 밑에 깊숙이 간직되어 있는 내적인 아름다움의 근거를 바라보는 느낌이었다."

또한 스승인 좀머펠트의 도움으로 당대 최고의 물리학자인 알버트 아인슈타인과 만나게 되었고, 그와 오랜 시간 물리학에 대해 깊이 있는 토론을 할 수 있는 기회를 얻게 된다.

"1927년 어느 날 밤 자정쯤이었을 것으로 생각되는데, 나는 갑자기 아인슈타인과 나눈 대화 가운데서 아인슈타인의 말, 즉 '이론이 비로소 사람들이 무엇을 볼 수 있는가를 결정한다'는 말을 기억해 냈다. 나는 아인슈타인의 이 표현을 숙고하기 위해 팰레트 공원으로의 심야 산책을 감행하였다. 우리는 안개상자 안에서 전자의 궤도를 볼 수 있다고 너무 경솔하게 말해 온 것이 아닐까? 아마도 사람들이 실제로 관찰할 것은 훨씬 적은 것이었을지도 모르는 일이며, 부정확하게 결정된 전자 위치의 불연속적인 한 줄기 결과만을 인지할 수 있는지도 모를 일이다."

그리고 그는 현대물리학에서 가장 중요한 "불확정성 원리"를 알아내게 된다. 뉴턴의 물리학에서 알려져 있는 입자의 위치와 운동량은 어떤 상태에 있든지 항상 동시에 정확하게 측정할 수 있다는 것을 완전히 뒤집어 놓는 이론이었다. 고전역학의 가장 중요한 전제 사실이 하이젠베르크의 이론으로 붕괴되어 버린 것이다. 그리고 그는 1932년 31세라는 젊은 나이로 노벨 물리학상을 수상하게 된다.

불확정성 원리의 핵심은 한 개의 양이 아닌 두 개의 양에 대한 것이다. 위치와 운동량, 에너지와 시간, 이 두 개의 양을 동시에 정확하게 측정이 불가능하다는 것이다. 만약 입자의 위치를 정확하게 측정하려다 보면 운동량의 값은 더욱 불확실하게 되고, 시간을 보다 정확하게 측정하려다 보면 에너지의 불확실성이 커지게 된다. 두 개의 양을 거의 비슷한 불확정도를 가지고 측정하고자 하면 어느 최소값 이상은 또한 불가능하다. 이 이론이 현대물리학의 가장 근본적인 중추가 되었다. 절대성이라는 뉴턴물리학의 근간을 무너뜨렸기 때문이다.

자연의 원리를 노자는 "道"라 칭했다. 이는 시공간에 존재하는 모든 것에 해당하는 것이라 생각된다. 인간도 예외가 아닐 것이다. 자연의 길을 따를 때 우리의 많은 문제가 해결된다. 원자핵 주위를 도는 전자만이 불확정성 원리가 적용되는 것은 아니다. 우리 인간도 이 원리를 우리 생활에 적용할 필요가 있다. 자연의 길 즉, "道"를 따를 필요가 있다.

우리 주위의 대부분의 사람들은 자신이 항상 옳고 다른 사람은 옳지 않다고 주장하는 경우가 너무나 많다. 자신의 생각은 어디까지 옳은 것일까? 다른 사람은 전부 다 틀린 것일까? 나의 생각이 전부 옳다고 주장하는 것 자체가 자연의 원리를 배제하는 오만이다. 무엇이 항상 옳다는 것은 이 세상에 아예 존재하지 않는다. 나의 생각이나 나의 주장이 어느 정도는 옳지 않을 수도 있다고 생각하는 것이 바로 어쩌면 진정으로 옳은 생각이라 해야 하지 않을까? 만약 그렇지 않다면 자신의 주장을 어떻게든 관철시키기 위해 모든 수단과 방법을 가리지 않게 되고 진실과 참된 선은 이로 인해 무너져 버리고 만다. 내가 현재 생각하고 판단하는 것으로 다른 사람을 무시하고 비판하는 것은 그만큼 자연의 길을 따르지 않고 있는 것이다.

나는 요즘 자신을 그리 내세우지 않고 강하게 주장하지 않는 사람들이 그립다. 겉으로 봐서는 그는 똑똑해 보이지도 않고 잘나 보이지 않지만, 그런 사람과 시간을 함께 하는 것이 편하다. 자신의 주장을 관철시키기 위해 모든 것을 다 동원하는 사람들이 무섭다. 자신이 알고 있는 것이 불확실할지도 모른다는 아량을 가지고 있는 사람들이 드문 현실이 서글프기도 하다. 세상에 절대적인 것은 없다. 자연이 불확정한 것을 원리로 삼듯, 우리의 삶에도 불확실성이 있다는 것을 인정해야 하지 않을까?

38.

믿음은 부질없다

우리는 사람을 얼마나 믿어야 할까? 주위에 나를 끝까지 믿어주는 사람은 과연 누구일까? 왜 사람들은 가까운 가족이나 친구들 간에도 믿지를 못하는 걸까? 이는 다 자신의 이익을 추구하기 때문이다. 자신의 이익과 부합하지 않으면 아무리 오랜 시간 가깝게 지냈을지라도 의를 저버리는 경우가 너무나 흔하다.

믿음은 시간의 함수가 되지 말아야 한다. 시간이 지나도 변하지 않는 상수가 되어야 한다. 그것이 온전한 믿음이다. 그렇지 않다면 믿음이라는 단어는 한낱 부질없는 공염불과 다를 게 없다. 나를 끝까지 믿어주는 사람에게 나의 모든 것을 줄 수밖에 없다. 상황에 따라 변하는 믿음에게는 어떤 것도 주기가 두려울 뿐이다.

박경리의 소설 〈불신시대〉는 한국전쟁을 전후로 극도로 혼란된 시대에서 대부분의 사람들이 자신의 이익만을 위해 거짓과 배신을 하며 살아가는 시대상을 고발하고 있다. 소설에서 주인공인 진영은 죽은 자신의 아들의 영혼을 위해 스님을 믿고 사찰에 적지 않은 돈을 맡기고 예불을 부탁하지만, 오히려 스님들로부터 배신감을 느낀다. 종교마저 믿을 수 없는 것이었다.

"진영은 법당 축돌 위에 주저앉았다. '이 세상이나 저 세상이나 그저 돈이 있어야지요.' 하던 말이 되살아온다. 물론 처음부터 거래였다. 그렇다면 화폐의 액수에 따라 문수에 대한 추모의 정이 계산된단 말인가. 진영이 그러한 울분에 젖어 있을 때 말쑥하게 차려입은 그 서장의 부인인 듯싶은 젊은 여인이 주지 중에게 인도되어 법당으로 들어가고 있었다. 잠깐 후 불경 읽은 소리가 저렁저렁하게 밖으로 흘러나왔다. 잠들었던 부처님이 처음으로 일어나서 기를 기울일 만한 뱃속에서 밀어낸 목소리였다."

남편은 한국 전쟁에서 죽고, 아들마저 잃고, 경제적으로 너무 힘들어 제대로 치료를 받지 못한 상황에서 병원 가기를 계속 미루다가 결국 어쩔 수 없는 상황에 이르러 병원에 갔지만, 의사와 병원도 다 사기꾼들의 집합소였다. 주위의 모든 것이 다 믿을 수 없는 존재들뿐이었다.

"진영은 그 이상 견딜 수가 없어서 내버려 두었던 몸을 끌고 H병원으로 갔다. 그러다가 그곳에도 일주일이 멀다고 그만 가는 것을 중지하고 말았던 것이다. 얼마 남지 않은 돈은 생활비에나 써야 한다는 이유도 있었다. 그러나 직접적인 동기는 외국제 주사약의 빈 병들을 팔아버리는 장면을 본 때문이다. Y 병원에서는 주사약의 분량을 속였고, S 병원은 엉터리였다. 그리고 H병원에서는 빈 약병을 팔았다."

진영은 결국 사찰에 가서 자신의 아들의 사진을 찾아온다. 믿을 수 없는 사찰에 아들의 사진을 놓고 싶지 않아서다. 혼자 사랑했던 아들의 사진을 다 태우고 진영은 마음먹는다. 이제 더 이상 그 누구도 믿지 않기로.

"사진은 말끔히 타버렸다. 노르스름한 연기가 차차 가늘어진다. 진영은 연기가 바람에 날려 없어지는 것을 언제까지나 쳐다보고 있었다.

'내게는 다만 쓰라린 추억이 남아 있을 뿐이다. 무참히 죽어버린 추억이 남아 있을 뿐이다.'

진영의 깎은 듯 고요한 얼굴 위에 두 줄기 눈물이 흘러내리고 있었다. 겨울 하늘은 매몰스럽게도 맑다. 잡나무 가지에 얹힌 눈이 바람을 타고 진영의 외투깃에 날라 내리고 있었다.

'내게는 아직 생명이 남아 있었지. 항거할 수 있는 생명이.'

진영은 중얼거리며 잡나무를 휘어잡고 눈 쌓인 언덕을 내려오는 것이었다."

진영의 주위엔 믿을만한 사람이 하나도 없었다. 그래서 다른 사람을 전혀 의지하지 않기로 한다. 오직 자신만을 믿기로 한 것이다. 지금의 사회도 마찬가지다. 믿고 내 자신을 보여주는 게 두렵다. 그 사람이 나중에 나에게 어떻게 할지 모르기 때문이다. 그러기에 모든 사람을 남처럼 대할 수 밖에 없다. 슬픈 현실이 아닐 수 없다.

나를 끝까지 믿어주는 사람은 누구일까? 가족이건 친구이건 어떤 관계이건 자신의 이익을 중히 여기는 사람은 믿을 수 없다. 자신의 주장이 강한 사람도 마찬가지다. 언제든 자신의 이익을 위해 나의 믿음을 저버릴 수 있기 때문이다. 마음이 깨끗한 사람은 그나마 가능하지만 그런 사람은 그리 많지 않다. 나를 끝까지 믿어주는 사람과 오래도록 함께 할 수 있기를 바랄 뿐이다. 하지만 믿음은 부질없다는 생각이 드는 이유는 무엇 때문일까?

39.

어긋난 인연은 삶을 비틀고

우리는 살아가면서 많은 인연을 만난다. 그러한 인연의 돌고 돌음이 우리의 삶을 굴곡지게 하기도 하고 비틀어 버리기도 한다. 삶은 그리 녹녹하지 않으며, 운명을 저항할 힘이 우리에게는 그리 많지 않다. 자신의 운명을 스스로 만들어 갈 수 있다 말한다면 그는 아직 삶을 진정으로 겪지 않았기에 하는 말은 아닐까?

김원일의 소설 〈바라암〉은 우리 삶의 비틀린 인연의 아픔을 이야기한다. 한국 전쟁 중 바라암의 법담 스님 앞에 점례는 고아로 맡겨진다. 절에서 곱게 잘 자라던 점례는 어느덧 성숙한 여인이 되었고 바라암 근처 귀래천을 건너 읍내를 가끔 다녔다.

귀래천을 건너려면 장사공의 배를 타야 했고, 장사공의 아내가 읍내에서 늦게까지 돌아오지 않던 어느 여름날 장사공은 자신의 집에서 잠시 점례가 옷을 벗고 씻는 것을 보고 순간의 정욕을 참지 못한다. 이 일로 인해 점례는 남자를 알게 된다. 그 후 점례는 법담 스님을 떠나 환속을 한다. 경제적인 능력이 없던 점례는 미군 부대 근처에서 양공주가 되고 머리가 노랗고 푸른색의 지수를 출산한다. 혼자 힘으로 혼혈아를 키울 수 없었던 점례는 바라암으로 와 법담 스님에게 지수를 맡긴다.

"시님, 다시 오게 될는지, 증말 지가 다시 바라암을 찾게 될는지 모르겠이유. 아니, 이애를 찾어 꼭 다시 오게 될 끼유. 부디 잘 살펴 주시유. 지는 보살도 못 되고 험한 인생 베랑길로 떨어지고 말었지만 저애만은 큰 덕을 깨치게 자비를 베풀어주시유."

지수는 법담스님 밑에서 청년이 될 때까지 잘 자랐지만, 운명은 그를 가만두지 않았다. 지수가 귀래천으로 가던 중 동네 구장은 지수와 동행하고자 지수를 자신의 집으로 잠시 불러들인다. 하지만 그 집안에는 두 명의 술집 여인들이 구장과 술을 먹던 중이었다. 방에 들어온 지수는 그곳에서 여인이라는 존재를 느끼게 된다. 그 일 이후 귀래천을 건네주는 장사공의 딸 봉녀와 지수는 젊은 혈기를 누르지 못한 채 사랑을 하게 된다.

"법담 스님은 대답 없이 지수를 내다본다. 걱정하고, 슬퍼하고, 괴로워하고, 탄식하고, 번민하는 상좌의 고통을, 그 고통의 근원을 일찍 제하지 못한 자신의 박덕을 그는 탄한다. 속세의 적잖은 사람을 만나왔지만 그 연을 끝까지 잡아매지 못했음을 한한다. 설계가 모자라 일흔이 넘도록 상좌 하나조차 변변히 거느리지 못한 우매함을 책한다."

법담 스님은 지수의 어미 점례처럼 지수도 그의 어미의 길을 가게 될지도 모른다는 생각을 했을 것이다. 하지만 그는 그것을 어쩌지 못했다. 거기서부터 지수와 봉녀의 어긋난 인연의 아픔이 시작되었는지 모른다. 지수의 어미 점례처럼 지수도 바라암을 떠난다.

"지수가 얼굴을 드는데 깊게 박힌 눈에 눈물이 가득 찼다. 그는 다시 머리를 떨어뜨린다. 흐느낌으로 등줄기가 떨린다. 법담 스님은 지수 등을 내려다본다. 점례의 피를 받아, 그 피의 준동질이 그를 이 암자에 묶어두지 못하게 함이라고 생각지 않는다. 태어나기 전이 무엇이며, 태어난 뒤가 무엇이며, 죽은 뒤 무엇이 될 것임을 모름이 인간이거늘, 그의 떠남이, 그 떠남의 결과가 무엇을 얻게 될 것임을 어찌 알랴. 그러나 법담 스님은 지수가 바라암으로 다시 오게 되었을 때 자기가 현세에 있지 않음을 내다본다."

지수가 떠난 후 봉녀는 지수의 아이를 임신한 것을 뒤늦게 알게 되고 지수가 돌아오기만을 기다린다. 장사공은 봉녀의 아이를 없애려 하지만, 운명은 그의 마음대로 되는 것이 아니었다. 봉녀는 지수의 푸른 눈을 가진 지수의 아이를 낳았고 이제나저제나 지수가 돌아오기만을 기다린다. 세월이 흘러도 지수는 돌아오지 않고, 장사공은 딸인 봉녀를 동네 재산깨나 있는 상처한 범아재비에게 후처로 시집을 보낸다. 봉녀는 지수의 아이를 범아재비에게 데려갈 수가 없어 지수의 어미 점례가 지수를 스님께 맡기듯, 자신의 아이를 법담 스님께 맡긴다.

"시님, 지아비 귀래천 찾아 은젠가 반드시 올 티니껜 그때까지 그분 키웠듯 우리 애 잘 거둬줘유."

한국전쟁으로 법담 스님에게 맡겨진 부모 잃은 점례, 점례와 장사공의 동침, 점례의 환속과 양공주 생활 그리고 지수의 출산, 지수와 봉녀, 지수의 환속, 그리고 봉녀와 범아재비의 결혼, 다시 법담 스님에게 맡겨진 봉녀와 지수의 아이.

삶의 인연들은 이렇게 어긋나 그들의 인생을 모두 다 비틀어 버렸다. 이러한 일들은 누구에게나 일어난다. 다만 그것을 우리는 인식하지 못할 뿐이다. 자신의 욕심을 누르지 못한다면 우리의 인연은 더욱 어긋나게 될 뿐이다. 그 이후의 아픔이 우리의 인생을 더욱 슬프게 만들지도 모른다.

40.

벽에 갇힌 사람들

마르셀 에이메의 소설 〈벽을 드나드는 사나이〉는 우리의 강한 욕심과 에고가 삶에 있어 가장 큰 장애가 되어 우리를 가두고 있다는 것을 이야기하고 있다.

이 소설에서 벽 너머는 자신이 가지 말아야 곳, 자신의 영역이 아닌 곳을 말하고 있다. 우리의 욕심을 절제하지 못하고 우리가 가지고 있는 탐욕을 채우기 위해 그 벽을 넘어설 경우 자신의 평범한 일상마저 잃을 수 있다는 내용이다.

주인공 뒤티윌은 어느 날 자신이 벽을 쉽게 통과할 수 있는 능력이 있다는 것을 발견하고 그 벽을 통과하여 그 너머로 가 보았다. 그곳에서 그는 그가 하고 싶은 모든 것을 할 수 있게 되었고, 그로 인해 그 이후에도 유혹과 욕심을 떨치지 못한 채 계속해서 그 능력을 발휘하여 자신의 일상을 일탈하게 된다.

"그는 만족하지 못했다. 그의 마음속에서 무엇인지가 다른 의견을 제기하고 있었다. 그것은 벽을 드나드는 욕구 그 자체인, 어쩔 수 없는 새 욕구였다. 아마도 그는 쉽사리, 예를 들자면 집에서 재능을 소유한 사람은 평범한 대상을 상대로 해서 재주를 부리는 것에 오랫동안 만족할 수는 없는 법이다. 그는 마음속에 팽창해가는 욕구, 자기

완성과 자기 초월이 점점 증가하는 욕구, 그리고 벽 뒤에서의 어떤 부름과도 같은 일종의 향수를 느꼈다."

자신을 괴롭히는 상사에게 복수하고, 금은방에 가서 도둑질을 하며, 하지 말아야 할 여인과도 사랑을 하기에 이른다. 그러던 중 뒤티월은 그 끝없는 욕심에 영원히 벽에 갇혀 평생을 그 속에서 나오지 못하게 된다.

"뒤티월은 벽 내부에 엉겨 붙은 것처럼 되어 있었다. 그는 지금 그 속에 화석이 되어 있다. 파리의 소음이 가라앉은 시각에 노르뱅 거리를 내려오는 몽유병자들은 무덤 저편에서 울려오는 듯한 은은한 목소리를 듣는데 그 소리를 그들은 몽마르트르 언덕 네거리에서 부는 바람의 하소연으로 여긴다."

이 소설에서 "벽"은 우리의 일상을 파괴할 수 있는 것을 막아 놓은 무엇이다. 그 선을 넘어서는 안되는 것임에도 우리는 자신의 탐욕을 채우기 위해 무리하게 삶을 살아간다.

우리는 살아가면서 우리가 이루고자 하는 것을 위해 많은 것은 생각하지 않고 그 목표 자체만을 위해 달려가는 경우가 너무나 많다. 그 목표가 자신의 삶의 전부라 생각하여 다른 것은 전혀 생각하지 않는다. 과거도 잊고 미래도 생각하지 않으며 당장 하고자 하는 자신의 욕심을 위해 그냥 달리고만 있는 것이다. 자신이 무엇이든 할 수 있다고 착각에 빠져 가서는 안 되는 곳도 과감하게 그 벽을 넘어서고 마는 것이다.

자신이 이루고자 하는 욕심은 어쩌면 허상일지 모른다. 그것을 쫓아 열심히 달렸고 목표지점에 도달하는 순간 허무함을 느끼는 것이다. 그로 인해 그의 삶은 결국 벽에 갇혀 평범한 일상으로 돌아올 수도 없게 된다.

삶에 대한 깊고 멀리 바라볼 수 있는 관조적인 능력을 잃을 때 우리는 그 벽을 넘어서려 한다. 자신이 무엇인가 이루고자 하는 욕심이 자신의 분별력을 잃게 하는 것이다.

냉정하게 벽 너머를 볼 수 있고 그 벽을 통과하려 하지 않는 절제력을 가지고 있어야 우리는 그나마 평범한 일상생활을 누리며 살아갈 수 있다. 그렇지 못한다면 평범한 일상에서 누릴 수 있는 조그마한 행복도 잃게 되고 결국 벽에 갇혀 빠져나오지도 못한다.

그 벽 너머의 세계는 우리가 부러워할 필요가 전혀 없다. 내가 가지 않아야 할 세계이다. 내가 있는 이곳이 가장 나를 위한 가장 좋은 공간이다. 그 벽 너머를 욕심부리고 통과하려는 순간 그 벽에 갇혀버리게 된다. 자신이 현재 가지고 있는 것에 감사하고 만족하며 세상을 멀리 바라볼 수 있는 마음의 눈을 가지고 있는 사람이 어쩌면 벽을 통과하는 능력자보다 훨씬 더 나은 능력의 소유자가 아닐까?

41

가장 아름다운 선물

마음을 온전히 담아 선물을 준비한다. 그 선물을 받는 사람의 얼굴을 보면서 행복을 느낀다. 따뜻한 마음이 담긴 선물을 받는다. 그 사람의 마음이 느껴져 너무나 행복하다. 비싼 것도 필요 없고 좋은 것일 필요도 없다. 순수한 마음으로 충분하다. 그가 나를 생각하는 그 마음이기 때문이다.

오 헨리의 소설 〈크리스마스 선물〉은 두 부부에 대한 이야기이다. 남편의 이름은 짐이고, 아내는 델라이다. 두 부부는 열심히 살아가고 있었지만 너무 가난했다. 크리스마스가 다가와 아내인 델라는 남편을 위해 선물을 준비했다. 대대로 집안의 가보로 내려오고 있던 남편의 금시계의 시곗줄이 너무 낡아 가죽으로 임시 사용하고 있었는데 멋진 시계줄을 남편의 크리스마스 선물로 준비했다.

"시계줄을 보자마자 그녀는 이것이야말로 짐이 가져야 한다는 것을 알았다. 그 물건은 짐과 비슷했다. 품위와 가치, 그것은 짐에게, 또 그 시계줄에도 해당이 되는 표현이었다. 그 값으로 21달러를 치르고 그녀는 남은 팔십칠 센트를 가지고 바삐 집으로 돌아왔다. 이 줄을 달면 짐도 누구 앞에서든지 당당히 시계를 꺼내 놓을 수 있을 것이다. 시계는 훌륭한 물건이었지만, 줄 대신 낡은 가죽끈에 달려 있었기 때문에 짐은 남몰래 시간을 보고는 했다."

좋은 시계줄을 선물로 받았는데 남편은 그 시계줄을 사용할 수가 없었다. 가보로 내려오던 그 소중한 금시계가 없었기 때문이다. 금시계는 어디로 간 것일까? 너무 돈이 없었던 짐은 아내의 크리스마스 선물을 사기 위해 가보로 내려오던 금시계를 팔았다. 그리고 그 돈으로 너무나 예쁜 아내의 긴 금발 머리를 위해 멋진 머리빗을 샀던 것이다. 예쁜 머리빗으로 아내가 아름다운 금발 머리를 빗기 바랬기 때문이었다.

"종이 위에는 빗이 나란히 놓여 있었던 것이다. 델라가 브로드웨이의 상점 진열장에서 있는 것을 보고서 오랫동안 동경하던 빗으로 옆과 뒤에 꽂는 한쌍이었다. 아름다운 빗으로 진짜 대모갑으로 만들어졌다. 빗등에는 보석이 박혀 있어 지금은 없는 그 아름다운 머리에 꽂으면 꼭 알맞을 색깔이었다. 값비싼 빗이라는 것을 그녀도 알기 때문에 그것을 가지리라고는 엄두도 못 내었다."

하지만 그 멋진 머리빗이 소용없었다. 무엇 때문일까? 아내인 델라는 남편의 시곗줄을 사기 위해 그 아름답고 기다란 자신의 금발머리를 잘라 가발 가게에 가져다 팔았던 것이다. 그리고 그 돈으로 남편의 시곗줄을 사 왔다.

짐과 델라 두 부부의 크리스마스 선물, 비록 시곗줄을 맬 금시계도 없고, 예쁜 머리빗으로 빗을 아름다운 금발 머리도 없었지만 그들은 세상의 그 어느 것보다도 소중한 크리스마스 선물을 받았다.

우리 주위에 순수한 마음을 계속 가지고 살아가는 사람들은 얼마나 될까? 삶이 힘들고 어려워도 누군가 자신을 진정으로 생각해 주는 사람이 있다는 것만큼 행복한 것이 있을까? 이 세상에서 가장 아름다운 선물은 그 사람을 생각하는 따뜻한 마음이 아닐까?

42.

깨달았기에 돌아온다

　우리는 오늘 어떤 모습으로 살아가고 있는 것일까? 무엇을 위해 우리는 오늘도 열심히 생활을 해나가고 있는 것일까? 나의 내면은 나의 진정한 삶의 모습을 바라보며 하루를 지내고 있는 것일까?

　니체는 우리 인생의 단계를 낙타, 사자, 어린아이 세 단계로 이야기하면서 최종적인 우리 삶이 어린아이와 같아야 한다고 주장한다. 니체가 이야기하는 어린아이는 상징이다. 어린아이는 행복하다. 오늘 하루를 재밌게 지낸다. 자신의 세계에서 자유롭다. 흔히 이야기하는 물아일체의 삶이 바로 니체가 이야기하는 어린아이의 세계이다. 헤르만 헤세의 소설 〈아이리스〉는 비록 짧은 소설이지만 이러한 세계에 대한 이야기를 담고 있다.

　"영혼의 비밀을 지니고 있는 사람은 끊임없이 스스로를 창조한다. 자기 자신을 만들어 가면서 현실과 환상 사이에 놓인 신비로운 관계를 지속시킨다. 하지만 사람들 대부분은 진실한 내면세계를 잃어버리고, 평생 동안 욕망의 포로가 되어 걱정과 갈망, 실현될 수 없는 목표로 괴로워한다. 목표나 욕망은 내면에 존재하는 것이 아니기 때문에, 그들은 다시 내면으로 돌아갈 수 없다."

　소설의 주인공 안젤름은 아이리스 꽃을 좋아했던 소년이었다. 시간이 지나 성장하면서 그는 사회에서 요구하는 것들, 자신의 욕심으로 인해 순수했던 마음을 잃어버린다. 내면의 세계보다는 우리에게 보여지는 외면의 화려함과 사회적 관습을 따라 살아가게 된다. 스스로의 발전을 위한 객관적인 안목을 잃어버리고 스스로의 내면세계를 외면하게 된다.

그러던 중 안젤름은 자기 친구의 누이인 '아이리스'라는 이름의 여성을 만나고 그녀를 사랑하게 된다. '아이리스'는 자신에게 청혼을 한 안젤름에게 순수했던 어린 시절의 내면의 세계를 찾는다면 그와 결혼하겠다고 한다.

"아이리스 향기는 잃어버린 기억을 되살려 주지요. 아름답고 고귀한 것들을 생각나게 하고, 음악을 들을 때나, 시를 읽을 때도 그렇습니다. 어떤 때는 눈앞에 보이기도 했어요. 마치 잃어버린 고향을 계곡 아래서 찾은 것처럼 말이에요. 그리고는 다시 잊혀져 버려요. 사랑하는 안젤름, 나는 우리가 예전에 잃어버린 소리에 귀를 기울이며 살아가게 될 것이라고 믿어요. 진정한 고향은 그곳에 있을 거예요."

아이리스는 순수하고 깨끗한 내면의 세계를 유지하지 못하면 결혼 후에도 많은 다툼과 상처가 계속될 것이라는 것을 알고 있었다. 세상의 욕망과 탐욕을 쫓다 보면 진정한 삶의 의미를 잃고 아름답고 행복한 생활을 해 나가기가 힘들 것이라 생각했던 것이다.

안젤름은 사랑하는 아이리스를 위해 자신이 그동안 잃고 있었던 순수했던 마음을 찾으려 노력한다. 예전의 어린 시절을 회상하며 삶의 의미와 자신의 내면에 대해 생각하고, 나름대로 노력을 하게 된다. 그리고 그는 조금씩 예전의 순수했던 모습으로 돌아가기 시작한다.

"안젤름은 이미 내면의 존재를 느끼고 있었다. 이미지가 아닌, 사물의 본질을 깨닫기 시작했던 것이다. 본질은 가끔씩 안젤름에게 이야기를 들려주었다. 그 목소리는 위로와 희망을 가져다주는 아이리스의 목소리였으며, 어머니의 목소리이기도 했다. 기적이 일어나고 있었지만 이상하게 여기지 않았다."

그러던 중 병약했던 아이리스는 그만 세상을 떠나게 된다. 아이리스가 세상을 떠나면서 안젤름의 그간 노력을 고마워하며 비록 자신은 죽더라도 항상 안젤름 곁에 영원히 머무를 것이라며 '아이리스'꽃을 선물한다.

너무나 커다란 절망에 빠진 안젤름은 고향을 떠나 방황하게 되고 시간이 지난 후 삶의 진정한 의미를 깨닫고 고향으로 돌아온다. 그 고향에서 그는 항상 아이리스 꽃을 보며 살아간다.

소설은 안젤름이 아이리스 꽃봉오리 안으로 들어가는 것으로 끝이 나지만 이러한 종결은 헤세 특유의 소설기법일 뿐이다. 이는 안젤름이 어린아이와 같은 물아일체의 깨달음의 세계에 들어갔다는 의미이다. 안젤름은 깨달았기에 어린아이의 세계로 돌아온 것이다.

아이리스는 안젤름의 순수한 세계로의 돌아옴에 도움을 주었다. 그녀 자신이 순수했기에 가능했다. 우리 주위에 이런 사람은 몇 명이나 있을까? 아이리스 같은 사람이 그립다. 내 자신을 돌아볼 수 있는 도움을 주는 사람이 주위에 많다면 그와 함께 나의 순수함을 유지할 수 있을 것이다. 우리가 추구하는 것을 위해 노력하면서도 순수함을 잃지 않는 것이 중요한 것 같다. 나의 내면을 항상 바라보며 내 자신을 새롭게 창조해나가는 것에도 게으름을 피우지 말아야 한다. 안젤름은 비록 아이리스의 도움을 받긴 했지만 깨달음을 얻고 그 자유로운 내면의 세계로 돌아왔다. 니체가 이야기한 어린아이의 세계로 돌아온 것이다.

43

내일의 태양을 바라보며

우리가 살아가다 보면 항상 어려움과 고통이 따르기 마련이다. 평탄한 길로만 이루어진 인생은 없다. 개인의 삶뿐만 아니라 한 세대의 삶 또한 마찬가지일 것이다. 어디로 가야 할지 어떻게 가야 할지 앞이 보이지 않는 경우가 너무나 많다. 하지만 지금을 버티지 않는 한 미래는 없다. 그 모든 아픔과 고통을 넘어서야 내일이 있다.

헤밍웨이의 〈태양은 다시 떠오른다〉는 1920년대 이후 길 잃은 세대의 아픈 현실을 이야기하고 있다. 길 잃은 세대란 세계 1차 대전 이후 전쟁의 아픔으로 인해 도덕이나 윤리, 가치관 즉 사람이 나아가야 할 삶의 방향을 잃는 세대를 말한다. 그들은 새로운 삶의 방식이나 가치를 찾아 방황하였다. 그리고 그들은 전쟁 전의 오래된 관습이나 인습을 타파해 나가기 시작한다. 이러한 것은 사고방식, 삶의 태도, 행동 양식, 결혼에 대한 가치관 등 모든 면에서 일어났다. 과거의 당연한 것을 받아들여졌던 것도 도전을 받아 서서히 변해갔다.

전통적인 가치관은 무너졌고, 엄격한 도덕과 윤리도 사라져 갔다. 여성들은 긴 치마를 벗어버리고 짧은 스커트를 입었고 남자처럼 짧게 머리를 자르는 헤어스타일도 유행했다. 전쟁의 환멸을 느낀 젊은이들은 술과 파티로 세월을 보냈다. 그 시대는 그들에게 어쩌면 삶이 무의미하다고 생각하게 만들기에 충분했다. 하지만 그런 과정에서 그들은 다시 삶의 의미를 찾으려 했고, 절망보다는 희망을 점차 생각하게 된다. 그리고 새로운 삶의 방향을 모색해 나갔다.

"다른 나라에 간다고 해서 달라지는 건 없어. 나도 벌써 그런 짓 모조리 해 봤어. 이 나라에서 저 나라로 옮겨 다닌다고 해서 너 자신한테서 달아날 수 있는 건 아냐. 그래 봤자 별거 없어."

이는 방황의 끝은 없다는 것이다. 즉 자신의 마음과 생각을 바꾸지 않는 한 다른 곳에 가더라도 삶이 별 차이가 없다는 것을 말한다. 무질서와 고통의 세상이지만 거기에 적응하며 살아가는 법을 모색해야 한다. 삶은 힘든 싸움이겠지만 그래도 희망이 있다는 것을 항상 기억해야 한다. 세상을 원망하고 불만 속에서 살아간다면 인간으로서의 떳떳한 삶은 아닐 것이다.

이 소설에서 나오는 여성인 브렛도 아무런 목적 없이 이 남자 저 남자와 어울리며 방탕한 생활을 한다. 이혼 경험이 있는 그녀는 이혼이 끝나자마자 캠벨과 결혼하기로 약속했으면서도 제이크와 또 다른 사랑에 빠진다. 어디로 가야 할지 되는 대로의 삶을 살아가는 전형적인 모습이다. 하지만 그녀도 쾌락적인 삶을 점점 청산하고 새로운 삶을 찾으려 한다.

내일의 태양은 아픔과 고통 속에서 새롭게 떠오른다. 고통과 좌절이 존재하는 현실에서 새로운 미래를 바라보며 스스로 위안을 삼는 용기가 필요하다. 살아가다 보면 언제든 내일의 태양이 다시 떠오르지 않을 것 같은 암울한 경험을 한다. 하지만 그러한 아픔이 오히려 더 나은 미래를 위해 존재하는 것인지 모른다. 내일의 태양을 기대하며 오늘도 나의 길을 묵묵히 가야 할 필요가 있다.

44.

기구한 운명 그리고 친구

평생 순탄한 삶을 사는 사람은 거의 없다. 누구나 살다 보면 원치 않은 많은 일들을 겪기 마련이다. 하지만 자신의 의지와는 달리 기구한 운명을 타고 나는 사람들도 많고 그 운명으로 인해 많은 아픔과 슬픔 속에서 살아가야 하는 이들도 수없이 많다. 우리가 감당해야 하는 운명의 한계는 어디까지일까? 나의 의지와는 상관없이 나에게 주어진 삶은 어떻게 헤쳐나가야 하는 것일까? 그러한 삶의 과정에서 서로에게 힘이 되고 의지가 되는 사람이 있다면 얼마나 좋을까?

송영의 소설 〈친구〉에서 주인공은 도일의 집에 하숙생으로 들어간다. 주인공이 도일보다 나이가 몇 살 더 많았지만 서로 가까워지면서 친구처럼 지내게 된다. 도일은 백인과의 혼혈아였는데 집주인이었던 도일의 부모는 모두 한국사람이었다. 어떻게 한국인 부모에게서 백인 혼혈아인 도일이 아들인 것일까? 주인공과 도일은 서로 얘기도 통하고 친해지면서 주인공은 도일의 비밀을 조금씩 알게 된다. 도일도 주인공에게 서서히 마음의 문을 열고 자신의 방으로 주인공을 초대해 많은 얘기를 하며 친해진다.

도일의 방은 고급 오디오 세트 등으로 잘 꾸며진 넓고 깨끗한 방이었다. 도일의 부모가 그만큼 도일에게 많은 신경을 써주는 것으로 주인공은 생각했다. 둘이 서로 가까워지면서 도일이 사실은 미군부대의 백인과 한국여성 사이에 낳은 아이라는 것을 알게 되었고, 도일의 친부모는 도일을 버렸다. 도일은 천혜원이라는 고아원에서 자랐는데 거기서 만난 여자아이가 순영이었다. 순영이도 도일과 같은 운명으로 아빠는 백인이었고 엄마는 한국인이었다. 모두가 한국인이었던 고아원에서 비슷한 운명으로 인해 둘은 친오누이처럼 지냈다.

고아원에서 도일은 미국인 양부모에게 입양되지만 미국 양부모는 직접 미국으로 도일을 데려가지 않고 한국에서 어느 가정에 도일을 키우는 대신 매달 당시는 거액인 500불을 그 가정에 후원하는 조건으로 입양을 한다. 지금 살고 있는 집의 집주인이 그 조건으로 도일을 맡아 키우게 된 것이었다. 그리고 오누이처럼 서로 의지하고 지냈던 순영과 도일은 헤어지게 된다. 자신들의 기구한 운명을 이해해 주던 유일한 친구와의 헤어짐은 아픔 그 자체였을 것이다.

도일에게 부모는 그래서 세 명이었다. 도일을 낳고 버리고 도망간 친부모, 미국에서 후원하는 양부모, 그리고 그 후원금을 받는 조건으로 현재 같이 지내는 양부모.

도일의 방은 당시엔 화려한 오디오 세트까지 갖추어진 좋은 방이었지만 도일은 그러한 방에서 결코 행복할 수 없었다. 도일은 주인공에게 그러한 사실을 감추고 있었고, 자신의 세계를 비밀로 한 채 좋은 방에 지내며 행복하다는 것을 애써 주인공에게 보여주려고 했었다.

하지만 시간이 지나 둘이 서로 가까워지면서 그러한 비밀은 하나씩 알려지게 되고 결국 최후엔 도일의 모든 비밀을 주인공이 알게 된 순간 도일은 무너져 내린다.

"도일이 방바닥에 내려와서 한쪽 벽에 기대어 쭈그리고 앉더니 갑자기 얼굴을 무릎 사이에 파묻고 울기 시작했다. 녀석은 소리를 죽여

어깨를 들먹이며 울고 있었다. 그 순간 녀석이 지금껏 쌓아왔던 그토록 견고해 보이던 행복의 성이 한순간에 무너져내리는 것 같았다. 내 눈에는 그 방에 있는 커다란 옷장이며 번쩍이는 오디오 세트며 벽에 걸린 테니스 라켓 따위가 모두 한낱 무대를 꾸미는 장식물에 지나지 않는 것으로 보였다. 그러나 한 가지 위안은 있었다. 도일이 눈물을 보인 순간 나는 이제야 우리가 흉허물 없는 친구가 되었다는 걸 알았다. 그건 이제 우리 사이에 더 이상 거짓이 존재하지 않기 때문이었다."

우리가 이 세상에 내던져진 것은 우리의 의지가 아니었다. 우리가 원했던 것도 아니었다. 우리는 그냥 이 세계에 존재하게 되었다. 우리의 운명은 우리의 의지와는 상관없었다. 어떤 이는 진정으로 기구한 운명을 타고 날 수밖에 없었다. 그러한 운명은 우리의 삶 자체에 있어 결코 무시할 수 없는 거대한 성과 같은 것인지도 모른다.

삶은 우리를 항상 꽃길만 걷게 하지 않는다. 우리가 걸어가야 하는 길이 자갈밭일 수도 있고, 험한 산의 오르막길일 수도 있다. 우리는 그 길을 우리가 결정할 수도 없다. 운명을 거스를 수 있는 사람은 아무도 없다. 하지만 그 길을 갈 때 누군가 함께 한다면 위로가 되고 힘이 될 수 있다. 자신의 많은 것을 있는 그대로 받아 주고 이해해 주는 사람과 동행을 한다면 그 험한 길이라도 용기를 내서 갈 수 있으리라.

친구는 그런 의미에서 중요하다. 그 친구가 나이 차이가 있어도 괜찮고, 이성이어도 상관없다. 중요한 것은 나의 아픔과 어려움을 다 공유할 수 있으면 된다. 나의 아픈 비밀도 나누면 가벼워질 수 있고, 나의 어려움을 들어주기만 하는 친구가 있어도 한결 수월하게 그 길을 갈 수 있다. 그러기에 친구는 순수해야 한다. 그래야 그 길을 오

래도록 함께 갈 수 있다. 편하게 서로 위로하며 있는 그대로를 받아
주는 사람, 서로에게 힘이 되며 힘들 때 용기를 북돋워 주는 사람,
아무리 힘들어도 어떻게든 버티며 살아가자고 해주는 사람, 허물도
다 보여줄 수 있고 서로의 기구한 운명도 다 이해해 주며 비밀과 거
짓이 없는 사람, 그것이 바로 진짜 친구다.

45.

진정으로 마음을 나눌 수 있는 사람

서로를 알아주며 평생을 의지하며 살아갈 수 있는 친구가 있다면 얼마나 행복할까? 어려울 때 도와주고 친구의 일을 자신의 일처럼 생각해 주는 사람이 항상 옆에 있다는 것은 인생의 커다란 행운일지 모른다. 가족 간에도 서로 믿지 못하고 자신의 이익만을 위해 살아가는 요즘 진정으로 마음을 나눌 수 있는 사람은 인생의 가장 소중한 자산이 아닐까 싶다.

잭 런던의 소설 〈이교도〉는 인간적인 마음을 나눈 평생의 동반자에 대한 이야기이다. 소설의 화자인 주인공과 오토오는 종교도 완전히 다른 이교도였지만 진정한 친구였다. 그들은 남태평양 진주잡이 배에서 만난 사이였다. 화자는 백인이었고 오토오는 원주민이었기에 피부색도 다르고 종교도 달랐다. 진주잡이가 다 끝나고 돌아오던 중 엄청난 태풍을 만나 타고 있는 배는 산산조각이 나고 선장에게 무시당하며 죽을 위기에 처한 오토오를 화자가 구해준다. 이로 인해 오토오는 화자를 평생의 은인으로 생각하게 되고, 이후 오토오는 주인공을 수많은 위기에서 구해주며 평생의 동반자가 된다. 둘은 종교도 완전히 다른 이교도였지만 둘 사이의 인간적인 만남은 종교를 뛰어넘게 된다.

148

"그는 기독교 도덕에 대해서는 아무것도 몰랐다. 그는 이교도였다. 그 섬에서 유일한 비신자이며 자기가 죽으면, 아주 죽는다고 믿는 철저한 물질주의자였다."

주인공과 오토오는 비록 종교적 차이에도 불구하고 깊이 있는 인간적인 우정이 가능했다. 종교가 다를 경우 서로 간의 마음의 일치를 이루기는 참으로 어려운 일이다. 이교도는 결국 이단에 불과하다는 편견이 사람들을 갈라놓는다. 상대의 종교를 인정해 주고 서로의 차이를 받아들여 주는 것은 결코 쉽지 않다.

"나는 형제가 없었다. 그러나 다른 사람들의 형제들을 보고 판단하자면 내가 오토오를 형으로 둔 것보다 깊은 형제애를 가진 사람은 찾기 힘들 것 같다. 그는 동생이면서, 아버지며, 어머니이기도 했다. 그리고 한 가지 일은 명심하는데, 내가 오토오 때문에 더 올바르고 더 좋은 인생을 살았다는 사실이다. 나는 다른 이들의 시선은 개의치 않았지만, 오토오의 눈앞에서는 올바르게 살아야만 했다. 그 때문에 나는 내 자신을 함부로 굴릴 수 없었다. 그는 나를 자기의 이상으로 삼았다."

진정한 우정은 인간적 신뢰가 바탕이 되어야 한다. 자신을 낮추고 상대를 존중해 주어야 가능하다. 단순히 상대가 마음에 든다고 생기는 정도의 신뢰가 아니다. 주인공과 오토오는 서로 마음 깊은 곳으로부터 우러나는 서로를 위한 존중에 바탕이 된 신뢰였기에 상대를 위해 더 나은 모습으로 성장해 간다. 서로를 바라보며 서로의 발전을 위해 함께 노력했던 것이다. 상대를 절대 실망시키고 싶지 않았기 때문이었다.

오랜 세월 모든 것을 그들은 함께 하며 인생의 희로애락을 같이 겪는다. 그리고 바다에서 상어 떼의 습격을 당했을 때 오토오는 주인공을 구하기 위해 자신을 생명을 바치고 결국 상어에게 죽고 만다. 상대의 생명을 위해 자신의 모든 것을 다 바칠 수 있을 만큼 그들의 진정한 마음을 나누었던 사이였다.

"내 생명을 구해주고, 사람을 만들어 주고, 마지막에도 새 생명을 준 오토오는 이렇게 죽었다. 우리는 태풍 치는 뱃속에서 만나, 갈색 인과 백인 두 사람 사이에 전무후무한 17년의 우정 관계를 가진 뒤, 상어의 뱃속에서 이별했다."

개인적인 가치관의 차이는 인간과 인간의 관계를 단절시킨다. 종교가 다를 경우는 더욱 그렇다. 이교도 간의 친구가 되기도 힘든데 평생을 함께 나누는 사이가 되는 것은 정말 어려운 일이다. 하지만 진정한 인간적의 마음의 나눔은 많은 사람들이 생각하는 불가능을 가능으로 바꿀 수 있다.

상대를 이해하려 노력하지 않고, 상대의 상황에 마음을 쓰지 않는다면 그들 간의 우정과 사랑은 메말라 갈 수밖에 없다. 자신의 형편만 생각한다면 진정한 인간다운 관계는 이루어질 수 없다. 자신의 이익만을 생각하기에 서로 간에 쉽게 배신하고 쉽게 헤어진다. 이교도임에도 불구하고 소설처럼 진정한 인간적인 마음의 나눔은 우리 삶을 아름답게 하고도 남을 것이다. 그러한 과정 중에 우리들이 살아가는 기쁨을 느낄 수 있는 것이 아닐까? 사람을 통한 기쁨과 만족 그리고 성장은 진정한 마음의 나눔이 있어야 가능할 것이다. 서로의 마음을 진정으로 나눌 수 있는 사람, 그런 친구가 있다면 우리의 삶은 보다 아름답지 않을까?

46.

삶의 의미는 어디에

우리는 살아가면서 무엇을 기대하며 살아가고 있는 것일까? 아니 삶은 기대할 것이 있기나 하는 것일까? 우리가 지금 바라며 믿고 있는 것은 변하지 않고 항상 그 자리에 존재할 수 있을까? 우리 주위의 모든 것은 변한다. 사랑도 변하고, 믿음도 변하고, 꿈과 삶의 목표도 다 변한다. 그런 속에서 우리는 무엇을 기대할 수 있는 것일까? 우리가 기대하는 것이 없다면 우리가 살아가는 의미는 무엇일까?

니체는 말했다 "왜 살아야 하는지 아는 사람은 어떤 상황도 견딜 수 있다." 빅터 프랭클은 그의 책 〈죽음의 수용소에서〉 자신이 아우슈비츠에서 보낸 3년간의 체험에 대해 이야기하고 있다. 그 어떤 것도 기대할 수 없는 극한의 상황에서 그는 모든 것을 버티고 이겨냈다. 그것이 가능했던 것은 그가 그러한 악조건에서도 살아가야 할 이유를 알았기 때문이었다.

아우슈비츠라는 수용소에 도착하는 사람들은 그곳에 도착하자마자 그들의 모든 인생이 한순간에 사라져 버린다. 가지고 있던 모든 것을 다 빼앗기고, 온몸의 털은 다 깎여 버리고, 자신의 이름도 타의로 잃어버린 채 이름 대신 번호로 불리며 죽음만 기다리는 상황이 된다. 과거도 사라지고 미래도 사라져 버린다. 그 죽음의 수용소에서 희망이 가능하기나 했을까?

"만약 어떤 사람들이 아우슈비츠에서 바바리아 수용소로 이송되는 도중에 호송 열차의 작은 창살 너머로 석양빛으로 찬란하게 빛나는 잘츠부르크 산 정상을 바라보는 우리의 얼굴을 보았다면 그것이 절대로 삶과 자유에 대한 모든 희망을 포기한 사람들의 일굴이라고 믿지는 못했을 것이다."

빅터 프랭클은 그 지옥 같은 상황에서도 자신의 삶에 대한 태도를 선택할 수 있는 자유를 알았다. 그 자유로 그는 자신의 삶의 태도를 정하고 그리고 자신의 삶의 의미를 깨달았다.

삶의 의미를 잃어버리는 순간 우리는 존재 자체를 잃어버리는 것인지도 모른다. 어떤 상황에서도 삶의 의미를 알고 있다면 우리의 삶 아가고자 하는 의지를 꺾을 수는 없을 것이다. 삶의 의미를 찾으려는 나의 의지가 나를 존재하게 만들고 있는 것이다.

과거는 의미 없다. 앞으로의 나의 생이 나의 전부일 뿐이다. 그러기에 나의 삶은 현재면 충분하다. 과거를 연연해 할 필요조차 없다. 그러기 위해서는 과거의 나를 넘어서야 한다. 현재에 충실하면 앞으로 무슨 일이 일어나건 아무 상관이 없다. 나의 생은 현재일 뿐이기에 그렇다.

나의 고통을 즐기자. 고통은 나의 것이다. 그것을 넘어서야만 나의 존재가 의미 있다. 내가 살아가는 나의 삶의 의미는 어떠한 절망적인 상황에서도 굴복하지 않고 나에게 주어진 운명이 내가 바꿀 수 없는 것일지라고 결코 포기하지 않고 끝까지 나의 의지로 나의 길을 가는 것에 있다. 그것이 바로 내가 나를 초월하는 것이다. 거기에 나의 삶의 의미가 있다. 삶의 의미를 알기에 나의 삶은 이제 건강하다. 그리고 어떤 상황에서도 내가 기대하는 것이 생겼다.

152

47

스스로 패러다임을 창조한다

한때 과학의 발전은 과학적 지식이 누적이 되면서 선형적으로 이루어진다는 견해가 있었다. 하지만 토마스 쿤은 〈과학혁명의 구조〉에서 패러다임이라는 개념을 도입하여 과학은 계단식으로 혁명적인 발전을 한다고 주장하였다. 근대 이전 천동설이 지동설이라는 새로운 패러다임으로 대체되었고, 근대의 뉴턴 물리학으로 대표되는 절대주의 세계관이 현대의 상대주의 세계관으로 바뀐 것이 대표적이라 할 것이다.

패러다임의 전환이란 곧 발전을 뜻한다. 예전에 해결되지 않았던 문제들이 패러다임이 바뀜으로써 해결할 수 있게 된다. 예를 들어 원자 세계에서의 실험적 현상은 근대과학에서 사용하는 연속적인 에너지 개념으로는 이해할 수 없었다. 현대에 이르러 에너지는 불연속적이라는 새로운 패러다임이 등장함으로써 이 난제가 해결된다.

"과학적 혁명이란 낡은 패러다임이 전적으로 혹은 부분적으로 그것과 양립 불가능한 새로운 패러다임에 의해 대치되는 그러한 비누적적인 발전의 사건이다. 새로운 패러다임은 통상적으로 낡은 패러다임으로부터 탄생하기 때문에 낡은 패러다임이 사용했던 많은 어휘와 장치를 개념적으로나 조작적으로 채용한다. 그러나, 새로운 패러다임들은 이들 요소들을 전통적인 방식으로는 좀처럼 사용하지 않는다."

이렇듯 패러다임은 전에 볼 수 없었던 세계를 보여주며 새로운 인식의 틀로 인도해주는 중요한 역할을 한다. 이러한 새로운 인식체계로 인해 우리는 전에 풀 수 없었던 문제를 해결할 수 있으며 그만큼 우리의 가능성의 한계를 넓혀 나갈 수 있다. 따라서 패러다임의 전환은 실로 중요하다. 하지만 그러한 전환이 그리 쉬운 것만은 아니다. 우리가 이미 가지고 있는 패러다임 자체가 새로운 패러다임에 저항하는 그러한 관성이 있기 때문이다. 이를 쿤은 새로운 패러다임에 대한 저항이라고 표현했다.

"패러다임에서 패러다임으로의 변화는 개종의 문제이며, 외부로부터 강요될 수 없는 전환의 경험이다. 전 생애를 걸고 저항하는 것은 과학적 기준을 모독하는 것이 아니라 과학 연구 자체의 본성을 가리키는 것으로서, 저항은 특히 온 생애를 정상 과학의 오랜 전통에 바쳐 연구해 온 사람들에게서 강하게 나타난다. 저항의 원천은 이전의 패러다임이 만들어 주는 틀 안으로 자연을 밀어 넣을 수 있다는 확신 바로 그것이다."

왜 발전이 가능한 새로운 패러다임에 저항을 하는 것일까? 그 이유는 이미 우리가 가지고 있는 패러다임에 우리 자신이 너무나 익숙해 있기 때문이다. 새로운 패러다임으로의 전환은 우리가 가지고 있는 것을 버리지 않고는 가능하지 않기에 어렵다. 그것은 쉽지 않은 용기가 절대적으로 필요하다.

"아마도 새로운 패러다임의 주창자들이 내세우는 가장 흔한 주장은 이전의 패러다임을 위기로 이끌어 간 문제를 해결할 수 있다는 주장이다. 그 주장이 정당하게 이루어질 수 있을 때 그것은 가장 강력할 수 있다. 그러한 주장이 행하여지는 영역에서는 패러다임에 문제가 있다고 인정된다."

하지만 새로운 패러다임을 받아들여야 우리는 발전할 수 있고 성장할 수 있다. 그렇지 않을 경우 현재 가지고 있는 문제를 해결할 수가 없기 때문이다. 그러한 문제를 해결하지 못하는 한 우리는 항상 그 자리에 머무를 수밖에 없다.

내 자신이 발전하기 위해서는 이제까지 가지고 있던 인식과 관습을 버리고 새로운 패러다임을 만들어 가야 한다. 더 나은 내 자신을 위해서 그리고 나의 가능성의 영역을 넓히기 위해 스스로 내 자신만의 패러다임을 창조해 나가야 한다는 의미이다. 이로 인해 오랫동안 발전 없이 머물러 있는 내 자신을 더 성장시킬 수 있다. 내가 현재 가지고 있는 패러다임을 새로운 패러다임으로 바꾼다면 그전에 볼 수 없었던 세계를 볼 수 있는 시야를 가지고 될 것이며, 그동안 내가 가지고 있었던 나의 해결되지 않았던 문제들이 해결될 수 있다.

그러기 위해서는 스스로 지금의 나의 인식체계를 깨나가야 한다. 예전의 나를 버려야 새로운 내가 탄생할 수 있으며, 새롭게 탄생된 나는 더 넓은 세계에서 살아갈 수가 있다. 예전에 나를 괴롭혔던 문제들, 나를 힘들게 했던 것들이 새로운 나의 패러다임으로 해결될 수가 있다. 새로운 인식체계를 창조한 나는 더 멀리 더 많은 것을 볼수 있을 것이다. 내가 가지고 있는 문제를 해결하지 못하는 가장 큰이유는 해결할 수 없는 나의 패러다임으로 인해서이다. 그 패러다임을 계속 가지고 있는 한 나의 그러한 문제나 고통은 해결될 수가 없기에 새로운 나의 패러다임을 스스로 창조해 나갈 필요가 있다.

이제 그동안 내가 가지고 있었던 패러다임을 하나씩 바꾸려 한다. 그 누구의 도움도 없이 나 스스로 그것을 창조해 나가려 한다. 내 삶은 내가 책임져야 하기 때문이다. 쉽지 않은 용기가 필요하겠지만,

더 넓은 세상이 나를 기다리고 있기에 그 세상이 너무나 보고 싶고 궁금하다. 그 세상에서 나는 지금보다 훨씬 더 자유로울 것이라 확신한다. 내가 존재하는 이유를 하나 더 발견했다. 새로운 패러다임을 스스로 창조해야 하는 것이 바로 그것이다.

48.

사소한 것이 태풍되어

자연의 세계에서는 사소한 것을 절대 무시할 수 없다. 조그마한 사소함이 커다란 문제뿐 아니라 엄청난 혼란을 일으킬 수도 있다. 2012년 인천과 제주도를 오가는 어느 여객선이 화물을 좀 더 싣기 위해 화물칸을 조금 개조한다. 이로 인해 배의 균형점이 약간 상실되었고 2년 후 많은 화물과 수백 명의 사람을 태우고 가던 이 배는 남해 진도 앞바다에서 침몰한다. 이 사고로 그 배에 타고 가던 300명이 넘는 사람이 사망하였고, 그중 대부분이 10대의 어린 학생들이었다. 이 사건은 그 후 몇 년간 한국을 커다란 혼란 속으로 몰아넣었다. 그 배 이름은 세월호였다. 팽목항 앞에는 아이들을 잊지 못하는 마음이 담긴 수많은 노란 리본이 아직도 줄에 매달려 있다. 사소함을 무시한 인간의 욕심이 빚어낸 참사였다.

MIT의 기상학 교수였던 에드워드 로렌츠는 자신의 컴퓨터로 비선형 방정식을 연구하던 중, 소수점 7자리까지의 결과는 동일하게 나왔는데, 시간에 쫓겨 소수점 4자리에서 반올림하여 계산하였더니 완전히 다른 결과가 나왔다. 데이터의 천분의 일도 안 되는 사소한 초기 조건의 변화였지만, 그 결과는 엄청나게 다르게 나왔던 것이다. 그는 아주 극미한 차이가 시간이 지나면 세상의 커다란 변화를 가져올 가능성을 보았다.

제임스 클릭의 책 〈카오스〉에 보면,

"1961년 어느 겨울날, 로렌츠는 하나의 결과를 더 면밀하게 검토하기 위해 지름길을 택했다. 전체를 처음부터 다시 계산하지 않고 중간부터 시작했다. 초기 조건을 부여하기 위해 이전의 인쇄출력을 보고 그대로 타이핑했다. 그리고 소음으로부터 벗어나기 위해 홀에 가서 커피를 마셨다. 한 시간 후에 돌아왔을 때 그는 예기치 못한 무엇인가를 발견했다. 그것이 바로 나비효과로 알려진 새로운 과학의 시작이었다."

흔히 나비 효과란 북경에서의 나비 한 마리의 날갯짓이 한 달이 지난 후 뉴욕에 커다란 태풍의 영향을 미칠 수 있다는 것을 말한다.

나비효과는 그 숨어있는 뜻을 정확히 이해할 필요가 있다. 단순히 조그마한 것이 커다란 혼란을 일으킬 수 있다는 것이라 생각하면 안 된다. 이는 나비가 날아가려는 사소한 날갯짓이 시간과 공간을 지나다 보면 날씨의 패턴이나, 대양의 조류, 생태계 변화 등을 포함한 역동적인 계가 임의적으로 변하는 것 같아 보이지만, 사실은 결정론적이며 어느 정도 예측 가능하다는 것을 말한다. 혼란의 현상은 아무런 법칙 없는 마구잡이로 일어나는 것 같지만, 그 원인을 파헤쳐 보면 어딘가에 존재하는 사소함이 그러한 커다란 혼란을 결정하고 있다는 것이다.

"복잡한 행태는 복잡한 원인을 내포한다. 기계장치, 전기회로, 야생동물의 개체수, 유체의 흐름, 생물의 기관, 소립자 빔, 대기의 폭풍, 국민경제 등과 같이 불안정하고 예측 불가능하며 제어할 수 없는 계는 다수의 독립적 요인들에 의해 지배되거나, 외부로부터 무작위적인 영향을 받고 있는 것이다."

자연현상뿐 아니라 우리가 살아가는 인간관계나 사회현상도 마찬가지일 것이다. 수많은 변수들로 이루어진 우리의 생활에서 존재하는 어떠한 것이 전혀 예상치 못한 커다란 일들로 바뀔지도 모른다. 그 변수들 자체가 워낙 많아 어떠한 경우에도 그 변수들의 조합과 관련되어 나타나는 현상들을 조절한다는 것 자체가 불가능하다.

　"과학자들은 불안정성이 카오스의 보편적 법칙에 따른다는 것을 발견함에 따라 동일한 방법을 수많은 물리, 화학적 문제들에 적용할 수 있게 되었다. 또한 필연적으로 그다음 차례는 생물학이 될 것이라고 생각한다. 그들은 나뭇가지의 성장 과정을 컴퓨터로 모의실험하면서, 마음속으로 해조류나 세포벽 등 싹을 내서 분열하는 유기체를 상상하는 것이다. 이제 미시적 입자에서 일상의 복잡성에 이르기까지 많은 길이 열려 있다."

　학자들은 카오스 이론의 핵심이 보편적이기 때문에 그러한 변수들과 그 조합들을 정확히 계산한다면 커다란 혼란도 정확히 예상할 수 있을 것이라 생각한다. 하지만 나의 생각은 다르다. 아무리 정교하고 치밀한 계산에도 불구하고 100% 정확한 분석과 계산은 불가능하다고 본다. 그 이유는 자연의 또 다른 중요한 원리 중 하나가 확률 때문에 그렇다. 현대물리학의 가장 중요한 불확정성 원리가 대표적이다. 100%는 신의 영역이다. 인간은 100%라는 숫자 자체를 넘보아서는 안된다.

　우리가 살아가는 삶에 있어서도 항상 사소한 것에 조심할 필요가 있다. 우리가 어떤 일을 결정할 때 있어 많은 것을 고심하고 일을 추진해 나가겠지만, 그러한 중에도 알지 못하는 숨은 변수가 존재할 수 있고, 전혀 예상치 못한 돌발 변수도 생길 수 있다. 자신의 결정을 100% 믿는 것 자체가 실수인 것이다. 항상 어느 순간에도 새로운 가능성이 있으며 시간이 지나면 많은 것들이 새롭게 변해가고 있다는 것을 항상 마음에 담아둘 필요가 있다. 내가 생각하고 고민한 것들이 어느 경우에 혹은 어느 순간에 일어나는 일들로 인해 생각지 못한 방향으로 흘러갈 수도 있으니 항상 깨어있는 마음과 열린 마음으로 모든 가능성을 배제해서는 안된다.

태백산맥 위에 있는 구름에서 떨어지는 빗방울 하나가 몇 센티미터 차이로 동해로 아니면 서해로 흘러간다. 인간의 운명은 그렇게 결정될 수도 있다. 몇 km 과속하는 것이 별것이 아니라는 생각, 술 한잔 먹고 운전하는 것이 뭐 그리 문제가 되냐고 생각하는 순간 그로 인해 죄 없이 그 차에 치어 죽는 사람이 나타날 수도 있다는 것을 잊지 말아야 한다. 사소한 차이가 언제든 커다란 태풍을 불러일으킬 수 있다.

49

명인이 그리운 시대

이론 물리학자였던 케니스 윌슨이 코넬대학에서 조교수였을 때의 일이다. 승진을 하기 위해서는 논문을 써야 했는데 그는 아직 논문을 완성하지 못하고 있었다. 심사위원회에서 이에 대한 지적이 있자 당시 같은 코넬대학에 있던 한스 베테가 말했다.

"He is thinking of great things."

1967년 노벨물리학상을 받은 베테의 의견에 아무도 반박을 하지 못했고, 윌슨은 코넬대학에서 연구를 계속할 수 있었다. 얼마 후 그는 자신의 연구를 마무리하고 논문을 끝냈다. 그리고 그 논문으로 윌슨은 1982년 노벨 물리학상을 받았다. 그가 생각하고 있었던 것은 현대물리학에서 가장 중요한 재규격화이론이었다. 윌슨이 정교수 승진을 위해 논문 점수만 맞추려 애를 썼다면 아마 그 연구는 불가능했을지도 모른다. 한스 베테라는 물리학의 명인이 케니스 윌슨이라는 새로운 명인의 잠재력을 알아보았던 것이다.

영국의 작가 존 골즈워시의 〈우량품〉이라는 소설에는 캐슬러 형제가 등장한다. 그들은 조그만 구둣가게를 운영하며 수제 구두를 만들어 생계를 유지했다. 수십 년간의 그들의 경험은 구두 자체를 예술품의 경지로 이끌었다. 두 형제는 구두 한 켤레를 만들 때마다 그들의 모든 것을 쏟아부어 정성을 다했다. 구두의 명인이었던 것이다.

"한 켤레는 무도화였는데, 형겊 목이 달린 에나멜 특허품 가죽으로 만든 것이어서 말할 나위 없이 맵시 있어 입에 침을 삼키도록 탐나는 구두였다. 또 한 켤레는 누런 승마용 장화로서 새것인데도 마치 백 년이나 신은 장화처럼 그을음 빛의 검은 광이 나는 것이었다. 신발의 혼을 볼 수 있는 사람에 의하여서만 만들어질 수 있는 그런 종류의 제품으로, 신발을 만드는 참된 정신을 구체적으로 나타낸 그야말로 신발의 원형이었다."

하지만 대량생산 시대가 되면서 구두를 규모가 큰 회사나 공장에서 만들어 내기 시작하자 두 형제의 구두 가게를 찾는 이들이 줄었다. 새로운 경제 질서는 두 형제의 생존을 위협하기 시작했던 것이다. 많은 사람들이 싼 구두를 사기 시작했고, 사람들은 힘들게 구두를 손으로 만드는 두 형제에 무관심했다. 형은 자신의 일이 받아들여지지 않는 데 대한 절망으로 병이 들어 죽었고, 동생 또한 경제적 어려움으로 인해 죽게 된다.

어찌 보면 두 형제는 사회의 변화에 적응을 하지 못한 바보였을지도 모른다. 구두 하나에 자신의 모든 것을 바치는 어리석은 사람들이었는지 모른다. 하지만 간과하지 말아야 할 것은 두 형제는 자신이 하는 일을 사랑했다. 그들이 하는 일을 천직으로 삼았다. 모든 것이 완벽할 수 없는 사회이지만 그러한 명인들을 잃어버리는 것은 안타까울 따름이다.

명인은 자신의 일을 자신의 삶과 같다고 생각하는 이들이 아닐까? 요즘 자신이 몸 담고 있는 직장에서 자신의 일을 정말로 사랑하는 사람들은 얼마나 될까? 내가 지금 하고 있는 일을 사랑하는 것은 정말 큰 축복이고 행운이다.

우리는 직장에서 수십 년을 몸담고 지내야 한다. 그곳에서 생계도 가능하고 내 자신의 자아도 실현될 수 있고 나의 존재 가치도 인정받는 과정에서 진정한 명인이 탄생할 수 있을 것이다. 직장은 그 구성원을 위해, 그 구성원은 직장을 위해 서로 노력하지 않는 한 명인이 탄생하기는 어렵다.

50

그리운 빈자리

존재는 공간을 차지한다. 그 공간은 시간과 연관된다. 공간과 시간
이 만나는 곳에 우리의 추억이 있다. 오래도록 기억에 남는 추억, 그
빈자리가 그립기 때문이다. 그 그리움에 내 마음이 있다.

김국태의 소설 〈우리 교실의 전설〉에는 별난 애가 등장한다. 같은
반 친구들은 그 별난 애의 빈자리가 너무 그리웠다. 있었을 때는 몰
랐는데 떠나고 나니 그 빈자리가 너무 컸다. 그 빈자리를 대신할 수
있는 것은 없었다. 잊는 수 밖에는.

"쉬는 시간이면 햇볕 드는 양지쪽 창가에 몰려 걸상이며 책상을
딛고 올라서서 등때기에 햇볕을 쐬라고 바글거렸다. 그러면서 우리
들은 별난 애의 비어 있는 자리를 물끄러미 바라보는 것이었다. 우리
들의 가슴은 꿈같은 행운을 누렸던 시절에 대한 그리움으로 그득 차
있었다."

만남은 헤어짐을 전제로 하는 것인지 모른다. 헤어짐이 없는 만남
은 없다. 하지만 헤어짐을 생각하고 만나는 사람도 없고 만나고 있는
동안 헤어짐을 마음에 두고 있는 사람도 드물다. 헤어짐은 갑자기 찾
아올 뿐이다. 우리가 전혀 예상하지 못하는 순간에 그렇게 그 순간은
다가온다.

"짧은 봄 방학이 끝나 우리들은 학교에 나왔다. 새 학년 시업식 후에 우리들은 교실에 다시 모였는데 별난 애의 자리는 언제나처럼 비어 있었고 찬바람을 쏟아놓던 기계와 석유난로와 그리로 비닐장판만이 우리 교실의 화려했던 시절을 말해주는 유물인 양 버티고 있어서 우리들의 마음을 언짢고도 무겁게 해주고 있었다."

언젠간 그 빈자리에 별난 애가 돌아올 것이라 기대했다. 겨울방학이 지났고, 다시 봄 방학이 지났다. 그리고 새 학년이 되었지만, 그 별난 애는 돌아오지 않았다. 기대는 실망을 넘어 절망에 이르렀다. 그렇게 헤어져 평생 만나지 못할 수도 있다.

우리가 지금 만나고 있는 사람들, 함께 시간을 보내고 있는 사람들, 그 사람들과 함께 하는 순간들은 결코 영원하지 않다. 언젠가 그들을 다시 볼 수 없을지도 모른다. 그 빈자리를 그리워한다고 해도 그가 돌아오지 않을 수도 있다. 누군가를 그리워해도 다시 볼 수 없다는 사실, 그리고 그 사실을 받아들일 수밖에 없는 현실, 우리는 그렇게 그러한 삶에 익숙해질 수밖에 없다.

어릴 적 함께 했던 친구, 좋은 추억으로만 남아 있던 친구, 하지만 이 세상에는 더 이상 존재하지 않는 친구, 그 빈자리가 너무나 크다. 그리워도 더 이상 만날 수도 없다. 이 세상에 존재하고 있을 때 좀 더 자주 만났다면 얼마나 좋았을까?

삶은 그런 것이다. 내가 생각한 대로 결코 흘러가지 않는다. 언젠가 다시 만날 수 있다는 나의 예상은 현실이 되지 못했다. 이제 그 빈자리를 채울 수 있는 사람은 없다. 그가 이 세상에 존재하지 않기에. 그리움은 어쩌면 사치일지도 모른다.

51.

환상의 파트너

생명과학의 가장 큰 특징은 바로 다양성에 있다. 우리 주위의 동물이나 식물들을 보면 그들이 가지고 있는 엄청난 다양함에 놀라움을 금할 수 없다. 하지만 그러한 다양함에 있어 보편적으로 적용되는 일반 원칙이 있다면 이는 생명과학에 있어 가장 중요한 원리가 된다.

가장 대표적인 예가 바로 유전이다. 아주 작은 바이러스나 세균 같은 미생물부터 엄청나게 커다란 몸집을 가지는 고래에 이르기까지 유전의 원리는 단 하나, DNA의 복제이다. 이는 어떤 생명체에 이르더라도 똑같이 적용된다. 이를 이해할 수 있게 해 준 것이 바로 왓슨과 크릭에 의한 DNA 구조의 발견이다. 따라서 이 발견은 생명과학 역사에 있어 가장 중요한 발견 중의 하나가 아닐 수 없다.

왓슨은 자신이 쓴 〈이중나선〉이라는 책에서 이에 관한 과정을 적나라하게 밝히고 있다. 그가 이탈리아의 나폴리에서 열린 학회에 참가하던 중 윌킨스의 X선을 DNA에 적용한 발표를 듣게 된다. 그 후 그는 이를 집중적으로 연구하기 위해 윌킨스가 있는 영국의 캐븐디시 연구소에 박사후연구원으로 간다. 그때 거기서 만난 사람이 바로 X선 회절 실험으로 물리학 박사를 마치고 합류한 크릭이었다.

"케임브리지의 실험실에 간 첫날, 나는 이곳을 쉽게 떠나지 않으리라고 내심 다짐했다. 크릭과는 몇 마디 나눠보지도 않고 이내 말이

통하는 사이가 되었다. 시작부터가 기분이 좋았다. 더욱이 그는 단백질의 X선 분석법에 능통한 터라 나는 이를 따로 배우지 않아도 되었다. 점심상을 앞에 놓고서도 우리의 대화는 언제나 유전자 구조에 대한 이야기가 주를 이루었다. 내가 도착한 지 며칠 지나지 않아 우리는 앞으로의 계획을 치밀하게 세우기에 이르렀다."

크릭과 왓슨은 띠동갑이었다. 크릭이 왓슨보다 12살이나 많았다. 태어나 살아온 배경도 너무 달랐다. 왓슨은 미국의 일리노이에서 태어나 자랐고, 크릭은 영국에서 태어나 런던에서 공부를 마쳤다. 또한 서로의 전공도 달라 왓슨은 생물학, 크릭은 물리학이었다. 하지만 그러한 차이에도 불구하고 둘은 환상의 짝꿍이 된다.

둘은 만난 첫날부터 모든 것을 같이 하며 DNA의 구조를 파악하기 위해 서로가 가지고 있는 에너지를 쏟아붓는다. 둘의 조합은 엄청난 시너지 효과를 일으켜 만난 지 얼마 되지 않은 시간에 DNA 구조를 알아내는 데 있어 가장 난해한 문제들을 해결해 나가기 시작한다. 이미 이 분야에는 전 세계에서 가장 똑똑한 과학자들 수백 명이 이를 밝히려 눈에 불을 킨 상태에서 연구에 몰두하고 있었다. 노벨상을 2개나 받은 캘리포니아 공과대학의 라이너스 폴링 또한 DNA 구조를 위해 모든 것을 제쳐 놓고 몰입하고 있던 중이었다.

"아데닌에 붙어 있는 구조식을 그리던 중 갑자기 내 머릿속에 중대한 아이디어가 떠올랐다. DNA 분자 내의 아데닌 잔기가 수소결합을 형성한다고 가정하면, DNA 구조가 쉽게 이해될 수도 있겠다는 생각이 떠올랐다. 만일 DNA가 이렇게 되어 있다면, 아데닌 잔기 각각은 180도 회전하여 상보적인 반대쪽 아데닌 잔기와 수소결합을 두개 형성할 수 있을 것이다."

어느 날 갑자기 왓슨에게 당, 인산, 염기가 수소로 결합되어 나선형의 기하학적 형태로 꼬여 있다면 그동안의 X-ray 회절 실험 결과와 일치할 수 있다는 획기적인 아이디어가 떠올랐다. 즉각 그는 연구실로 뛰어가 그 아이디어를 하나씩 맞추어 나가기 시작한다.

"나는 크릭이 도착하여 연구실에 들어오려는 순간, 이제 모든 것이 해결되었다고 큰소리로 외쳤다. 늘 그랬듯이 크릭은 처음에는 미심쩍어하는 눈치였지만, 아데닌-구아닌 쌍과 구아닌-시토신 쌍의 모양이 비슷한 것을 보고는 꽤 충격을 받은 듯했다. 그는 여러 다른 방법으로 염기들을 배열해 보았지만 샤가프의 법칙을 만족시키는 방법은 달리 찾을 수가 없다는 결론에 이르렀다."

그렇게 그들은 생명과학의 역사에 있어서 가장 위대한 발견을 교수가 되기도 전인 박사후 연구원 과정에서 이루어낸다. 왓슨의 나이 25세, 크릭은 37살 때였던 1953년이었다. 그리고 그들은 12년 후인 1962년 노벨생리의학상을 받는다.

우리는 살아가면서 많은 사람들을 만나고 헤어진다. 만남은 축복이어야 하지만 그렇지 못하는 경우도 많다. 서로의 발전에 있어 오히려 방해가 되는 만남도 있으며, 심지어 고통과 괴로움의 원인이 되는 인연도 있다. 하지만 어떤 만남은 서로에게 기쁨과 행복을 주며, 이를 통해 커다란 발전과 성취를 이끌어 주기도 한다.

왓슨과 크릭의 만남은 운명이었는지도 모른다. 하지만 그 운명을 좋은 방향으로 이끌어 가는 것은 각자의 능력에 달려 있다. 아무리 뛰어난 능력을 가진 사람과의 만남이라 할지라도 좋은 결과로 끝나지 않는 경우는 너무나 많다. 둘은 만난 첫날부터 서로의 발전을 위해 모든 것을 함께 했다. 각자가 가진 나름대로의 능력을 서로 인정하고 자신들이 부족한 것은 상대방으로부터 배워 나갔다. 환상의 파트너란 왓슨과 크릭처럼 서로의 잠재력을 가장 많이 폭발시켜 주는 존재가 아닐까?

52

한계의 영역을 넘어서

우리의 삶에는 고통과 한계가 당연히 존재하고 있다. 그러한 고통에 좌절하여 주저앉는 사람이 있는가 하면 불굴의 의지로 그 고통들을 극복하는 사람도 있다. 또한, 자신의 한계를 스스로 한정하여 그 자리에 안주하는 사람이 있는 반면, 자신의 한계가 어디까지인지 알고 싶어 그 한계를 하나씩 깨나가는 사람도 있다.

인간이 다른 동물과 다른 차이는 바로 자유의지를 가지고 있기 때문이 아닐까 싶다. 우리는 그러한 자유의지로 이러한 고통과 한계를 넘어설 수 있다. 자신이 가지고 있는 자유의지의 크기만큼 그 사람의 가능성의 영역은 커질 수밖에 없을 것이다.

생텍쥐페리는 그의 소설 〈인간의 대지〉에서 비행을 통해 새로운 항로를 개척해 가는 사람들의 모습을 그렸다. 여기서 "대지"란 사람마다 받아들이는 게 다를지 모르나 내 생각엔 바로 우리 자신의 가능성의 영역이 아닐까 싶다. 내가 할 수 있는 영역을 넓혀 나가기 위해서는 나에게 주어진 고통과 나의 한계를 넘어서야 가능하다. 마찬가지로 소설에서 비행사들은 새로운 항로를 개척해 나가면서 인간이 도달할 수 있는 대지의 범위를 넓혀 나간다.

"야간 비행에 어느 정도 익숙해지자 메르모즈는 대서양에 대한 시험비행을 해보았다. 그리고 1931년부터는 우편기가 툴루즈에서 부에노

스아이레스까지를 사상 최초로 4일 만에 주파하였다. 돌아오는 길에 메르모즈는 남대서양 한가운데 풍랑이 심한 바다에서 연료 고장을 겪었는데, 어느 선박이 그의 목숨과 우편기, 그리고 함께 탄 승무원을 구해주었다. 이렇듯 메르모즈는 모래와 산과 밤과 바다를 개척했다. 그는 모래 속에도 빠져보았고, 산에도 빠져보았으며, 밤과 바다에도 빠져보았다. 메르모즈의 귀환은 언제나 다시 떠나기 위한 것이었다."

소설에서 메르모즈는 남들이 비행하지 않은 새로운 항로를 개척해 나가는 데 있어 자신의 모든 것을 가지고 도전한다. 대서양을 처음으로 횡단하고 그 높은 안데스산맥을 처음으로 비행에 도전하여 성공해낸다. 그로 인해 인간의 대지가 확장될 수밖에 없었다. 아마도 그가 새로이 개척한 하늘에서 내려다본 새로운 땅은 아름다움 그 자체였을 것이다.

"이어 시간이 조금씩 흘러가고, 이제 더 이상 돌이킬 수 없는 상황이 왔음을 깨닫는다. 우리의 동료들이 다시 돌아올 수 없게 되었음을, 이들이 그토록 자주 그 하늘을 주름잡았던 남대서양에서 잠이 들었음을 결국 받아들인다. 마지막에 메르모즈는 그가 열어준 길 뒤로 숨어버렸다. 마치, 수확이 끝나고 짚 더미를 잘 엮은 후 자신의 밭에서 잠이 든 농부 같았다."

그렇게 새로운 항로를 개척해 나가던 메르모즈는 사고로 죽게 된다. 하지만 그 죽음은 인간이 가지고 있는 불굴의 의지로 한계를 뛰어넘으며 새로운 세계를 창조해 낸 것이기에 결코 헛된 것이 아닐 것이다. 아무것도 하지 않은 채 평생을 똑같은 일만 하는 것보다 훨씬 의미가 있는 삶이었다. 인간은 언젠가 죽게 마련이다. 그 죽음은 누구도 예상할 수 없다. 아무것도 하지 않고 매일 똑같은 일만 하다가 갑자기 일찍 죽을 수도 있다.

우리가 이 땅에 존재하는 이유는 무엇일까? 내가 생각하기엔 자신의 가능성의 영역을 넓혀 나가며 자신의 한계를 하나씩 깨나갈 때 그 존재 의미가 있는 것은 아닐까? 우리의 한계를 넘어서서 더 넓은 세계로 나가는 것, 바로 거기에 우리 삶의 위대함이 있다. 자신의 일에 열중하고 새로운 세계를 개척해 나가려는 시도가 나의 가능성의 영역을 넓힐 수 있을 것이며, 그러한 것이 바로 진정한 나의 완성이 아닐까?

"그런데 막바지에 다다를수록 기억이 희미해지는 거야. 그렇게 걷기 시작한 지가 꽤 되었는데, 한 줄기 빛이 지나갈 때면 그때마다 무언가를 하나씩 잊어버리게 되더라고. 처음에는 장갑 한 짝이었어. 날도 추운데 큰일이었지. 내 앞에 한 짝을 내려놓았다가 그걸 다시 줍지 않고 그냥 걸어왔던 거야. 그다음엔 시계, 그리고 그다음엔 다용도 칼, 또 그다음엔 나침반, 한 번씩 멈출 때마다 몸은 점점 더 가벼워지더군. 나를 살린 건 앞으로 나아간 그 한 걸음이야. 한 걸음, 또 한 걸음. 언제나 그 한 걸음으로 우리는 다시 시작하는 거야."

주인공의 동료들은 수많은 고통에도 불구하고 한 걸음씩 자신이 가야 할 길을 걸어 나갔다. 한 걸음이 모여 새로운 영역의 세계가 열렸고, 이러한 새로운 것을 개척해 나가는 일에 자신의 모든 것을 바쳤다. 사람은 한번 태어나면 한 번은 죽는 법, 자신의 존재가 살아있음을 느낄 수 있는 곳에 자신을 바치는 것만큼 의미 있는 것은 없다.

우리는 우리가 가지고 있는 가능성의 한계가 어디까지인지는 잘 모른다. 하지만 이러한 가능성의 영역을 넓히며 우리들의 한계를 하나씩 무너뜨리면서 한 걸음씩 나가는 것이 진정으로 의미 있는 것이 아닐까? 그렇게 해야만 우리들의 대지는 더 넓은 영역으로 확장될 수밖에 없을 것이다. 또한, 그만큼 우리의 존재 의미가 더 커질 수 있는 것 같다. 그 넓은 나의 미래의 대지를 위해 그리고 그 가능성의 영역을 넓혀 나가기 위해 나는 오늘 무엇을 하고 있는가?

53

뽑히지 않는 말뚝

나에게 있어 가장 큰 상처는 무엇일까? 그러한 상처를 준 사람은 누구일까? 내가 받은 커다란 상처는 나의 가슴에 말뚝이 되어 영원히 뽑히지 않을 수 있다는 것을 알기나 할까? 나의 가슴 한복판에 박힌 그 커다란 말뚝은 아무리 노력한다 해도 쉽사리 나를 떠나가지 않는다.

박완서의 소설 〈엄마의 말뚝〉은 우리의 가슴에 박힌 커다란 상처에 대한 이야기이다. 엄마의 가슴 깊은 곳에 박힌 말뚝은 어느 정도 크기였을까? 죽을 때까지 엄마는 그 말뚝에서 왜 벗어나지 못하는 것이었을까?

"사람의 오지(奧地)는 아무리 끝도 없고 한도 없는 거라지만, 그런 어머니에게 그런 걱정이 숨겨져 있을 줄이야. 내 어머니의 오지에 감춰진 게 선과 평화와 사랑이 아니라 원한과 저주와 미움이었다는 건 정말 너무했다. 설사 인간이 속속들이 죄의 덩어리라고 하더라도 그건 너무했다."

여기서 오지는 내륙 깊은 곳에 있는 땅, 즉 남들이 쉽게 알 수 없었던 엄마의 가슴 깊은 곳에 자리 잡고 있었던 것을 말한다. 소설에서 엄마에게는 큰아들이 있었다. 큰아들은 엄마에게 종교였다. 그녀의 인생에 있어 가장 절대적으로 소중한 것이었다. 절대로 잃어버려서는 안 되는 인생 최후의 보루와도 같은 것이었다. 우리 사회에 있어 큰 아들의 존재란 그런 것이었다.

소설에서 큰아들은 육이오 전쟁으로 인해 결국 인민군의 총에 의해 엄마가 보는 눈앞에서 죽고 만다. 엄마는 자신의 분신과도 같은 큰아들의 죽음에 절규하지만, 이 세상을 떠난 그 목숨은 결코 돌아올 수가 없었다. 그리고 엄마는 큰아들의 묘를 세우는 것조차 받아들일 수 없어서 화장을 하여 고향 개성이 보이는 강화도에서 바람에 날려 보낸다.

"어머니는 한 줌의 먼지와 바람으로써 너무도 엄청난 것과의 싸움을 시도하고 있었다. 어머니에게 그 한 줌의 먼지와 바람은 결코 미약한 게 아니었다. 그거야말로 어머니를 짓밟고 모든 것을 빼앗아간 어머니가 도저히 이해할 수 없는 분단이란 괴물을 홀로 거역할 수 있는 유일한 수단이었다. 어머니는 나더러 그때 그 자리에서 또 그 짓을 하란다. 이젠 자기가 몸소 그 먼지와 바람이 될 테니 나더러 그 짓을 하란다. 그 후 삼십 년이란 세월이 흘렀건만 그 괴물을 무화시키는 길은 정녕 그 짓밖에 없는가?"

엄마에게 큰아들의 죽음은 엄마 인생에 있어 뽑힐 수 없는 가장 커다란 말뚝이 되었다. 엄마는 그 말뚝으로 인해 정상적인 삶을 살아갈 수 없었다. 겉으로 보기엔 멀쩡해 보여도 어떤 극한의 상황에서는 그 말뚝이 엄마의 모든 것을 잡아 흔들었다.

세월이 지나 엄마가 죽음에 가까워졌을 때 엄마는 딸에게 큰아들이 간 것처럼 자신을 화장해 큰아들을 뿌렸던 그곳에서 바람에 날려 달라는 부탁을 한다. 아무리 세월이 흘러 죽음이 눈앞에 다가올 때까지도 엄마에게서 그 말뚝은 영원히 뽑힐 수가 없었던 것이다.

우리에게도 종교와 같은 존재가 있다. 하지만 역시 종교는 아픔 인지도 모른다. 그러기에 우리 인생은 슬프지 않을 수 없다. 우리의 내면에는 남들이 모르는 말뚝이 하나 정도는 있다. 그것은 결코 뽑히지 않는 커다란 말뚝일 수도 있다. 악몽과도 같은 그 말뚝을 가슴 깊이 안은 채 살아갈 수밖에 없는 게 우리의 인생인지도 모른다.

54.

마음의 고향과 현실 사이에서

나의 마음의 고향은 어디일까? 나를 항상 따뜻하게 맞아주는 곳은 과연 존재하고 있을까? 우리에게 현실은 너무나 가혹하다. 지금 있는 곳에서 마음을 나눌 수 있는 사람도 별로 없다. 지친 몸을 이끌고 마음 편하게 쉴 수 있는 따뜻한 고향이 그리울 뿐이다.

김승옥의 〈무진기행〉은 서울에서 살고 있는 주인공이 현실을 도피하여 어머니의 산소가 있는 어릴 적 고향인 무진으로 내려가 그곳에서 며칠 지내는 동안 느꼈던 내용을 쓴 이야기이다.

하지만 주인공이 찾았던 무진은 따뜻하고 포근한 마음의 고향이 아니었다. 젊은 날의 어둠과 현재의 혼돈이 머무는 무의식의 공간일 뿐이었다.

"문득 한적(閑寂)이 그리울 때도 나는 무진을 생각했었다. 그러나 그럴 때의 무진은 내가 관념 속에서 그리고 있는 어느 아늑한 장소일 뿐이지 거기엔 사람들이 살고 있지 않았다. 무진이라고 하면 그것에의 연상은 아무래도 어둡던 나의 청년이었다."

무진엔 이미 마음을 나눌 사람들도 없었다. 예전의 친구들과 지인들을 만났지만 그들은 출세와 돈만을 바랄 뿐 예전의 순수함이 다 사라져 버린 상태였다. 고향인 그곳에서도 그는 외로움을 느꼈다. 서울이건 무진이건 그에게는 더 이상 돌아갈 마음의 고향이 없었다. 그리고 그는 다시 고향을 떠나 서울로 향하는 수밖에 없었다. 현실은 그렇게 우리를 놔두지 않는다.

"덜컹거리며 달리는 버스 속에 앉아서 나는, 어디쯤에선가, 길가에 세워진 하얀 팻말을 보았다. 거기에는 선명한 검은 글씨로 '당신은 무진읍을 떠나고 있습니다. 안녕히 가십시오.'라고 씌어 있었다. 나는 심한 부끄러움을 느꼈다."

주인공은 과거나 현재에 있어 그의 마음을 줄 수 있는 사람이 없었다. 그가 현재 살고 있는 서울에서도, 어린 시절부터 청년이 될 때까지 살았던 무진에서도, 그는 어느 공간에서도 자신의 마음을 열 수 있는 곳이 없었다.

우리가 살아가고 있는 현재의 공간, 그곳에 같이 존재하고 있는 주위의 사람들, 모든 것이 다 갖추어져 있는 듯한 것 같아도 왠지 우리의 마음이 허공 속에 있는 듯한 느낌을 받는 이유는 무엇일까?

현재의 우리의 삶에는 따뜻함이 부족하다. 각자의 생각대로 다른 사람을 판단하기에 품어줄 수 있는 공간이 없다. 자신의 실수나 허물을 보여줄 수 없기에 편하게 앉아서 쉴 수 있는 장소가 없다. 나의 모습을 있는 그대로 보여 줄 수 없기에 우리는 연기자로서 우리 삶을 살아가고 있는지도 모른다. 진짜인 내가 아닌 가짜인 내가 진짜 주인 노릇을 하고 있다.

주위엔 자신의 생각과 조금이라도 다르다면 서로 배척하는 이들로 가득하다. 그게 현실이다. 그런 현실에서는 어느 곳에서도 마음의 고향이 존재할 수가 없다. 현실을 탓할 필요는 없다. 바꿀 수도 없다. 따라서 다른 방법을 찾아야 한다.

나는 나의 마음의 고향을 새로이 만들어 가려 한다. 내가 따뜻하면, 내 주위의 사람들도 따뜻해질 것이다. 내가 품으면 그들도 나를 품을 것이다. 내가 베풀면 그들도 베풀 것이다. 그렇게 하나 둘 쌓이다 보면 언젠가 내 주위엔 나의 마음을 나눌 따뜻한 이들로 둘러싸여 있을 것이다. 그곳이 바로 나의 마음의 고향이 되지 않을까?

그러한 공간도 새로이 준비하면 된다. 내가 태어나고 자란 곳만이 고향이 아니다. 내가 있었던 곳을 찾아가는 것이 아니라 내가 있을 그 장소를 만들면 된다. 그곳이 산이어도 좋다. 바닷가나 호숫가라도 괜찮다. 내가 편안히 나의 마음을 내려놓고 쉴 수 있는 곳이면 된다.

나는 이제 소설의 주인공처럼 무진으로의 여행을 가지 않으려 한다. 새로운 곳에 나의 무진을 만들면 된다. 나의 마음의 고향, 그곳이 존재해야 내가 편히 쉴 수 있기에.

55.

삶이라는 기적

우리 주위에 보면 어려운 가운데에서 정말 열심히 사는 분들이 많다. 서강대 장영희 교수는 태어난 지 1년 만에 소아마비를 앓아 목발이 아니면 한 걸음도 걸을 수 없는 장애가 있었지만, 미국 뉴욕주립대에서 박사를 마치고 모교인 서강대에서 영문학을 가르쳤다. 49살에 유방암, 52살에 척추암을 극복하고 다시 강단에 섰으나, 56살에 간암으로 전이되어 59살에 사망할 때까지 그녀가 할 수 있는 최선을 다해 살았다.

장영희 교수의 〈살아온 기적, 살아갈 기적〉이라는 수필집을 몇 번이나 읽었다. 같은 책을 여러 번 읽는 경우가 드문데 나도 모르게 한번 읽기가 아쉬웠다. 우리의 삶은 정말 소중하다. 한번밖에 주어지지 않는다. 내일이 안 올지도 모른다. 나의 삶을 정말 소중히 여겨야 함을 이 책을 읽으며 몇 번이나 다짐했는지 모른다.

"돌아보면 그 긴 터널을 어떻게 지내왔는지 새삼 신기하지만, 이상하게도 나는 지난 3년이 마치 꿈을 꾼 듯, 희끄무레한 안개에 휩싸인 듯 선명하게 기억이 나지 않는다. 통증 때문에 돌아눕지도 못하고 꼼짝없이 침대에 누워 있던 일, 항암 치료를 받기 위해 백혈구 수치 때문에 애타던 일, 온몸의 링거 줄을 떼고 샤워 한번 해보는 것이 소원이었던 일, 방사선 치료 때문에 식도가 타서 물 한 모금 넘기는 것조차 고통스러워하며 밥그릇만 봐도 헛구역질하던 일, 그런 일들은 의도적 기억 상실증처럼 내 기억의 한 편의 망각의 세계에 들어가 있어서 가끔씩 구태여 끄집어내야 잠깐씩 회생되는 파편일 뿐이다."

우리에게 아픔과 고통은 언제나 다가온다. 우리는 대부분 우리 삶에서 어려움이 오지 않기를 바라지만, 누구든 삶의 과정에서 그러한 어려움에서 비켜날 수는 없다. 힘들겠지만 그것을 이겨내고 극복해내야 한다. 우리에게 주어진 삶이 얼마인지는 아무도 모른다. 갑자기 다가온 아픔으로 인해 우리가 하고 싶은 것을 하지 못하는 경우가 너무나 많다. 겸손히 우리 삶을 받아들이고 자신을 낮추어 가며 살아야 덜 후회스러운 삶을 살아갈 수 있을 것이다.

"그 세월을 생각하면 그때 느꼈던 가슴 뻐근한 그리움이 다시 느껴진다. 네 면의 회벽에 둘러싸인 방 안에 세상과 단절되어 있으면서 나는 참 많이 바깥세상이 그리웠다. 밤에 눈을 감고 있을라치면 밖에서 들리는 함성 소리, 그 생명의 힘이 부러웠고, 창밖으로 보이는 파란 하늘 아래 드넓은 공간, 그 속을 마음대로 걸을 수 있는 무한한 자유가 그리웠고, 무엇보다 아침에 일어나 밥 먹고 늦어서 허둥대며 학교 가서 가르치는, 그 김 빠진 일상이 미치도록 그리웠다. 그리고 그런 모든 일상을, 그렇게 아름다운 일을, 그렇게 소중한 일을 마치 아무 일도 아니라는 듯 태연히 행하고 있는 바깥세상 사람들이 끝없이 질투 나고 부러웠다."

평범한 일상 자체가 기적이다. 아침에 눈을 떠 밥을 먹고, 출근해서 일을 하고, 친구들이나 직장 동료와 점심과 저녁을 먹고 퇴근하는 그러한 너무도 평범한 일상도 하지 못하는 이들이 우리 주위엔 너무나 많다. 아파본 사람은 그 일상이 정말 미치도록 그리울 것이다. 우리의 그 평범한 일상은 어쩌면 행복 자체인지도 모른다.

"어부라는 시에서 김종삼 시인은 말했다.

바닷가에 매어 둔 작은 고깃배
날마다 출렁인다
풍랑에 뒤집힐 때도 있다
화사한 날을 기다리고 있다

살아온 기적이 살아갈 기적이 된다
사노라면
많은 기쁨이 있다"

우리에게는 언제나 따뜻한 봄날만 있는 것은 아니다. 천둥 번개 치는 날도 있고, 며칠씩 계속 비가 오는 장마철도 있고, 찬바람 씽씽부는 추운 겨울도 있다. 하지만 그런 날들을 맞이할 수 있다는 것은 살아있다는 증거다. 내가 살아있으니 그런 어려운 날도 겪을 수 있다. 존재하지 않는다면 그러한 어려운 날도 나에겐 주어지지 않는다.

그리고 가끔은 기쁜 날도 있다. 눈물 나게 기쁜 날을 위해 우리가 살아가고 있는지도 모른다. 많은 날들이 어려울지라도 하늘을 날 것 같은 기쁜 날을 경험해 보면 그 어려웠던 시절은 단순한 추억일 뿐이다. 그런 기쁜 날을 위해 우리는 오늘도 살아가고 있는지 모른다.

"지난 3년간 내가 살아온 나날은 어쩌면 기적인지도 모른다. 힘들어서, 아파서, 너무 짐이 무거워서 어떻게 살까 늘 노심초사했고 고통의 나날이 끝나지 않을 것 같았는데, 결국은 하루하루를 성실하게, 열심히 살며 잘 이겨 냈다. 그리고 이제 그런 내공의 힘으로 더욱 아름다운 기적을 만들어 갈 것이다."

하루하루를 열심히 산다는 것만큼 아름다운 것은 없다. 엄청나게 위대한 일을 할 필요도 없다. 내가 오늘 하는 일이 가장 위대한 일이다. 어떤 상황에 처해 있더라도 오늘 살아있음에 감사하고 싶다. 나의 도움을 기다리는 분들도 계시고, 나를 좋아하는 사람도 있고, 나를 믿고 의지하는 사람도 있으니 이 얼마나 행복한 일이 아닐까? 그렇게 오늘 하루를 내 나름대로 열심히 살아가다 보면 힘든 일도 다 지나가고 새로운 기쁜 일들이 나를 기다리고 있을 것이다. 살아있음은 그 자체가 기적일 수밖에 없다. 나는 이제 그 기적을 확실히 믿는다.

56

좋은 친구가 있으니

마음이 답답하고 너무 울적하면 그냥 친구한테 간다. 친구하고 저녁을 먹으며 이런저런 이야기를 한다. 그리고 집에 오면 답답하고 울적했던 마음이 어디론지 사라져 버린 느낌이다.

나이가 들수록 마음을 나눌 수 있는 친구가 있다는 것이 너무나 위로가 된다. 어릴 적 친구들이라 그런지 더욱 정이 깊고 나의 진솔한 모습을 보여주어도 친구들은 개의치 않는다. 좋은 친구가 있다는 것은 어쩌면 축복인지도 모른다.

고등학교 다닐 때 이종환의 밤의 디스크 쇼에서 유안진의 〈지란 지교를 꿈꾸며〉가 소개되었는데, 그 방송을 듣고 다음 날 바로 서점에 가서 그 책을 샀다. 지금도 생각날 때마다 그 시를 펼쳐 읽곤 한다.

"저녁을 먹고 나면 허물없이 찾아가
차 한잔을 마시고 말할 수 있는
친구가 있었으면 좋겠다.
입은 옷을 갈아입지 않고
김치 냄새가 좀 나더라도 흉보지 않을 친구가
우리 집 가까이에 있었으면 좋겠다."

어쩌면 나는 너무나 행운아 일지 모른다. 이 시에 나오는 그런 친구가 바로 내 곁에 있으니 말이다. 아무 때나 전화해도 되고, 아무 생각없이 그냥 찾아가도 되는 친구들이 바로 가까운 주변에 있다. 그냥 가서 순대국이나 삼겹살 같은 것을 먹으며 편하게 마음을 나눌 수 있는 친구가 있다는 것만큼 좋은 게 없다.

"비 오는 오후나, 눈 내리는 밤에도
고무신을 끌고 찾아가도 좋은 친구
밤늦도록 공허한 마음도 마음 놓고 보일 수 있고
악의 없이 남의 얘기를 주고받고 나서도
말이 날까 걱정되지 않은 친구가"

나는 친구들이 그리 많지는 않다. 몇 명밖에 되지는 않지만 그 친구들과는 나의 많은 것을 나눈다. 나의 아픔도, 나의 슬픔과 고통도, 그리고 나의 기쁨도.

그들도 나의 마음을 알아주고 이해해주고 격려해 준다. 서로의 고민을 이야기하고 해결책을 찾을 수 있도록 함께 생각해 준다. 내가 무슨 말을 해도 걱정이 되지 않는다. 다른 이들에게 그러한 사실이 흘러나가지 않을 것이라 믿는다. 그렇게 함께 이야기하고 시간을 보내다 보면 왠지 힘이 생기고 없었던 의욕이 다시 생긴다. 40년 가까운 친구이기에 그 세월의 누적이 그리 만들었는지도 모른다.

"그리하여 우리는 우리의 손이 작고 어리어도
서로를 버티어 주는 기둥이 될 것이며
눈빛이 흐리고 시력이 어두워질수록
서로를 살펴주는 불빛이 되어 주리라
그러다가 어느 날이 홀연히 오더라도
축복처럼 웨딩드레스처럼 수의를 입게 되리니
같은 날 또는 다른 날이라도 세월이 흐르거든

묻힌 자리에서 더 고운 품종의 지란이

돋아 피어, 맑고 높은 향기로 다시 만나 지리라"

나는 내 친구들과 서로 버팀목이 되어주기를 희망한다. 삶은 외로운 것이다. 홀로 가면 멀리 가지 못한다. 같이 가야 멀리 오래갈 수 있다. 지치게 않고 그렇게 멀리 아주 멀리 오래도록 가기 위해서는 내 옆에 누군가 있어야 한다. 세월이 더 많이 흘러 삶을 되돌아볼 때 나의 이야기를 들어주었던 그 친구들이 더욱 고마울 것이다. 힘들었을 때 어려웠을 때 고통과 괴로움이 많았을 때 함께 해준 친구, 그것이 바로 진정한 친구가 아닐까?

57

인간은 권력의 희생양일 뿐인가?

1917년 11월 볼셰비키는 쿠데타를 통해 인류 최초의 사회주의 국가인 소비에트 사회주의 공화국 연방, 즉 소련을 세운다. 1920년대 초 트로츠키와 갈등이 심해진 레닌은 소련 공산당 서기장의 권력을 강화시키며 그 자리에 한 인물을 앉히는데 그가 바로 스탈린이었다. 인류 역사상 가장 잔인한 독재자의 등장은 그렇게 시작되었다.

1924년 소련의 최고 권력자 레닌이 죽자, 스탈린은 트로츠키를 포함한 그의 정적을 전부 숙청해 버리고 소련의 모든 권력을 자신의 손안에 넣는다. 1933년부터 1938년까지 약 5년 동안 스탈린의 권력에 의해 죽은 사람이 수백만 명이었고, 천만명 정도는 시베리아의 극심한 기아로 죽었다고 한다. 또한 3천만 명 이상이 시베리아나 중앙아시아로 강제 이주되었는데 그중 절반인 1500만명 정도가 가난과 질병으로 죽었다고 전해진다. 스탈린이 죽는 1953년까지 약 30년간 소련은 그의 철권통치가 계속되었고 이에 엄청난 수의 사람들의 죽음이 이어졌으며, 수많은 죄 없는 사람들이 명목도 없이 수용소 생활을 하게 된다.

솔제니친의 소설 〈이반 데니스비치, 수용소의 하루〉는 소련 시베리아의 강제노동수용소에서 일어나는 매일 똑같이 반복되는 절망적인 인간의 가장 비참한 모습을 보여준다. 솔제니친 그 자신이 1945년부터 1956년까지 강제노동수용소 생활을 하였는데 이 소설은 그의 이러한 경험을 바탕으로 하고 있다.

주인공 이반 데니스비치 슈호프는 아무런 범죄 행위를 한 적도 없고, 어떤 특별한 정치적인 임무를 갖고 활동한 적도 없으며, 특별한 정치사상조차 가지고 있지 않은 아주 평범한 소시민에 불과했다. 당시 스탈린의 정치적 허울로 인해 억울하게 억압받고 비극에 몰렸던 수많은 약자의 대표적인 예라 할 것이다.

그는 특별한 죄목도 없이 권력의 희생물이 되었고, 자신이 알지도 못하는 죄명으로 인해 절망적인 삶을 살아갈 수밖에 없었다. 힘든 강제 노동과 시베리아 벌판의 혹독한 강추위를 견뎌야 했고, 인간으로서의 기본적인 권리는 전혀 보장되지 않았다.

시간이 지나면서 수용소에서의 그들의 참혹한 삶은 정상적인 사고조차 할 수 없게 되었고, 가족에 대한 그리움마저 잃어버리게 되었으며, 그들의 육신은 날로 쇠약해져 갔다.

그와 그의 동료들은 죽음의 수용소에서 학대당하고 병에 걸려 한 명씩 이 세상을 떠나게 된다. 인간다운 삶을 제대로 누리지도 못한 채 한번뿐인 이 생에서의 삶은 그렇게 사그라져 갔다.

아쉽게도 인류의 처참한 흑역사는 반복되는 경우가 너무나 많았다. 역사적으로 수많은 악의 권력자들이 힘도 없는 평범한 사람들의 인생을 빼앗았던 경우는 너무 흔했다. 하지만 그러한 아픔의 역사 속에서도, 그러한 무소불위의 엄청난 권력을 휘둘러 대는 험한 환경에서 희망을 잃지 않는 이들도 있었다.

단순하고 아무 욕심 없이 자기에게 주어진 운명을 살아갈 수밖에 없었던 그들이었지만, 그 가혹한 환경을 인내하고, 아직도 마음 밑바탕에서 선한 것을 바라며, 언젠간 좋은 날이 오리라는 작은 소망을 가지고 하루하루를 버티어 나갔다.

엄청난 권력의 핍박속에서도 작은 희망을 잃지 않고 인내하며 버티어 낸 사람들, 그들이 오히려 커다란 권력을 가지고 있었던 자들보다 더 위대한 것이 아닐까?

58.

삼일만 볼 수 있다면 (Three days to see)

헬렌 켈러는 1880년 미국 알라바마 주에서 태어났다. 태어난 지 2년도 되지 않아 심한 질병에 걸려 간신히 목숨을 건졌지만, 그로 인해 그녀는 시각과 청각을 모두 잃었다. 설리반이라는 진정한 스승을 만나 그녀는 새로운 삶을 얻게 되고 래드클리프 대학(당시 하버드대학교 부속 여자대학)에 입학하게 된다.

그녀가 쓴 수필 중 "Three days to see"라는 글이 있다. 평생 시각과 청각장애인으로 살았던 그녀가 단 3일 만이라도 볼 수 있다면 어떠할지에 대해 쓴 글인데 이 글을 읽으며 나는 왠지 모르게 가슴이 먹먹했다.

"I have often thought it would be a blessing if each human being were stricken blind and deaf for a few days at some time during his early adult life. Darkness would make him more appreciative of sight, silence would teach him the joys of sound."

우리들에게는 볼 수 있고 들을 수 있는 것이 너무나 당연한 일이지만 그 당연한 것이 얼마나 소중한 것인지를 잊는 경우가 많다. 헬렌 켈러는 많은 사람들이 그 소중함을 모르는 게 너무 안타까워 장애가 없는 평범한 사람이 단 며칠만이라도 눈이 멀고 귀가 먹는 경험을 하면 그 평범함의 소중함을 알게 되어 어둠에서 빛을 보는 기쁨과 침묵에서 들을 수 있는 즐거움을 배울 수 있을 것이라 이야기 한다.

"Now and then I have tested my seeing friends to discover what they see. Recently I asked a friend, who had just returned from a long walk in the woods, what she had observed. 'Nothing in particular', she replied."

어느 날 헬렌 켈러는 눈이 잘 보이는 그녀의 친구가 숲에서 산책을 하고 돌아왔길래 재미난 것을 보았는지 물어봤는데, 그 친구는 특별한 게 없었다고 대답한다. 숲에는 신기한 동물, 식물, 곤충들, 아름다운 물소리가 있는 시냇물 그리고 너무나 아름다운 풍경이 있는데도 특별한 것이 없었다고 답하는 그 친구의 대답에 헬렌 켈러는 놀란다.

"How was it possible. I asked myself, to walk for an hour through the woods and see nothing worthy of note? I who cannot see find hundreds of things to interest me through mere touch."

볼 수도 없고 들을 수도 없는 그녀는 단지 촉감을 이용해 만지는 것으로도 숲에 있는 너무나 흥미 있는 것을 많이 발견할 수 있었다.

그녀에게 시각과 청각 장애는 삶의 아름다움을 발견하는 데 있어서 아무런 장애가 되지 않았던 것이다.

"On the first day, I should want to see the people whose kindness and companionship have made my life worth living.

On my second day, I should like to see the pageant of man's progress, and I should go to the museums.

The following morning, I should again greet the dawn, anxious to discover new delights, new revelations of beauty.

Today this third day, I shall spend in the workaday world, amid the haunts of men going about the business of life."

만약 헬렌 켈러 그녀에게 눈으로 볼 수 있는 삼일이 주어진다면 첫날은 그동안 얼굴이 어떻게 생겼는지 알 수 없었던 주위의 좋은 사람들을 만나 그들의 얼굴을 확인하고, 둘째 날에는 세상에 신기한 것들이 많이 모여 있는 박물관으로 가서 구경을 하고, 그리고 마지막 날 아침에는 새벽을 반갑게 맞이한 후 많은 사람들의 평범한 일상을 하루라도 경험하고 싶다고 했다.

헬렌 켈러 그녀의 삶은 위대했다. 다른 이들이 다 가지고 있었던 것조차 없었지만 그것이 그녀의 삶에 방해가 되지 않았다. 그녀는 그녀의 마음의 눈과 마음의 귀로써 우리 일반인보다 더 많은 것을 보고 들을 수 있었다.

그녀의 위대함은 포기하지 않았기에 가능했다. 자신이 가지고 있는 것만으로도 충분히 행복하며 즐겁게 살아가고자 노력했다. 다른 사람을 비교하지 않고 부러워하지 않으며 자신이 할 수 있는 것을 찾아 그것을 했다. 어찌 보면 암울한 운명이었지만 자신의 운명을 기꺼이 받아들였다. 그 받아들임이 그녀의 삶을 바꾸었다. 어떤 것을 가진 것보다 가지지 못함이 어쩌면 삶의 더 커다란 축복인지 모른다.

59.

가던 길 멈춰서서

우리는 얼마나 여유를 가지며 살아가고 있는 것일까? 주위를 돌아보고 내 자신을 돌아볼 여유도 없이 살고 있는 것은 아닐까? 최선을 다해서 열심히 살고는 있지만 그럼에도 불구하고 피곤에 지쳐 더 중요한 것들을 잃고 있지는 않는 것일까?

영국 웨일스 출신의 윌리엄 헨리 데이비스는 1871년 태어났는데, 그가 3살 때 아버지는 사망한다. 그다음 해 그의 어머니가 다른 남자와 재혼하는 바람에 그는 할아버지 밑에서 어린 시절을 보낼 수밖에 없었다. 15살에 공장에서 노동을 시작했으나 적응을 하지 못해 방랑을 하기 시작했다. 영국과 미국을 오가며 가축 이송 노동으로 끼니를 때웠다. 일이 없을 때는 미국이나 영국 등지에서 구걸을 하며 부랑자 생활을 했다. 그러던 중 캐나다에서 화물열차 사고로 한쪽 다리를 절단하게 된다.

노동을 더 이상 할 수 없기에 종이에 시를 써서 집집마다 돌아다니며 시를 팔아 생계를 유지했다. 그런 시들을 모아 1905년 "영혼의 파괴자"라는 시집을 냈고, 1908년 "방랑자의 자서전"이라는 책을 쓴다. 그리고 그는 웨일스 출신의 가장 유명한 시인이 된다. 그의 시 중에 "가던 길 멈춰 서서"란 시가 있다.

〈가던 길 멈춰서서〉

근심에 가득 차, 가던 길 멈춰 서서
잠시 주위를 바라볼 틈도 없다면 얼마나 슬픈 인생일까?
나무 아래 서 있는 양이나 젖소처럼
한가로이 오랫동안 바라볼 틈도 없다면
숲을 지날 때 다람쥐가 풀숲에
개암 감추는 것을 바라볼 틈도 없다면
햇빛 눈부신 한낮, 밤하늘처럼
별들 반짝이는 강물을 바라볼 틈도 없다면
아름다운 여인의 눈길과 발
또 그 발이 춤추는 맵시를 바라볼 틈도 없다면
눈가에서 시작한 그녀의 미소가
입술로 번지는 것을 기다릴 틈도 없다면
그런 인생은 불쌍한 인생, 근심으로 가득 차
가던 길 멈춰 서서 잠시 주위를 바라볼 틈도 없다면

근심 없이 살아가는 사람이 있을까? 근심이 있고 마음이 아파도 하루에 한 번쯤이라도 푸른 하늘을 바라보는 것은 어떨까? 지구 상에 사는 모든 생명체 중에 인간이 가장 바쁘게 살고 있는 것 같다. 다른 생명체들은 모두 여유를 가지고 살아가고 있는데, 우리들은 1년 365일 무언가를 하지 않으면 안 되는 강박관념에 빠져 우리의 삶을 즐기고 있지 못하는 경우가 허다하다.

주말에 산 정상에 올라 산 아래를 내려다 보면 그 경치는 너무나 아름답다. 집 주변의 계곡에 가서 흐르는 물소리를 들으면 마음마저 상쾌하다. 눈 부신 햇살, 푸르른 나무, 예쁜 꽃들, 석양의 저녁 노을, 우리 주변엔 실로 너무나 아름다운 자연들이 있다. 저녁을 먹고 음악을 들을 여유도 없고, 차 한잔 마시며 책을 읽을 여유도 없다면 우리는 무엇을 위해 그렇게 열심히 살고 있는 것일까? 죽음을 향해 달려가기 위해서 열심을 다하고 있는 것은 아닐까?

데이비스 시처럼, 가던 길 멈춰 서서 주위를 둘러볼 필요가 있다. 내 자신도 둘러보고, 주위의 아름다운 자연도 바라보며, 좋은 사람들을 만나 즐거운 대화를 할 필요도 있다. 우리는 죽기 위해 태어난 것이 아니다. 열심히 일만 하다가 갑자기 병에 걸려 이 세상을 불현듯 떠나야 할지도 모른다. 그렇게 아무런 여유도 없이 평생을 지내다가 세상을 떠난다면 너무나 억울한 것이 아닐까? 오늘부터라도 하던 일 잠시 멈추고 아름다운 우리 주위를 둘러보는 것은 어떨까?

60

우정은 이데올로기를 넘어

이데올로기는 엄청난게 아니다. 단순한 신념이나 인식체계일 뿐이다. 우리들의 인식체계는 시대가 지나면 바뀌기도 한다. 고대시대 사람들이 생각하는 것과, 중세, 근대, 그리고 현대 시대에 살았던 그리고 살고 있는 사람들의 인식체계는 같을 수가 없다. 따라서 이데올로기를 절대화하는 순간 인간은 단순한 생각의 노예로 전락하고 만다. 절대적으로 옳은 이데올로기는 없다.

이데올로기는 단지 '관념의 과학'일뿐이며, 사상과 신념을 정리한 것에 불과하다. 물론 이데올로기가 개인의 삶의 방향이나, 바람직한 삶의 모습들을 설정할 수는 있다. 또한 이상적인 사회의 모습을 제시할 수도 있다. 하지만 관념은 관념일 뿐이다. 그 이상도 그 이하도 아니다.

문제는 우리 인간이 그 이데올로기를 추종하는 데 있다. 그리고 그것을 현실화시키기 위하여 많은 것을 희생하는 것도 불사한다. 그로 인해 다른 이데올로기를 가진 사람이나 집단과 심한 갈등과 대립이 일어나는 것이다. 인간을 위해 이데올로기가 존재하는 것이 아니라 이데올로기를 위해 인간이 존재하게 되는 것이다.

물론 이데올로기의 긍정적 기능도 있다. 예를 들면, 이데올로기를 통해 사회 구성원들을 통합할 수 있다. 사회 구성원들이 어떤 이데올로기가 옳다고 판단을 하면 상호간에 대화와 이해를 통해서 의식 뿐만 아니라 그 사회 자체의 통합에 도움이 된다. 하지만 사회 구성원들 사이에 다른 이데올로기가 존재한다면 그 사회는 커다란 분열을 초래하는 것이 너무나 당연하다.

중요한 것은 이데올로기는 인간을 위한 것이어야 한다. 그렇지 못할 경우 인간은 이데올로기로 인해 커다란 고통과 아픔을 겪을 수밖에 없다.

황순원의 소설 〈학〉은 이데올로기가 다른 두 친구에 대한 이야기이다. 소설에서 성삼과 덕재는 어린 시절 삼팔선 부근의 한 마을에서 함께 놀고 지내던 단짝 친구였다. 성삼이가 동네 치안대에 와 보니 덕재가 인민군 농민동맹 부원장으로 잡혀 포승줄에 묶여 있었다. 성삼은 덕재를 자신이 호송하겠다고 자청해서 그를 데리고 길을 나선다. 덕재가 왜 인민군을 도왔는지 모르는 성삼은 마음만 답답할 뿐이었다.

"성삼이는 연거푸 담배만 피웠다. 담배 맛을 몰랐다. 그저 연기만 기껏 빨았다 내뿜곤 했다. 그러다가 문득 이 덕재 녀석도 담배 생각이 나려니 하는 생각이 들었다. 어려서 어른들 몰래 담 모퉁이에서 호박잎 담배를 나눠 피우던 생각이 났다. 그러나 오늘 이놈에게 담배를 권하다니 될 말이냐."

어릴 적 성삼과 덕재는 너무나도 친한 친구였다. 같이 길을 가면서 어릴 적 추억이 생각이 나고 그 우정이 변함없음을 확인하게 된다. 이데올로기가 그 둘을 갈라놓았지만 마음속 깊이 있는 인간적 감정은 변하지 않았다.

"한 번은 어려서 덕재와 같이 혹부리할아버지네 밤을 훔치러 간

일이 있었다. 성삼이가 나무에 올라갈 차례였다. 별안간 혹부리할아버지의 고함 소리가 들려 왔다. 나무에서 미끄러져 떨어졌다. 엉덩이에 밤송이가 찔렸다. 그러나 그냥 달렸다. 혹부리할아버지가 못 따라올 만큼 멀리 가서야 절로 눈물이 찔끔거렸다. 덕재가 불쑥 자기 밤을 한 줌 꺼내어 성삼이 호주머니에 넣어 주었다."

성삼이는 비로소 덕재의 상황을 이해하게 된다. 덕재가 어쩔 수 없이 인민군을 도울 수밖에 없었다는 사실에 내심 그는 내심 기뻐한다. 이데올로기는 자신의 의지와 관계없이 인간과 사회를 이상한 방향으로 흐르게 했던 것이다.

"나두 피하려구 했었어. 이번에 이남서 쳐들어오믄 사내란 사낸 모조리 잡아 죽인다구 열일곱에서 마흔 살까지의 남자는 강제루 북으로 이동하게 됐었어. 할 수 없이 나두 아버질 업구라두 피난 갈까 했지. 그랬더니 아버지가 안 된다는 거야. 농사꾼이 다 지어 놓은 농살 내버려 두구 어딜 간단 말이냐구. 그래 나만 믿구 농사일루 늙으신 아버지의 마지막 눈이나마 내 손으루 감겨 드려야겠구, 사실 우리 같이 땅이나 파먹는 것이 피난 간댔자 별 수 있는 것두 아니구."

성삼과 덕재는 고갯길을 넘어 내려오면서 학 떼를 발견한다. 이데올로기와 상관없이 자유롭게 날아 다니는 학을 보며 성삼은 덕재가 도망 갈 수 있도록 포승줄을 풀어준다. 우정은 이데올로기보다 위대했다.

"저 만치서 성삼이가 홱 고개를 돌렸다.

'어이, 왜 멍추같이 서 있는 게야? 어서 학이나 몰아 오너라.'

그제서야 덕재도 무엇을 깨달은 듯 잡풀 새를 기기 시작했다.

때마침 단정학 두세 마리가 높푸른 가을 하늘에 곧 날개를 펴고 유유히 날고 있었다."

이데올로기는 인간을 위해 더 발전된 사회를 위한 것이어야 한다.

자신의 이데올로기를 고집하는 한 사회의 발전은커녕 갈등과 대립만 조장할 뿐이다. 이데올로기는 인간과 역사의 발전에 도움이 되어야 한다. 그렇지 못할 경우는 이데올로기는 그 존재 자체가 의미가 없다.

보다 나은 사회를 위해 더 합리적이고 많은 것을 포용할 수 있는 이데올로기가 필요하다. 따라서 급진적 이데올로기는 사회에 도움이 되지 않을 확률이 크다. 인간을 무시할 수 있을 가능성이 크기 때문이다. 경직된 사고로 인한 이데올로기의 주장은 인간이 중심이 되지 않을 가능성이 있기에 주의하여야 한다.

자신이 생각하는 것만 옳고 상대방은 옳지 않다는 사고를 할 수 있기에 이분법적 사고에 빠질 수 있기 때문이다. 상대를 맹목적으로 비난하기에 사회의 통합에 걸림돌만 될 뿐이다. 이것이 극단적으로 될 경우 폭력과 전쟁에까지 이르게 되는 것이다. 그로 인한 인간과 사회의 피해는 상상을 초월한다. 단순한 생각의 다름이 이렇게 무서운 것이다. 따라서 상대를 포용하며 관용하는 것이 이데올로기의 가장 중요한 기본이 되어야 한다.

이데올로기로부터 자유로운 인간, 이데올로기를 넘어서는 인간이 되는 것이 진정한 인간다운 인간이 아닐까? 성삼과 덕재는 그렇게 이데올로기로부터 자유로웠다.

61

더 나이가 들기 전에

세월은 정말 너무 빨리 흐르는 것 같다. 20대 때에는 얼른 나이가 들었으면 좋겠다는 생각을 많이 했다. 더 성숙한 모습으로 살아가고 싶어서였다. 하지만 요즘 드는 생각은 나이가 정말 너무 빨리 들어간다는 것이다. 시간이 후딱후딱 지나가는 느낌이다.

김형석 교수님의 〈100세 일기〉를 보면 그분의 지나간 삶의 발자취를 여실히 알 수 있다. 그동안 정말 성실하고 진실되게 사셨던 모습이 너무 감동적이다.

나는 나의 건강 상태를 볼 때 그리 오래 살지는 않을 것이다. 워낙 어릴 때부터 약했고, 사고도 많았고, 힘든 일도 많이 겪어 언제 무슨 일로 인해 병이 들지 모른다. 요즘 드는 생각은 시간이 더 지나가기 전에, 나이가 더 들기 전에 내가 정말 하고 싶은 일들을 하자는 것이다.

"90을 넘기면서 가장 힘든 것은 늙는다는 생각이 아니다. 찾아드는 고독감이다. '나 혼자 남겨두고 다 떠나가는구나'하는 공허감이다. 자녀도 다 제 길을 찾아가야 한다. 친구들도 소식 없이 떠나버린다. 얼마 전에는 옛날 동창들 가운데 누가 남아 있나 생각해보았다. 국내에는 한 사람도 없다. 미국 로스앤젤레스에 살던 목사 친구의 얘기는

들리지 않는다. 브라질로 이민 간 친구도 얼마 전에 세상을 떠났다."

인간은 운명적으로 고독한 것인지 모른다. 가족과 친구들이 있어도 외로움을 느낄 수 있다. 예전에는 고독이 자아를 성장시킬 수 있는 기회라 생각했지만, 요즘엔 그런 생각을 하지 않는다. 나는 이제 더 이상 외롭게 살고 싶지가 않다. 그래서 좋은 사람들과 함께 하는 시간을 많이 만들어 가려 노력하고 있다.

10년 후 혹은 20년 후 나의 삶이 어떠할지는 잘 모르지만, 그에 대한 대비를 조금씩 하려고 노력하고 있다. 나름대로 계획을 세우고 하나씩 준비하고 있다. 나이가 들수록 더 멋진 삶을 살아가려 한다. 젊었을 때부터 얼마 전까지는 정말 너무 정신없이 살아왔던 것 같다. 내가 어디로 가고 있는지, 내가 하고 있는 일들이나 행동들이 어떤 것인지도 모른 채 무작정 앞만 보고 달렸던 것 같다.

요즘 들어 내 자신을 돌아보는 시간을 많이 가지려 노력하고 있다. 과거의 잘못을 돌이킬 수는 없지만 반복하고 싶지는 않다. 앞으로의 나의 삶이 더 시간이 지나 후회가 되지 않도록 최선을 다하려 한다.

"90세를 넘기면서 두 가지 변화가 찾아왔다. 함께 일하던 김태길, 안병욱 교수가 활동 무대에서 떠나갔다. 곧 내 차례가 될 것이라는 허전함이 엄습해왔다. 정신력에는 변함이 없고, 창의적이지는 못해도 그 위상은 유지할 수 있었는데 신체적 여건이 뒤따르지 못했다. 그때 얻은 인생의 교훈은 사람은 누구나 노력하면 60에서 70대까지는 정신적으로 성장하고 성숙할 수 있고 그 기간에 맺은 열매가 90까지 연장되어 사회에 기여할 수 있다는 체험과 자신감이었다."

내가 더 노력하고 싶은 것은 다른 것보다도 먼저 정신적인 성장이다. 그동안 나는 물리학만을 하느라 내 자신의 성장을 위해 고민하거나 노력을 많이 하지 못했다. 그게 가장 후회스럽고 아쉽다. 한 분야에 몰입을 하느라 다른 분야는 전혀 몰랐다. 그것에 거의 대부분의 시간을 보내느라 정작 중요한 것들을 하지 못했다. 나는 이제 내 자신의 성장에 가장 힘을 쏟으려 한다. 내면이나 육체 모두를 위해 내 나름대로 최선을 다하고 싶다.

시간은 여지없이 흐른다. 나의 삶이 나의 뜻대로 되지 않는다는 것을 너무나 잘 안다. 하지만 후회할 그런 삶을 더 이상 살고 싶지는 않다.

내가 앞으로 하고 싶은 버킷 리스트를 만들었다. 계속해서 만들어 나갈 것이다. 내가 만들고 있는 그 버킷 리스트는 대단한 것은 아니다. 하지만 그것만큼은 꼭 다 하고 싶다. 더 나이가 들면 못하는 것들이 생길 것이니, 세월이 더 가기 전에 나의 버킷 리스트에 있는 것들이 하나씩 이루어졌으면 좋겠다.

62.

오빠가 돌아오니

김영하 소설 〈오빠가 돌아왔다〉는 원수 같은 가족에 관한 이야기이다. 중학교 1학년 막내딸의 시점에서 이야기는 전개된다. 아빠와 엄마, 오빠, 그리고 막내딸 이렇게 네 명이 한 가족이었다.

"오빠가 돌아왔다. 옆에 못생긴 여자애 하나를 달고서였다. 화장을 했지만 어린 티를 완전히 감출 수는 없었다. 열일곱 아님 열여덟? 내 예상이 맞다면 나보다 고작 서너 살 위인 것이다. 당분간 같이 좀 지내야 되겠는데요. 오빠는 낡고 뾰족한 구두를 벗고 마루에 올라섰다. 아빠는 어처구니가 없다는 듯 둘을 바라보다가, 내 이 연놈들을 그냥, 하면서 방에서 야구방망이를 들고 뛰쳐나와 오빠에게 달려들었다."

집을 나가서 4년 만에 들어온 20대 초반의 아들은 17살 여자애와 같이 동거를 하겠다고 돌아온 것이다. 그리고 자기 방에서 같이 산다. 아빠한테 아들이 원수가 되는 순간이다.

"오빠는 열여섯까지 아빠한테 죽도록 맞고 자랐다. 아빠가 오빠한테 한 짓을 생각하면 함께 사는 것만도 다행이다. 아빠는 실컷 두들겨 패고도 분이 풀리지 않으면 오빠를 홀딱 벗겨 집 밖으로 세워놓기를 좋아했다. 그러고는 깡소주에 취해 세워놓은 것도 잊어버리고 고꾸라져 잠들기가 일쑤였다."

아빠는 아들한테 어릴 때부터 원수였다. 그리고 아들이 열여섯이 되면서 전세는 역전된다. 아빠는 아들을 감당하기엔 이제 너무 나이가 들었기 때문이다.

"도대체 아빠는 왜 오빠와 나를 낳았을까. 아니 이 질문은 엄마에게 던져야 되지 않을까? 아니 어쩌자고 나와 오빠를 낳아 이렇게 무책임하게 내팽개쳐두는 거예요? 며칠 전 나는 생각난 김에 엄마가 경영하는 함바집으로 찾아가 질문을 던졌다."

아빠는 돈을 전혀 벌지 않았다. 매일 소주 2병 이상을 먹고 들어와 집안을 다 뒤집어 놓는다. 아빠는 엄마하고도 원수다. 아빠와 엄마는 매일 싸우다 결국 엄마는 가출을 하고 공사판 근처에서 함바집을 한다.

"오빠 살림 차렸어. 웬 기집애 손목 잡고 들어와서 눌러앉혔어. 입이 귀까지 찢어졌어."

"니 아빠는 뭐 하고?"

"뭐라 그러다 오빠한테 두들겨 맞고는 끽소리도 못 해. 밥도 가끔 얻어먹어. 좀 있으면 아주 며느리 행세하겠더라."

"이것들이 정말."

엄마는 하나밖에 없는 큰아들을 독차지한 열일곱 여자애가 궁금해 결국 5년 만에 집에 돌아와 본다. 막내딸은 집으로 돌아온 엄마가 좋아 같이 살자고 한다.

"아빠 내쫓고 우리끼리 살자."

"그럼 니 아빠는? 서울역에 보내고?"

"거기 가서도 철도청 비리 고발하면서 호의호식할 거야. 아니, 그럼 엄마는 지금껏 아빠 생각해서 함바집에서 먹고 자고 있는 거란 말이야? 엄마, 열녀야? 아님 바보야?"

"느 아빠, 인생이 불쌍하잖아."

엄마는 원수 같은 아빠가 싫어 5년 전 스스로 집을 나갔다. 아빠더러 나가라 하지 않고 엄마가 나간 것은 그나마 엄마가 조금 착하기 때문이다. 엄마가 아빠더러 나가라고 하고 자신이 아이들과 집을 차지하고 있었다면 엄마는 아빠를 전혀 생각하지 않는 나쁜 여자, 피도 눈물도 없는 냉혈한인 것이다.

"어리둥절하기는 우리도 마찬가지였다. 여자애는 그새 입성이 달라져 있었다. 엄마한테 손목 붙들려 끌려 나갈 때의 후줄근한 카디건 대신 꽤 그럴듯한 스웨터를 입고 있었다. 털 상태로 봐서는 새것이 분명했다. 구질구질한 동대문제 청바지 대신에 꽤 팬찮아 뵈는 체크무늬 스커트도 받쳐 입고 있었다."

엄마는 17살짜리 여자애를 식구로 받아들인다. 5년 동안 집에 들어오지 못한 채 혼자 지냈던 아픔은 털어버린다. 이를 계기로 아빠, 엄마, 오빠, 여자애, 그리고 막내딸은 김밥을 싸서 정말 오랜만에 남이섬으로 나들이를 간다. 원수 같은 가족끼리 그렇게 김밥을 같이 먹으며 매운탕도 먹는다.

가족은 생판 알지도 못하는 남남끼리의 만남에서 시작된다. 처음 본 사람끼리 좋아서 결혼한다. 그렇게 시간이 지나니 원수 같이 변한다. 연애할 때는 언제고 이제 더 이상 같이 있는 게 너무 힘이 든다. 그래서 어떤 이는 가출하고 어떤 이는 참고 살고 어떤 이는 이혼을 한다. 각자의 선택이다.

물론 오래도록 좋은 감정만 가지고 사는 분들도 있다. 하늘의 축복이다. 하지만 많은 경우 원수가 따로 없다. 성경에 보면 "네 원수를 사랑하라"라는 말이 있다. 이 말이 이해가 되고 마음에 와닿는 분이라면 상당한 경지에 이른 사람임에 틀림이 없다. 그 경지는 아무나 도달하는 것이 아니기 때문이다. 혹시 이 글을 읽는 분 중에 그러한 경지에 도달한 분이 분명히 계실 것 같다. 그동안 정말 많은 고생을 하신 분임에 틀림없다.

63

오지 않는 것을 기다리며

사무엘 베케트의 〈고도를 기다리며〉는 그에게 노벨 문학상을 안겨 준 희곡이다. 이 연극은 2막밖에 되지 않는 상대적으로 짧은 편이며, 등장인물도 몇 명 되지 않는다.

내용도 상당히 간단하다. 두 명의 주인공인 에스트라공과 블라디미르가 단순히 이런저런 얘기를 하며 고도를 기다린다는 내용이다.

블라디미르는 에스트라공에게 말한다.

"하지만 문제는 그런 게 아니야. 문제는 지금 이 자리에서 우리가 뭘 해야 하는가를 따져보는 거란 말이다. 우린 다행히도 그걸 알고 있거든. 이 모든 혼돈 속에서도 단 하나 확실한 게 있지. 그건 고도가 오기를 우린 기다리고 있다는 거야."

두 주인공인 블라디미르와 에스트라공이 하는 일은 하루 종일 고도를 기다리는 것밖에 없다. 놀라운 사실은 그들이 고도를 기다린 것은 무려 50년이었다. 그 50년이라는 세월을 하루 같이 고도를 기다리고 있었던 것이다. 매일 똑같이 기다리기만 했다. 하지만 고도는 그 많은 시간이 흘러도 오지 않았고, 그들은 그래도 언젠가는 고도가 오리라 기대하며 새로운 날이 되면 다시 일어나 고도를 기다린다.

고도는 누구일까? 그들은 왜 고도를 기다리고 있는 것일까? 고도는 언제 오는 것일까? 언제 올지 모르는 상황에서 그들은 왜 고도를 그리도 계속해서 기다리고 있는 것일까?

그들은 삶의 허무함, 낭패감, 살아간다는 것의 지겨움 같은 것들이 고도가 오면 해결될 것이라 믿고 있었다. 하지만 그들이 기다림의 한계에 다다랐을 때 나타난 것은 고도가 아니라 고도의 소식을 전하는 소년이었다. 그 소년은 오늘 밤에는 오지 못하고 내일은 고도가 올 수 있을 것이라 알려주고 사라진다. 기다리다 지친 그들은 절망하지만 다음날 고도가 오지 않을까 하는 마음으로 또다시 기다린다.

그 오랜 세월을 기다렸지만 고도는 오지 않았다. 오지 않을지도 모르는 사람을 기다린다는 것은 어쩌면 부조리한 것일지 모른다. 오지 않을 사람을 기다리는 삶, 그러한 삶이 부조리한 삶이 아니면 무엇이란 말인가?

우리의 살고 있는 이 세상은 부조리로 가득한 세상이다. 부조리한 세상에서 우리가 할 수 있는 것은 무엇일까? 오지도 않을 사람을 기다린다는 것, 그 사람이 언제 올지도 모른 채 매일 기다리고만 있다는 것, 그러한 부조리한 과정에서 살아가고 있는 것이 우리들이다. 왜 그런 것일까?

어쩌면 기다림이라는 고통이 우리의 삶을 지배하고 있는 것인지도 모른다. 현재는 어렵고 힘들지만 더 나은 미래를 기다리기에 우리는 버틸 수 있는 것일 수도 있다. 하지만 그러한 기다림 자체는 고통일 수밖에 없다. 언제 올지도 모른 채 무작정 기다리기만 해야 하는 고통, 그것은 사실 아무나 할 수 있는 것이 아니다. 차라리 포기하는 것이 더 나을지도 모른다. 그들은 왜 기다려야 하는지도 모른다. 그러기에 더 힘이 들 수 있다. 기다리는 것 외에는 아무것도 할 수 없다. 실제로 너무 무기력하고 너무 의미 없는 기다림이다.

하지만 주인공들은 기다림에서 오는 고통과 절망을 자살로 해결하지는 않는다. 목을 맬 수 있는 나무가 바로 눈앞에 있지만 그들은 자살을 시도하지 않고 다시 내일을 기약한다.

어디까지 기다려야 하는 것일까? 기다림의 끝은 어디일까? 그 기다림의 한계에 이르러서 우리는 깨닫게 되는 것이 있을 수 있다. 그것은 우리 인간 존재의 극한 상황에서야만 가능한 어떤 것이다. 우리가 살아가고 있는 삶의 존재의 핵심은 그러한 것을 통해 알게 될 수 있을지도 모른다.

삶의 깊은 나락에 떨어져 본 자는 삶의 실체를 진실로 이해할 수 있다. 그곳에 가본 자와 그렇지 못한 자의 차이는 삶의 인식 자체가 다를 수 있기 때문이다.

오지도 않는 것을 기다림은 그렇게 우리의 삶의 경지를 높여줄 수 있다. 그렇기에 힘들더라도 내일 아침이 되면 다시 일어나 고도를 기다리게 된다.

석가모니도 자신의 해탈을 이루기까지 그렇게 기다렸다. 노자도 도에 이르기 위해 그 많은 세월을 기다리며 인내했고, 공자도 성인의 경지에 이르기까지 끝없이 학문을 하며 기다렸다. 기다릴 수 있었기에 이룰 수가 있었다.

고도는 오지 않을 수도 있다. 아무리 기다려도 고도를 만나지 못할 수도 있다. 하지만 그래도 그러한 부조리를 이기고 기다리다 보면 고도가 아닌 다른 이를 만날 수 있을 것이다. 그가 누구일까? 잘은 모르겠지만 그건 바로 나 자신이 아닐까? 그렇게 기다렸던 고도는 어쩌면 내 자신이었는지 모른다. 그렇다. 바로 내가 고도였다.

64.

오늘이라는 하루

앤디 앤드루스의 〈폰더씨의 위대한 하루〉는 데이비드 폰더라는 40대 회사원에 대한 이야기이다. 그는 10여 년 동안 최선을 다해 일해 왔지만, 회사가 경제적으로 어려워 합병되면서 하루아침에 실직자가 된다. 이로 인해 그는 인생의 최대 위기인 막다른 상황에 놓이게 되는데 갑작스러운 교통사고로 꿈속에서 역사 속의 인물 7명을 만나는 환상여행을 하게 된다.

폰더씨는 환상에서 다음과 같이 이야기한다.

"나는 여러 해 동안 열심히 일해 왔지만, 돈도 없고 전망도 없는 빈털터리입니다. 이건 제 탓이 아닙니다."

환상에서 만난 사람이 이런 대답을 해 준다.

"우리는 모두 우리가 선택한 상황 속에 있는 걸세, 현재에 대한 책임을 회피함으로써 미래를 없애버리고 있는 거야. 오래전부터 자네는 수많은 선택을 했고, 그것이 모여서 오늘의 상황이 만들어진 거야. 앞으로 '그건 내 잘못이 아니야'라는 말은 하지 말게 미래는 분명 자네 손안에 있음을 기억하게."

우리가 살아가다 보면 우리의 힘으로 할 수 없는 것도 있는 것이 사실이다. 하지만 우리가 할 수 있는 것도 또한 많이 있다. 현재에 대해 긍정적으로 생각하고 자신의 책임을 회피하려 하지 않는 사람이 미래에 있어 좀 더 희망이 있는 것은 아닐까? 다른 사람을 탓하고 자신의 잘못은 하나도 없다고 생각한다면 그의 인생은 항상 다람쥐 쳇바퀴 도는 것 같은 삶을 살 수밖에 없다.

폰더씨는 또한 남북전쟁에서 활약한 체임벌린 대령을 만난다. 체임벌린 대령은 잘 알려져 있지 않은 사람이지만, 그러한 평범한 사람도 역사를 바꿀 수 있음을 보여준다. 그는 남북전쟁에서 가장 중요한 고비인 게티즈버그 전투에서 북군의 20연대 연대장이었다. 그 전투에서 전시상황은 북군에게 너무나 불리했다. 수적으로 열세일 뿐만 아니라 탄약이 다 떨어진 상태에서 다른 모든 사람들은 아무것도 할 수 없으니 후퇴해야 한다고 주장을 한다. 체임벌린 대령은 다음과 같이 이야기한다.

"아무것도 하지 않는 쪽과 뭔가 해야 하는 것 중 하나를 선택하라면 나는 늘 행동하는 쪽을 선택하겠다. 나는 행동을 선택하는 사람이다."

체임벌린 대령은 모든 부하들에게 적군이 가까이 다가올 때까지 기다리라고만 한다. 적들이 총을 쏘면서 가까이 다가왔을 때 체임벌린 대령은 탄약이 하나도 없는 상태에서 명령을 내린다.

"전원 착검하고 돌격하라. 육박전으로 적과 싸운다."

다른 사람들이 아무것도 할 수 없을 것이라 생각하는 순간, 그는 무엇이라도 해야 한다는 집념으로 육박전을 생각해 냈고, 이 전투를 승리함으로써 남북전쟁에서 링컨 대통령이 이끄는 북군 쪽으로 전세가 기울기 시작했다. 아무리 위기 상황에서라도 무언가를 하려는 사람과 그냥 아무것도 하지 않는 사람과는 극명한 차이가 있다. 아무것도 하지 않는다면 그것으로 끝이 난다. 그럼에도 불구하고 무언가를 하려 생각하는 사람은 그리 많지 않다. 체임벌린 대령의 그 의지와 집념이 게티즈버그 전투의 흐름을 바꾸어 놓게 된 것이다.

폰더씨는 또한 아메리카를 발견한 콜럼버스를 만나는데 콜럼버스는 다음과 같은 말을 한다.

"대부분의 사람들은 망설이는 마음 때문에 그들이 하는 일에서 실패합니다. 앞으로 갈까? 뒤로 갈까? 성공을 거두려면 단호한 마음에서 나오는 정서적 안정감이 있어야 합니다. 문제는 부딪히면 단호한 마음은 방안을 찾고 망설이는 마음은 구멍을 찾습니다."

다른 이들이 망설이고 있는 동안 콜럼버스는 행동으로 옮겨 앞으로 나아갔다. 그리고 그는 아메리카를 발견했던 것이다. 문제를 회피하고 그 문제로부터 도망간다면 영원히 그 문제에서 자유롭지 못하게 된다. 일단 부딪히다 보면 어떤 방법이 생길 수 있으며, 그렇게 노력하다 보면 어렵던 그 문제도 해결될 수 있다. 문제는 해결하기 위해 존재하는 것이지 내가 좌절되기 위해 그 문제가 존재하는 것이 아니다.

마지막으로 폰더씨는 성경에 나오는 가브리엘 천사를 만나는데 천사는 이야기한다.

"인생의 비극은 인간이 늘 거의 이길뻔한 게임을 놓친다는 점입니다. 대부분의 사람들은 상황이 나쁘면 뒤로 물러섭니다. 그러나 이 순간들이 당신의 미래가 당신의 어깨 위에 걸린 순간입니다. 고난은 늘 위대한 사람을 만들어 내는 배경입니다."

가브리엘은 폰더씨에게 사람들이 미처 이루지 못한 희망, 공상으로 끝낸 계획들이 가득 쌓인 창고를 보여주며 묻는다.

"당신의 인생도 저기 넣어두고 싶은가?"

실천이 없는 인생은 의미가 없다는 뜻이다.

폰더씨는 이렇게 환상여행에 돌아온다. 교통사고로 인한 무의식 상태에서 깨어난다. 그리고 그는 다시 용기를 내어 자신에게 주어진 삶에 도전한다. 그의 평범했던 어느 하루가 그의 인생을 바꾸어 놓게 되었다.

우리의 오늘의 하루는 어땠는가? 거창하게 위대한 하루가 될 필요는 없지만, 후회 없는 하루, 조금이라도 의미 있는 하루였기를 희망한다. 그러한 하루들이 모여 나중엔 정말 위대한 하루를 맞이할 수 있으리라.

우리에게 주어진 시간이 얼마나 남아 있는지는 그 누구도 모른다. 하지만 오늘을 제대로 사는 사람은 아무리 오래 살아도 의미 없이 사는 사람보다 위대한 삶을 살고 있는 것은 아닐까?

우리의 삶은 오직 한 번뿐이다. 다시 주어지지 않는다. 평범한 일상을 살아가더라도 후회 없이 오늘을 즐겁고 행복하게 살아내는 것이 어쩌면 위대한 삶을 살아가고 있는 것일지도 모른다.

65

삶은 속이지 않는다

알렉산드르 푸쉬킨은 러시아 시인이지만 머리는 곱슬이었고 피부는 검은색이었다. 그의 외증조부는 아프리카 에티오피아 출신의 노예였다. 군인으로서 실력을 인정받아 속량 되어 러시아에 정착했다. 러시아에서 태어나 자랐음에도 불구하고 푸쉬킨은 자신의 몸에 흑인의 피가 흐르고 있음을 자랑스럽게 생각했다. 그는 유모를 통해 러시아 민중의 삶을 배울 수 있었다.

젊은 시절 그는 러시아 농노 제도와 전제정치를 비판하는 바람에 1820년 남러시아로 추방된다. 추방 생활 중에서도 그 지역의 정치 세력과 충돌하며 미하일로프스코라는 시골에서 칩거 생활을 한다. 많은 아픔과 여러 가지 경험 속에서 그는 인생을 바라보는 안목을 얻으며 그의 시는 새로운 경지를 개척하게 된다.

푸쉬킨은 그보다 13살 어린 나탈리야 곤차로바와 결혼하는데 그의 반역 정신을 시기하는 귀족들이 나탈리야가 불륜을 하고 있다는 소문을 퍼뜨림으로써 그 상대로 지목된 조르주 단테스와 결투를 벌이다가 총에 맞아 비운의 죽임을 당한다. 그때 그의 나이 35살이었다.

비록 너무 젊은 나이에 죽었지만, 그는 "러시아의 위대한 국민 시인"으로 불린다. 그의 시는 삶의 깊이가 담겨 있어 읽는 모든 이로

하여금 공감을 불러일으킨다. 그가 칩거 생활을 하던 중 쓴 시중의 하나가 바로 "삶이 그대를 속일지라도"이다.

〈삶이 그대를 속일지라도〉

　푸쉬킨

　삶이 그대를 속일지라도
　슬퍼하거나 노여워 말라
　슬픈 날에 참고 견디라
　즐거운 날이 오고야 말리니

　마음은 미래를 바라느니
　현재는 한없이 우울한 것
　모든 것 하염없이 사라지나
　지나가 버린 것 그리움 되리니

　삶이 그대를 속일지라도
　노하거나 서러워하지 말라
　절망의 나날 참고 견디면
　기쁨의 날 반드시 찾아오리라

　마음은 미래에 살고
　현재는 언제나 슬픈 법

모든 것은 한순간 사라지지만
가버린 것은 마음에 소중하리라

삶이 그대를 속일지라도
슬퍼하거나 노여워 말라
우울한 날들을 견디며 믿으라.
기쁨의 날이 오리니

마음은 미래에 사는 것
현재는 슬픈 것
모든 것은 순간적인 것, 지나가는 것이니
그리고 지나가는 것은 훗날 소중하게 되리니

삶이 그대를 속일지라도
슬퍼하거나 노여워 말라
설움의 날을 참고 견디면
기쁨의 날이 오고야 말리니

마음은 미래에 살고
현재는 언제나 슬픈 것
모든 것은 순식간에 지나가고
지나간 것은 또다시 그리움이 되리라

어쩌면 평범하게 사는 것이 가장 힘든 것이지도 모른다. 살아가면
서 어떠한 어려움도 없이 살아갈 수만 있다면 얼마나 좋을까? 하지만

우리는 살면서 전혀 예상하지 않았던 일, 준비하지 못했던 일, 원하지 않았던 일들이 계속해서 우리를 뒤흔든다.

우리의 선택이 우리의 삶을 결정하지만 우리는 무엇을 알고서 선택하지는 못한다. 최선이라 생각하고 선택을 하며 나름대로 열심히 살아가지만, 그 길이 내가 원했던 방향으로 가지 않는 경우도 너무나 많다. 그럴 때마다 우리는 삶을 원망하며, 다른 사람을 싫어하고, 인생에 회의를 느끼기도 한다. 자신의 선택을 후회하며, 자신이 그동안 살아왔던 것에 속상해하기도 한다.

최선을 다해 열심히 노력하며 살아온 것 같은데 거기에 대한 대가는 너무 미미하니, 삶이 우리를 속인 것은 아닌지 회의가 드는 것이다. 지나온 세월을 슬퍼하고 후회한다 해도 다시 돌이킬 수는 없다. 삶에는 연습이 없기 때문이다. 우리가 살아가면서 실수하지 않는 사람은 아무도 없다.

우리가 슬퍼하거나 노여워하지 않을 이유를 시인은 확실히 이야기해주고 있다. 삶은 일방적이 아니라는 것이다. 좋은 일로만 가득 찬 인생도 없고, 어려움만 존재하는 인생도 없다. 어려움이 없었다면 기쁨을 모르고 인생을 끝낼 수도 있다. 어려움이 반갑지는 않지만 어려움 없이 살아가는 사람이 하나도 없다고 할진대, 그것을 어떻게 피할 것인가?

누구나 겪는 어려움을 이겨 내다보면 거기에 비례하는 기쁨이 우리에게 주어지는 것은 아닐까? 나도 지난 세월을 돌아볼 때 가장 기뻤던 순간이 기억이 난다. 아이러니하게도 그 순간은 내가 가장 힘든 일이 다 끝났을 때였다. 그 힘든 과정을 버티지 못할 것 같았고, 그냥 포기하고 싶은 마음이 너무 많이 들었지만, 능력도 없는 주제에 그냥 세월아 네월아 하면서 하루하루 버티었던 기억이 난다. 끝나지 않을 것 같았던 그 시간은 생각보다 너무 길었다. 하지만 그 시간이 끝나고 나니 실제로 눈물이 날 정도로 기쁜 순간이 찾아왔다. 기쁨의 눈물은 이 세상 그 어느 것보다 나의 가슴을 적시는 것 같았다.

삶은 우리를 속이지 않는다. 그러기에 우리는 기쁨의 눈물을 흘릴 수 있는 것이 아닐까?

66.

엄마 걱정

누나는 나보다 5살, 형은 4살이 많았기에 어릴 적 누나나 형과 같이 놀았던 기억이 별로 없다. 누나와 형이 학교에 가면 혼자 집에서 강아지하고 놀던지, 뒷산에 올라가 그냥 나 혼자 돌아다니며 놀았다. 동네 또래 아이들이 몇 명 있긴 했지만, 그리 자주 어울려 놀았던 것 같지는 않다. 그래서 심심하면 항상 어머니 뒤를 졸졸 따라다니며 어머니 하시는 것을 구경하곤 했다. 어머니가 시장에 가시면 항상 뒤에 붙어 따라다녔고, 집안일을 하시면 어머니 옆에서 그냥 빈둥대며 놀았다. 나는 유치원도 가보질 못한 채 바로 국민학교(지금의 초등학교)에 입학했기에 내 기억으로는 아마 어머니가 그때까지 나의 유일한 친구이자 모든 것이었다.

기형도의 시 〈엄마 걱정〉을 읽으며 어린 시절 나의 어머니가 떠오른다.

〈엄마 걱정〉

열무 삼십 단을 이고
시장에 간 우리 엄마

216

안 오시네, 해는 시든 지 오래
나는 찬밥처럼 방에 담겨
아무리 천천히 숙제를 해도
엄마 안 오시네, 배추잎 같은 발소리 타박타박
안 들리네, 어둡고 무서워
금 간 창틈으로 고요히 빗소리
빈방에 혼자 엎드려 훌쩍거리던

아주 먼 옛날
지금도 내 눈시울을 뜨겁게 하는
그 시절, 내 유년의 윗목

어린 시절, 나는 유난히 어머니를 많이 기다렸다. 우리 집은 할머니를 포함해서 8식구였기 때문에 집안에 일이 너무나 많았다. 어머니는 하루 종일 앉아 쉴 시간이 없으셨다. 내가 어머니를 따라 가지 못하는 날엔 어머니 돌아오기만을 기다렸다. 그냥 빈방에 누워서 천장을 바라보며 어머니를 기다리고, 신문지 접어 딱지 만들어 혼자 딱지 치기하며 어머니를 기다리고, 하얀 아무런 종이에다 크레용으로 그림이나 낙서를 하면서 어머니를 기다렸다. 그러다 대문이 열리며 어머니 돌아오는 소리가 나면 하던 것을 멈추고 용수철처럼 뛰어 나가 어머니 품에 안겼다. 손에 들고 계시던 것을 힘도 없는 내가 들어서 옮기고 어머니 하시는 일을 그냥 계속 쳐다보기만 하고 그랬다.

해마다 김장철이 돼서 김장을 할 때면 식구가 많은 관계로 배추 200포기 정도를 했던 기억이 난다. 뒷마당에 구덩이를 파고 커다란 항아리를 여러 개 묻은 후 그 안에 김장한 김치를 차곡차곡 쌓아 넣었다. 어머니는 메주를 수십 개 만들어 방에다 걸고 곰팡이가 나면 그것으로 내 키보다 큰 항아리에 가득 채울 정도의 간장도 만드셨다. 시장에 가서 고추를 몇 포대나 사 오셔서 고추장도 담그시고, 된장도 직접 다 담으셨다.

8식구의 매끼를 따스한 밥과 국으로 먹이기 위해 불도 약한 연탄불로 해내시는 모습을 보며 어린 나는 그냥 두 끼만 해서 먹으면 좋겠다는 생각을 하곤 했다.

겨울이 되면 온 식구가 씻어야 할 따스한 물을 뎁히고 방마다 연탄불이 꺼지지 않게 하기 위해 이른 새벽에 연탄을 갈러 나가시는 소리에 나도 모르게 잠이 깨곤 했다. 어머니께서 뒷마당 창고에서 방까지 연탄 나르는 것이 힘이 드실까 봐 나는 저녁을 먹으면 내가 부지깽이로 연탄불 고쿠락까지 연탄 한 장씩을 나르다 놓곤 했다. 그러나 연탄을 놓쳐서 많이 깨뜨려 먹기도 했다.

온 가족이 가끔씩 닭을 잡아 삶아 먹기도 했는데, 그런 날에는 어머니와 함께 시장에 가서 닭 두세 마리를 같이 사 오곤 했다. 그때는 대도시가 아니라 그런지 모르지만, 시장에서 살아있는 닭만 팔았기에 어머니는 살아있는 닭을 직접 날개 속으로 손을 넣어 숨통을 끊고 닭이 죽으면 펄펄 끓는 커다란 냄비에 닭을 넣은 다음 한참 기다린 후 닭의 털을 다 직접 뽑으셨다. 어머니가 힘이 들 것 같아 나는 닭이 냄비에서 나오자마자 바로 달려들어 닭털을 뽑기 시작했다. 다 뽑고 나면 어머니께서 다른 냄비에 털 뽑은 닭을 넣어 다시 삶기 시작하셨다.

어느 날 어머니가 밖에 나가셨는데 해가 저물어도 돌아오시지를 않는 것이었다. 내가 초등학교에 입학하기 전이었던 것 같다. 벌써 돌아오셔서 저녁 준비를 할 시간이 되었는데 돌아오시질 않으니 내

속은 새까맣게 타들어 가기만 했다. 도저히 더 기다릴 수가 없어서 나 혼자 시장에 가서 어머니를 찾아다녔다. 어머니와 함께 다녔던 길을 몇 번이나 왔다 갔다 하면서 어머니를 찾았지만, 도저히 찾을 수 없었다. 해는 져서 어둑해져 더 이상 돌아다닐 엄두가 나지 않고 무서웠다. 집에 돌아왔는데도 아직 어머니는 돌아와 계시지 않았다. 갑자기 눈물이 나기 시작했고 나도 모르게 펑펑 울었다. 울다가 지쳐 잠이 들었던 것 같다. 나도 모르게 눈을 떴는데 아침이었다. 벌떡 일어나 부엌으로 달려 나갔다. 부엌에 계신 어머니를 보고 와락 끌어안고 펑펑 울었다.

그렇게 세월이 흘렀다. 나는 아직도 엄마 걱정을 한다. 이제 벌써 80이시다. 내가 엄마 걱정을 하는 건 엄마는 나의 생명이기 때문이다.

67.

삶과 나

선조 22년인 1589년 정여립 역모 사건이 발생하였을 때 이에 가담한 사람들 중에 승려 출신이 많았고, 역모의 본거지가 계룡산과 구월산이어서 당시 불교계는 커다란 곤경에 처하게 된다. 이때 포도청에서 문초를 받던 무업이라는 자가 서산대사 즉, 휴정과 그의 제자인 유정을 무고한다. 감옥에 갇힌 서산대사의 의연한 태도에 선조는 그를 즉각 석방시켰다. 휴정의 비범함을 알아본 선조는 그의 시집을 직접 읽고는 감명을 받아 손수 휴정에서 시를 하사하고 그의 억울함을 위로한 뒤 산으로 돌려보낸다.

3년 후인 1592년 임진왜란이 일어나고, 왜군은 순식간에 동래를 무너뜨리고 무서운 기세로 북상을 한다. 당시 조선의 군대 수준은 부역을 하다 전쟁이 나면 옷만 갈아입고 전투에 임하는 것이라서 수십년간 내전을 겪으며 매일 전쟁을 벌였던 일본의 소위 "사무라이" 병사들과는 비할 바가 되지 못했다. 조선군대는 왜군에 제대로 대응조차 하지 못한 채 계속 패하기만 했고, 선조는 한양을 버리고 의주까지 피난할 수밖에 없었다.

의주에서 선조는 묘향산에 있던 서산대사가 갑자기 생각이 나서 그를 위주로 불러들였고, 그에게 불교계가 위기에 처한 나라를 구하는 데 도움을 줄 것을 당부한다. 이에 서산대사는 온 나라에 있는 사찰을 통해 모든 것을 제쳐두고 나라를 위해 거병하자는 격문을 띄운다. 당시 서산대사의 나이 75세였다. 불교계의 모든 지지를 받고 있었던 서산대사의 격문은 온 나라 승려들의 마음을 울려 즉각 5,000명에 해당하는 승군이 조직된다. 당시 불교계는 위계 체계와 인적 조직이 조선군대보다 뛰어났다. 영규대사가 이끄는 승군은 임진왜란이 발생하고 나서 처음으로 조선의 승전보를 올렸다. 서산대사는 직접 1,500명의 승군을 이끌고 명나라 원병과 함께 평양성을 탈환하는 데 성공하게 된다. 당시 명나라 제독 이여송마저 서산대사를 비롯한 승군의 활약에 감탄을 한다. 이렇게 2년의 활동 후 서산대사는 나이로 인해 더 이상 전쟁에 참여할 수가 없어 제자인 사명대사 유정 등에게 자신의 일을 맡기고 다시 묘향산으로 돌아간다.

평생을 불교에 몸을 담아 수행을 하고 75세의 나이에 국가를 위해 자신의 할 일을 한 후 그는 다시 산속에서 그의 마지막을 준비한다. 그가 쓴 "인생"이라는 시가 있다. 이 시는 "해탈시"라고 불리기도 한다. 그가 달관한 인생이 이 시에 녹아 있다.

〈인생〉

근심 걱정 없는 사람 누구인가?
출세하기 싫은 사람 누구인가?
시기 질투 없는 사람 누구이며
흥허물 없는 사람 어디 있겠나?

가난하다 서러워 말고

장애를 가졌다 기죽지 말고
못 배웠다 주눅 들지 말며
세상살이 다 거기서 거기외다

가진 것 많다 유세 떨지 말고
건강하다 큰소리치지 말고
명예 얻었다 목에 힘주지 마소
세상에 영원한 것은 없더이다

잠시 잠깐 다니러 온 세상
있고 없음으로 편 가르지 말고
잘나고 못남을 평가하지 말고
얼기설기 어우러져 살다나 가세
다 바람 같은 거라오

뭘 그렇게 고민하오
만남의 기쁨이건
이별의 슬픔이건
다 한순간이오

사랑이 아무리 깊어도
산들바람이고
외로움이 아무리 지독해도
눈보라일 뿐이오

폭풍이 아무리 거세도
지나가면 고요하고
아무리 지극한 사연도
지난 뒤엔
쓸쓸한 바람만 맴돈다오
세상 다 바람이라오

버릴 것은 버려야지
내 것이 아닌 것을
가지고 있으면 무엇하리오

줄 게 있으면 줘야지
가지고 있으면 무엇하리오
내 것도 아닌 것을

삶도 내 것이라고 하지 마소
잠시 머물다 가는 것일 뿐인데
잡아 둔다고 그냥 있겠소

흐르는 세월 붙잡는다고
아니 가겠소
그저 부질없는 욕심일 뿐

삶에 억눌려 허리 한번 못 펴고
인생 계급장 이마에 붙이고

뭐 그리 잘났다고
남의 것 탐내시오

훤한 대낮이 있으면
까만 밤하늘도 있는 법
낮과 밤이 바뀐다고
뭐 다른 게 있겠소

살다 보면 기쁜 일도 슬픈 일도 있다마는
잠시 대역 연기하는 것일 뿐
슬픈 표정 짓는다 하여
뭐 달라지는 게 있겠소
기쁜 표정 짓는다 하여
다 기쁜 것만은 아니오

내 인생 네 인생 뭐 별거랍니까
바람처럼 구름처럼 흐르고 불다 보면
멈추기도 하지 않소
인생이 다 그런 거라오

삶이란 한 조각 구름이 일어남이오
죽음이란 한 조각 구름이 스러짐이다
구름은 본시 실체가 없는 것
죽고 살고 오고 감이 모두 그와 같도다

서산대사는 우리나라 불교의 역사에서 삼국시대 원효대사와 고려시대 지눌 대사를 잇는 가장 역사적인 불교계 인물 중 한 명이다. 그는 묘향산에 돌아간 후 다시 수행을 하며 지내다 선조 37년 열반에 든다. 불교에 입문한 지 67년 만이었다. 그때 마지막으로 시를 한 수 짓는다.

八十年前渠是我(팔십년전거시아)
八十年後我是渠(팔십년후아시거)

80년 전에는 저것이 나이더니
80년 후에는 내가 저것이로다.

위의 인생시와 아래 서산대사가 마지막으로 남긴 시를 보면 인생은 실체가 없고 영원한 실체는 나일뿐이라는 뜻이 아닐까 싶다. 그의 깊은 인생관에 경의를 표하고 싶을 뿐이다.

68.

내적 자유

우리는 살아가면서 주위 사람들이나 외부에 의한 고통이나 어려움으로 인해 많이 힘들어하면서 지내게 된다. 가까운 가족이나 친구, 지인들에 의해 우리는 많이 상처받고 아파한다. 또한 우리가 존재하고 있는 이 사회나 세상에 의해 우리의 삶이 좌지우지되기도 한다. 하지만 인류 역사상 그러한 일들을 겪지 않는 사람은 없었다.

어느 시대나 어느 누구에게나 그러한 일들은 항상 일어난다. 아무리 위대한 인물일지라도 그러한 상처나 아픔은 존재한다. 이러한 것으로부터 자유로울 수는 없을까?

스토아 시대의 철학자였던 에픽테토스는 A.D. 50년경에 태어났다. 태어날 당시 그는 노예였고, 주인에 의해 폭행을 당해 다리에 장애가 있었다. 로마의 에파프로디토스라는 사람에게 다시 노예로 팔려 갔는데 그에게서 더 심한 비인간적인 대우를 받았다. 에픽테토스는 자신의 주인이 왜 그리 자신을 비인격적으로 대하는지 알게 되었다. 그의 주인은 원래 네로의 노예였다. 그의 주인이 노예였을 때 네로에게서 엄청난 고통을 겪었고, 그 상처를 치유받지 못해 자신의 노예에게 더 심한 상처를 주는 것이었다. 치유되지 않은 상처가 더 큰 상처를 만들어 낸다는 것을 그는 알게 되었다. 만약 받은 상처가 치유되지 않

226

으면 타인에게 상처를 입히든가 자기 자신에게 상처를 주는 것이라는 것을 그는 깨닫게 되었다.

에픽테토스는 이 사실을 깨닫고 자신의 상처를 스스로 치유해 나가기 시작한다. 그는 다른 사람이 자신에게 가한 상처에서 어떻게 하면 자유로울 수 있는지 고민했다. 결국 에픽테토스는 자신이 그 상처로부터 진정한 자유를 얻으려 노력해야만 그것이 치유 가능함을 알게 되었다. 그렇게 그는 자신의 모든 외부의 상처로부터 자유로워질 수 있는 자신의 내적 자유를 위해 노력했다. 그리고 그는 그동안 주인들에게서 받았던 상처를 극복해낸다.

에픽테토스는 자신이 외부로부터 받은 상처에서 진정으로 치유 받았으면 정신적 자유를 얻은 사람이라 했고, 아직도 그러한 상처에서 스스로 벗어나지 못한다면 그는 정신적으로 상처의 노예인 부자유한 사람이라고 이야기한다.

그는 스스로 내적인 자유를 얻은 사람은 외부의 그 누구도 자신에게 상처를 입힐 수 없으며, 외부의 그 어떠한 일에 대해서도 연연해하지 않을 수 있다고 생각했다. 그러한 사람은 이제는 다른 이의 지배로부터 자유롭고 온전한 자기 자신으로 존재가 가능하다고 이야기한다.

에픽테토스는 그의 담화록에서 다음과 같이 말한다.

"인간들은 사건 때문에 혼란스럽게 되는 것이 아니라, 사건에 대해 스스로 형성한 표상 때문에 혼란스럽게 된다."

우리가 객관적이고 올바른 표상을 가지고 있다면, 외부로부터 더 이상 고통을 받지 않을 수 있다는 것이다. 표상의 세계는 실체의 세계와 다르기에 우리가 가지고 있는 표상이 우리의 인생을 좌우할 수도 있다. 나의 참된 자아가 진정으로 내적 자유를 얻게 된다면 나의 가족이나, 친구, 지인, 그리고 외부의 어떤 것으로부터 오는 상처나 고통에 진정한 자유를 얻게 될 것이다.

물론 에픽테토스의 견해가 다 옳은 것은 아니다. 하지만 분명히 참고하면 나쁠 건 없다. 그의 견해를 받아들인다면 나의 주위 사람들이나 세상에 의해 흔들리지 않는 나만의 세계를 이룰 수 있을 것이다. 그렇다고 외부와 단절된 세계가 아닌 외부와 소통하면서 자유로운 참 자아가 되지 않을까 싶다. 내가 외부에 의해 무너진다면 아무런 의미가 없다. 외부의 어떠한 일에도 전혀 함락되지 않는 나의 요새가 나를 지켜주어야 한다.

화엄경에도 "一切唯心造(일체유심조)"라는 말이 있다. 이 말은 화엄경의 가장 중심 된 사상이 아닌가 싶다. 즉 이 세상 모든 것은 자신의 마음이 지어낸 것이란 뜻이다. 내 주위에 일어나는 일들이 나의 인식에 의해 결정된다는 것이다. 따라서 중요한 것은 나의 인식이다. 아무리 힘들고 어려운 일이 와도 그것이 별일 아니라 생각하면 진짜 별일이 아닌 것이다.

화엄경에는 이런 말이 나온다.

"만일 어떤 사람이 삼세 일체의 부처를 알고자 한다면, 마땅히 법계의 본성을 관하라. 모든 것은 오로지 마음이 지어내는 것이다."

마음으로 모든 것을 깨달을 수 있다는 뜻일 것이다. 사물에는 옳고 그름도 없다. 모든 것은 마음이 결정할 뿐이다. 나의 마음은 지금 어디에 있는가? 나는 내적 자유를 얻었는가?

69

내려놓기

우리가 살아가면서 가장 힘들었던 것을 생각해 보면 우리가 가장 원했던 것을 얻지 못했을 때가 아닌가 싶다. 정말 우리 인생에서 꼭 바라던 것이 있었는데 그것이 좌절되었을 때의 허탈함은 우리를 너무 힘들게 하곤 한다. 그것으로 인해 마음이 괴롭고 살아가는 데 있어 의욕이 생기지 않으며 심지어 밥을 먹고 싶은 생각이 들지도 않을 때가 있다.

가장 원했던 것이기에 그리고 가장 바랐던 것이기에 그 크기에 비례해서 그것을 이루지 못함에 따른 실망과 절망도 큰 것이 당연하다. 하지만 삶 자체가, 인생 자체가 내가 원하는 대로 다 이루어지지 않는 것이 현실이다. 정말 어쩔 수 없는 현실이다. 현실은 받아들일 수밖에 없는 것이다. 만약 그것을 빨리 받아들이지 못한다면 그 괴로움과 고통의 기간만이 더 늘어날 뿐이다.

객관적으로 생각할 때 내가 진정으로 원했던 것이 이루어질 확률을 한번 계산해 보면 아마도 대부분 그 가능성이 그다지 높지 않을 것 같다. 그러한 가능성이 희박하기에 진정으로 더 원했던 것일 수 있다.

법륜스님의 책 〈내려놓기〉에서는 그러한 것을 그냥 다 받아들이고 내려놓으라 한다. 그러한 것을 객관적으로 생각하고 내가 왜 그런 욕심을 부리게 되었는지 먼저 내 자신을 바라보라고 한다. 나름대로 최선을 다해 노력하지만, 만약 그것이 이루어지지 않으면 너무 애태울 필요가 없다고 한다. 왜냐하면 그러한 것이 바로 삶이며 인생이기 때문이다. 삶이란 본질 자체가 바로 그러한 것이기 때문이다. 본질은 바꿀 수가 없는 것이다. 사람인 내가 강해지기를 원한다고 해서 사자가 될 수는 없는 것과 같은 이치다.

"사람들은 자기가 원하는 대로 되어야 한다고 생각하기 때문에 그것이 안 되면 괴로워합니다. 원하는 대로 안 되면 지옥이고, 원하는 대로 되면 천당입니다. 바라는 마음을 내려놓음으로써 지옥도 사라지고 천당도 사라지는 것, 이것이 진정한 자유의 길입니다."

또한 우리가 겪는 가장 큰 어려움 중의 하나는 바로 인간 관계로부터 나온다. 이러한 어려움은 내가 인간 관계의 중심에 있기 때문이라고 스님은 말한다. 다른 사람의 입장에서 생각하지 않고 그 사람이 왜 그렇게 하는지 이해하려 노력하지 않은 채 오직 자신의 입장에서만 생각하고 판단하기에 그러한 어려움이 생기는 것이다.

"상대의 마음을 이해하지 못하는 것은, 나를 중심에 놓고 생각하기 때문입니다. 상대가 내 마음을 이해해 주기만을 바라고 정작 나는 상대의 마음을 이해하려 하지 않기 때문입니다. '내 마음을 좀 알아줘.' 이렇게 상대에게 자기 마음 알아달라는 요구만 하는 겁니다. '도대체 네가 왜 그러는지 모르겠다.' 이 말은 '나는 너를 이해하고 싶지 않아.' '나에게는 너를 이해하려는 마음이 없어.' 이 말입니다. 이럴 때 우리 마음의 상태는 어떤가요? 가슴이 답답해집니다."

무엇이든지 자신이 원하는 대로 되지 않으면 그것으로 인해 괴로워하고 불행하게 생각한다. 그러한 원인을 찾으려 노력하기보다는 자신의 뜻대로 되지 않은 것에 대해 분노하며 다른 사람을 원망하거나 세상을 탓한다.

"사람들은 뭐든지 자기가 원하는 대로 되고 싶어 합니다. 원하는 대로 안 되면 괴로워합니다. 그래서 자기 힘으로 안 되면 남의 힘을 빌리고, 사람 힘으로 안 되면 신의 힘을 빌려서라도 자기가 원하는 대로 되고 싶어 합니다. 그렇다면 내가 원하는 대로 되는 게 꼭 좋은 일일까요? 그렇지 않습니다. 이 세상이 사람들이 원하는 대로 다 이루어진다고 생각해 봅시다. 그럼 그곳이 천국일까요? 그런 세상은 순식간에 지옥이 되어버릴 것입니다. 내가 좋아하는 남자를 다른 여자도 좋아해요. 이럴 때 두 사람 다 원하는 대로 되면 어떻게 될까요?"

우리는 이 세상에 빈손으로 왔다가 빈손으로 간다. 존재하는 것 자체만으로도 어쩌면 감사한 일인지도 모른다. 걸을 수 있고, 들을 수 있고, 말할 수 있으며, 내 손으로 밥을 먹을 수 있는 것만으로도 어쩌면 나는 행복을 느낄 수 있다. 오늘도 그러한 것을 하지 못하는 사람이 우리 주위에 너무나 많다. 내려놓을수록 맡길수록 나의 행복과 기쁨은 더 커지는 것일지 모른다.

70

육식과 초식

이제하의 소설 〈초식〉은 우리 현대사의 가장 파란만장했던 4.19와 5.16을 배경으로 한다. 화자의 아버지 서광삼은 돈 한 푼 없이 세 번째로 선거에 출마를 한다. 정치판에서 돈 없이 출마를 한다는 것은 밀림의 세계에서 아무런 힘이 없는 초식동물의 신세나 마찬가지이다.

그의 꿈은 힘 있는 자가 약한 자를 잡아먹는 육식이 판을 치는 밀림의 정치판에서 홀로 초식을 하며 그 판을 뒤엎어 보는 것이었다. 돈 없고 힘없는 자도 국민을 생각하고 있다면 소속되어 있는 정당도 없고 선거 유세를 도와줄 인력이 없더라고 충분히 이길 수 있을 것이라 생각한다.

이런 의미에서 서광삼은 출마를 선언할 때마다 선거가 끝날 때까지 절대 육식은 하지 않고 시종일관 야채와 채소만 먹으며 선거를 치른다. 초식동물의 입장이었던 것이다. 돈 한 푼 없는 관계로 그를 도와주는 이들은 가족과 가까운 친구, 친척이 전부였고, 서광삼은 자전거를 타고 다니며 유세를 해야만 하는 상황이었다.

하지만 그는 자신의 꿈을 믿었기에 포기하지 않고 선거를 마치곤 했는데 그가 얻는 표는 거의 없었고, 선거 때마다 항상 뒤에서 첫째 아니면 둘째였다. 초식의 힘은 그렇게 보잘것없었던 것이었다. 희망을 가지고 시작했던 세 번째 선거에 돌입했을 때도 역시 그랬다. 그는 또다시 실패를 하고 집안에만 들어앉아 두문불출했다.

그리고 민주주의의 희망을 보았던 4.19도 5.16으로 허망하게 무너져 내렸다.

"붕괴가 임박했을 때 그 멸망을 가장 먼저 느끼는 것은 어느 누구보다도 건물 자체이다. 무엇을 망설이는가, 준비가 끝나 이윽고 도수장 주인은 뜰 한복판에, 군중으로 둘러쳐진 담 한복판에 섰다. 사람들이 소를 밀고 들어와 몇 겹이고 그 뿔을 헝겊으로 동여맸고, 서너 명의 장정이 벌거벗은 허리로 짐승의 사지를 끼고 버팀목 역할을 자원했다. 큰 도끼가 날라져서 주인의 손에 힘 있게 쥐어졌다. 우리는 숨을 죽였다."

육식동물에 의한 초식동물의 힘은 불가항력이었을까? 초식동물을 대표하는 소를 도수장의 주인은 모든 사람들이 지켜보는 곳으로 소를 끌고 온다. 그리고 큰 도끼로 소의 정수리 한복판을 내려친다.

"우리는 그 솜씨의 정확함에 감탄했다. 도끼는 짐승의 정수리 한복판으로 녹아들어 갔다. 훌륭한 도살자는 결코 두 번을 내리치지 않는 법이다. 그것은 우리들 내장 속의 천성적인 도살자가 그렇게 절규하고 명령하는 바다."

그렇게 초식을 하는 정치는 육식의 정치에 힘없이 무너졌다. 그것이 정치의 본질이었을까? 하지만 육식의 정치보다 아직도 초식의 정치를 꿈꾸고 있는 민중이 많이 있다는 것은 그 시대가 언젠가는 도래할 것이라는 희망을 버릴 수 없기 때문이다.

71.

관념은 껍데기일 뿐

1938년 히틀러가 칼 포퍼의 고향인 오스트리아를 침공했을 때 이에 분노하여 포퍼가 쓴 책이 바로 〈열린 사회와 그 적들〉이다. 이 책에서 포퍼는 히틀러로 대변되는 전체주의를 신랄하게 비판한다. 사실 정치철학의 기원은 어쩌면 플라톤에서 비롯된다고 할 수 있는데 포퍼는 플라톤의 정치철학에는 폭력과 인종 차별, 우생학 등 전체주의의 부정적인 면이 있다고 비판한다. 플라톤이 생각했던 철인 통치는 어쩌면 자만심의 발로였는지도 모른다.

당시 포퍼는 역사의 흐름에서 보았을 때 미래는 닫힌 사회에서 열린 사회로 이행되어야 한다고 주장한다. 열린 사회란 일인이나 소수 집단이 전체 국민을 지배하는 사회는 희망이 없으며, 미래의 사회는 수많은 개인의 자발적 결정과 참여로 인해 이루어져야 한다고 강조한다. 이러한 것은 많은 과학자들이 각자 독립적으로 행한 연구와 경험이 모여져 하나의 이론과 원칙을 만들어 내는 과정과 같다.

"닫힌 사회에서 열린 사회로의 이행이란 분명히 인류가 겪은 심원한 혁명 중의 하나라 기술될 수 있을 것이다. 닫힌 사회의 생물학적 특성 때문에, 이 이행은 참으로 철저하게 인식되어야 한다."

포퍼는 사회나 국가는 그 구성원들의 자발적 참여가 중요하며 이

것을 기반으로 다양한 사회제도를 추진하고 시험하여 미래 사회의 틀을 잡아나가야 한다고 주장한다. 이러한 사회가 진정한 열린 사회이며 단지 몇 사람에 의해 주도되어 미래가 만들어지는 닫힌 사회는 철저하게 지양되어야 한다고 강조한다.

"우리는 자유와 함께 진보가 의존하고 있는 민주주의 제도들을 지키고 강화함으로써 진보를 이룩할 수 있다. 진보는 우리에게 달렸다. 즉 우리의 경계와 노력과 우리의 목적에 대한 분명한 생각과 목적 선택에 있어서의 현실적 감각, 이 모든 것에 진보가 달려 있다는 사실을 보다 더 깊이 인식하면 할수록 우리는 진보를 더 잘 성취할 수 있을 것이다."

포퍼는 이러한 미래의 열린 사회를 위해서는 민중이 주인이 되어야 하며, 민중들도 이러한 사실을 철저하게 인식할 필요가 있다고 주장한다.

"우리는 예언자로서 나서는 대신에 우리의 운명의 창조자가 되어야 한다. 우리는 우리의 최선을 다해 일하는 법을 배워야 하며, 우리의 오류를 항상 눈여겨보도록 우리 자신을 길들여야 한다. 권력의 역사가 우리의 심판자라는 생각을 우리가 내던져 버릴 때, 역사가 우리를 정당화해 줄 것인가에 대해 염려하는 버릇을 끊어 버렸을 때, 그때에야 비로소 아마도 우리는 권력을 길들이는 데 성공하게 될 것이다. 이리하여 우리는 우리 나름대로 역사를 정당화할 수 있을 것이다. 역사는 정당화를 너무나 절실하게 요청하고 있다."

그 어떤 사회이건 소수의 권력 집단에 의해 모든 것이 결정되는 사회는 닫힌 사회이다. 비록 그 권력이 당시에는 민중에 의해 주어졌더라도 자신들의 이데올로기를 위해 그 권력을 사용하는 한 그 사회는 닫힌 사회일 뿐이다. 그러한 닫힌 사회의 문을 열고 열린 사회로의 전환은 그 민중도 책임에서 예외일 수 없다.

포퍼는 학부 시절 비엔나 대학에서 아인슈타인으로부터 직접 상대성이론을 배웠다. 상대성이론의 가장 중요한 핵심은 300년 정도를 지배한 근대과학의 가장 중요한 전제인 절대주의를 붕괴시킨 것이다. 열린 사회는 과학에서 상대성이론과 맥을 같이 한다. 이는 어떤 진리의 과정을 찾아가는 데 의미가 있는 것이지 그 진리 자체를 위해 모든 것이 존재해야 하는 것을 배격한다.

포퍼는 말한다. "젊어서 마르크스에 빠지지 않으면 바보이지만, 그 시절을 보내고도 마르크스주의자로 남아 있으면 더 바보다." 그의 비판적 합리주의가 열린 사회의 기반이 된 것은 우연이 아닐 것이다. 이데올로기를 위해 인간이 존재하는 것이 아니라 인간을 위해 이데올로기는 존재할 뿐이다. 우리의 관념은 빈 껍데기일 뿐이다.

72.

카르페 디엠 (Carpe Diem)

흔히 시저라 알려져 있는 율리우스 카이사르는 그가 40세가 되던 해 폼페이우스, 크라수스와 함께 3두 동맹을 맺고 이를 기반으로 로마 제국의 집정관에 취임한다. 7년 후 크라수스가 사망하자 3두 체제가 붕괴되며 로마 원로원의 지지를 받는 폼페이우스와 갈등을 하게 된다. 당시 전쟁을 수행 중이었던 카이사르에게 원로원은 그의 권력을 거두어들이기 위해 군대를 해산하고 로마로 돌아오라는 결정을 한다.

하지만 카이사르는 이를 거부하고, "주사위는 이미 던져졌다"라는 말을 하며 루비콘강을 건너 로마로 진격하여 정적이었던 폼페이우스 세력을 이집트의 알렉산드리아까지 쫓아간다. 이 과정에서 폼페이우스는 이미 암살을 당한 상태였는데, 카이사르는 알렉산드리아에서 그곳의 왕위 계승 싸움에 휘말리게 되면서 알렉산드리아 전쟁이 시작된다.

갈리아 전쟁 등 수많은 전쟁의 경험이 있는 카이사르였기에 알렉산드리아 전쟁은 그의 승리로 돌아가게 되고, 이에 카이사르는 클레오파트라를 왕위에 오르게 하고 그녀와의 사이에 아들을 낳는다. 연이어 소아시아 전쟁에서도 승리를 하면서 그 유명한 "왔노라, 보았노라, 이겼노라(vendi, vidi, vici)"라는 유명한 말을 남긴다. 이후 그는 로마 공화정의 실권을 잡고 있었던 원로원을 완전히 붕괴시키고 고대

로마 제국의 황제에 오른다.

  카이사르는 자신의 권좌를 조카였던 옥타비아누스에게 물려주고 싶어 했다. 카이사르의 기대와는 달리 옥타비아누스는 다른 두 사람과 함께 권력을 나누어 갖게 된다. 하지만 옥타비아누스가 이집트와의 전쟁에서 승리한 후 로마 제국의 그 오랜 세월 동안의 전쟁은 결국 마침표를 찍게 되면서 로마에는 비로소 짧은 기간이지만 평화가 찾아온다. 이를 "팍스 로마나(로마의 평화)"라고 한다. 그동안 지긋지긋했던 전쟁을 겪으며 공포와 슬픔에 고통스러웠던 로마 시민들은 이제 조금이나마 마음 편히 쉴 수 있던 시기였다.

  이에 당시 시인이었던 호라티우스는 "송가"라는 시를 쓰는데 여기에 "카르페 디엠(Carpe Diem)"이라는 표현이 나온다. 카르페 디엠이란 "제 때에 거둬들이라"라는 뜻으로 좀 더 의역을 하면 인생에서의 제 때를 현재로 보아 "현재를 잡아라"는 뜻이다. 영어로 한다면 "Seize the day"라 될 수 있을 것이다.

〈Carpe Diem〉

Tu ne quaesieris, scire nefas,
quem mihi, quem tibi finem di dederint,

Leuconoe, nec
Babylonios temptaris numeros.

Ut melius, quidquid erit, pati.

Seu pluris hiemes seu
tribuit Iuppiter ultimam,

quae nunc oppositis
debilitat pumicibus mare Tyrrhenum.

sapias, vina liques et spatio
brevi spem longam reseces.

dum loquimur,
fugerit invida aetas

carpe diem,
quam minimum credula postero.

알려고 묻지 말게, 안다는 건 불경한 일,
신들이 나에게나 그대에게나 무슨 운명을 주었는지,

레우코노에여, 점을 치려고도 하지 말게.

더 나은 일은, 미래가 어떠하든,
주어진 대로 겪어내는 것이라네.

유피테르 신께서 그대에게 주시는 게,
더 많은 겨울이든, 마지막 겨울이든.

지금 이 순간에도 티레니아해의 파도는
맞은 편의 바위를 깎고 있네.

현명하게나, 포도주는 그만 익혀 따르고,
짧은 인생, 먼 미래로의 기대는 줄이게.

지금 우리가 말하는 동안에도,
인생의 시간은 우릴 시기하며 흐른다네.

제 때에 거두어들이게,
미래에 대한 믿음은 최소한으로 해두고.

호라티우스는 언제 다시 로마 제국이 그 끔찍한 전쟁 속에 들어갈
지 아무도 모르니 지금 누리고 있는 평화를 실컷 즐기자는 뜻으로
이 시를 쓴 것으로 생각된다. "미래에 대한 믿음은 최소한으로 해두
고"란 미래라는 시간이 불확실하기에 오늘을 충실히 살며 즐기라는
뜻일 것이다.

시인의 표현대로 우리의 미래 아니 우리의 내일은 어떻게 될지 아
무도 모른다. 그러기에 가장 중요한 시간은 오늘 현재 이 시간이 아닐
까? 물론 확실한 미래를 위해 오늘을 희생할 수도 있을 것이다. 그것
은 각자의 가치관과 선택의 문제일 뿐 정답은 없다. 본인이 생각하고
믿는 바에 따라 행동하면 된다. 하지만 그 미래가 무엇을 위한 미래인
지는 또 누구를 위한 것인지는 충분히 고려해 볼 필요가 있다. 중요한
것은 시간이 흐른 후 그 선택이 후회가 없기를 소원할 뿐이다.

73.

내 자신의 넛지 설계자

　우리는 살아가면서 사소한 선택이나 결정으로 인해 가끔씩 큰 영향을 겪게 되는 경우가 있다. 살아간다는 것은 수많은 선택의 연속이기도 하다. 그런 선택을 할 때 많은 고민을 하는 경우도 있지만, 아무런 생각 없이 어떤 것을 결정할 수도 있다. 우리의 선택은 우리 인생의 방향을 결정한다. 사소한 선택이라 할지라도 그 책임은 온전히 우리 자신에게 있을 뿐이다.

　어떤 선택을 할 때 강압하지 않으면서 부드럽게 사람들이 더 좋은 선택을 하도록 유도하는 것을 흔히 "넛지(nudge)"라고 한다. 행동경제학자였던 리차드 탈러와 캐스 선스타인은 〈넛지〉라는 책에서 이러한 선택을 유도하는 것이 얼마나 중요한지를 자세히 설명하고 있다. 리차드 탈러는 2017년에 행동 경제학으로 노벨 경제학상을 받았다. 사실 넛지란 사전적인 뜻으로는 어떤 사람이 옆에 있는 사람에게 팔꿈치로 살짝 툭 찌르는 것 또는 주위를 환기시키는 것을 말한다.

　이 책에서 그들은 어떤 사람들이 선택을 할 때 좋은 결정을 할 수 있도록 정황이나 맥락을 만드는 사람을 "넛지 설계자"로 표현한다. 그러한 넛지 설계자로부터 도움을 받아 우리가 보다 나은 선택을 한다면 그것은 우리가 살아가는 데 있어 커다란 혜택을 받을 수 있는 것은 너무나 당연하다.

예를 들어 의사가 환자에게 선택 가능한 다양한 치료법들을 설명해 주면서 환자의 회복을 위한 가장 좋은 선택에 도움을 준다면 얼마나 좋은 일인가? 이런 경우 의사도 훌륭한 넛지 설계자가 되는 것이다.

"많은 연구 결과가 인간의 예측이 불완전하고 편향되어 있다는 사실을 보여준다. 인간의 결정이나 판단도 마찬가지다. 사람들은 놀라운 위업을 달성하기도 하지만 어리석은 실수를 범하기도 한다. 이에 대한 최선의 대응은 무엇일까? 바로 유익할 가능성이 가장 높은 동시에 해를 입힐 가능성이 가장 낮은 넛지를 제공하라는 것이다."

우리는 살아가면서 어떤 선택을 할 때 항상 자신만의 패턴이나 경향이 있다. 그러한 것이 우리의 현명한 선택을 하는 데 있어서 걸림돌이 되기도 한다. 수없이 많은 연속적인 선택 상황에서 가장 좋은 선택을 하는 사람은 없다. 이런 경우 우리가 보다 나은 선택을 할 수 있는 도움을 계속 받을 수 있다면 우리의 인생은 더 좋은 결과들로 보답받을 수 있다.

"사소해 보이는 사회적 상황들이 사람들의 행동에 막대한 영향을 미칠 수 있다. 넛지는 보이지 않는 듯해도 어디에나 존재한다. 적절성의 여부를 떠나 선택 설계는 도처에 만연해 있으며 불가피하기 때문에 우리의 결정에 매우 큰 영향을 끼친다. 선택 설계자들은 선택의 자유를 보호하는 동시에 사람들의 삶을 개선시키는 방향으로 넛지를 가할 수 있다."

우리들의 인생은 우리의 선택에 의해 좌우될 수밖에 없다. 그러한 선택들이 모여 나의 삶 자체가 된다. 우리가 어떤 선택을 하면 그 선택에 따라 행동하게 되고 그 행동의 결과에 따라 나의 인생이 되어

가는 것이다. 따라서 우리가 좋은 선택을 할 수 있는 보다 적극적인 무엇이 존재한다면 우리의 생활은 보다 좋아질 수밖에 없다.

　이를 위하여 나 자신의 선택을 도울 수 있는 넛지 설계자를 두는 것은 어떨까? 그것이 나의 친한 가족이나 친구여도 좋고 어떤 분야의 전문가이어도 좋다. 또한 나 자신을 위해 내가 객관적으로 넛지 설계자의 입장에 서서 나의 선택 자체를 스스로 도울 수 있는 제 3자가 되어 보는 것도 현명한 방법일 것이다. 그 넛지 설계자가 누구이건 그것은 별로 상관없다. 확실한 것은 나에게 넛지 설계자가 있다면 그것은 나에게 커다란 도움이 된다는 것이다. 오늘부터라도 나는 나의 넛지 설계자를 한 명씩 구할 생각이다.

74.

루저의 세계

샐린저의 〈호밀밭의 파수꾼〉은 홀든이라는 소년의 성장소설이다. 성장소설은 주로 청소년기와 청년기를 다루고 있지만, 내 생각엔 사람은 그 나이에 상관없이 항상 성장해 나가야 할 필요가 있다고 본다. 이 책에서 16세 소년인 홀든 콜필드는 뉴욕이라는 대도시의 명문 사립고등학교에 다니고 있었다.

소설에서 홀든은 스스로 루저를 자처한다. 그 이유는 무엇일까? 자신이 생각하는 세상과 현실 사이의 괴리 때문이다. 그래서 그는 자신이 처해 있는 현실에서 도피하고자 한다.

"그래. 난 학교가 싫어. 정말 지긋지긋할 정도로 싫어해. 그뿐만이 아니야. 모든 것이 다 그래. 뉴욕에서 사는 것도 싫고, 택시니. 매디슨가의 버스들, 뒷문으로 내리라고 고함이나 질러 대는 운전기사들, 런트 부부를 천사라고 그러는 멍청이에게 소개되는 일이나, 밖에 잠깐 나가려고 해도 엘리베이터를 타야 하는 일이나, 브룩스에 가서만 바지를 맞추는 놈들..."

그의 학교생활은 너무 재미가 없었다. 자신이 살아있음을 전혀 느끼기에 힘이 들었고, 모든 것들이 획일적이며 흥미 있는 것을 도저히 찾을 수가 없었다.

그래서 그는 떠나고자 한다. 호밀밭으로. 그곳에서 어린아이들과 재미있게 지내며 아이들의 파수꾼이나 되고자 한다. 그는 낭만이 그리웠고, 자유와 다양함을 원했다.

"나는 늘 넓은 호밀밭에서 꼬마들이 재미있게 놀고 있는 모습을 상상하곤 했어. 어린애들만 수천 명이 있을 뿐 주위에 어른이라고는 나밖에 없는 거야. 그리고 난 아득한 절벽 옆에서 있어. 내가 할 일은 아이들이 절벽에서 떨어질 것 같으면, 재빨리 붙잡아 주는 거야. 애들이란 앞뒤 생각 없이 마구 달리는 법이니까 말이야. 그럴 때 어딘가에서 내가 나타나서는 꼬마가 떨어지지 않도록 붙잡아 주는 거지. 온종일 그 일만 하는 거야. 말하자면 호밀밭의 파수꾼이 되고 싶다고나 할까. 바보 같은 얘기라는 건 알고 있어. 하지만 정말 내가 되고 싶은 건 그거야."

성장해 간다는 것은 현실을 인정하는 것인지 모른다. 그것은 타협이 아니다. 가능한 것과 불가능한 것의 차이를 알 수 있다는 것이다. 자신이 꾸었던 꿈을 현실에 맞게 맞추어 나갈 수 있는 용기를 가질 수 있다는 것이다. 힘든 현실이지만 그 현실 속에서 해야 할 일은 한다는 것, 그것이 진정으로 성장한 사람이 가야 할 길이 아닐까?

우리는 세월이 흘러 나이가 들어도 그 단계에서 항상 어려운 현실과 맞부딪힐 수밖에 없다. 40대 정도가 되어 우리 인생에서의 힘든 일들이 끝나는가 싶었는데, 50대가 되니 또 다른 현실이 우리를 기다리고 있다. 그러한 것들을 다 극복하고 60대가 되어서, 이제는 해야 할 일들이 정말로 다 끝났다고 생각한다. 게다가 실제로 은퇴도 했는데, 또 나름대로의 현실의 어려움들이 존재한다. 그러한 현실에서 도망치고 싶은 것은 나이와는 전혀 상관이 없는 것이었다.

나이와 관계없이 이제는 그냥 현실을 즐기는 것은 어떨까? 즐긴다는 표현이 좀 뭣하면, 그냥 현실에 연연해하지 않는 것은 어떨까? 우리가 우리에게 주어진 모든 현실을 바꾼다는 것은 거의 불가능에 가깝다. 나이가 얼마이건 그 현실에서 도피하고자 한다면 이 소설의 주인공인 홀드와 별반 차이가 없는 것이다. 성장하고 성숙했다는 것은 그냥 묵묵히 살아 나가는 것이 아닐까?

홀드는 결국 호밀밭으로 가지 않는다. 그는 다시 학교로 돌아간다. 그는 현실에서 도피하고자 하는 그 과정에서 나름대로 성장했기 때문이다.

75.

내 안의 거인을 지렛대 삼아

천동설은 옳지 않았다. 그럼에도 불구하고 그리이스 시대 이후 약 2,000년이라는 엄청난 기간 동안 진리라고 여겨졌다. 동양에서의 공자의 위치를 차지하는 학자가 바로 서양의 아리스토텔레스이다. 그는 많은 학문의 분야를 섭렵했다. 그가 자연과학 분야를 공부하여 세운 체계가 바로 아리스토텔레스 역학이다. 하지만 그의 주장에는 옳지 않은 것도 많이 있었다. 대표적인 예는 같은 높이에서 떨어지는 물체 중 무거운 것이 가벼운 것보다 먼저 떨어진다는 것이다. 지금은 초등학생들도 이것이 옳지 않음을 잘 안다. 그런데도 아리스토텔레스의 역학 또한 2,000년 이라는 세월 동안 옳은 것으로 받아들여졌다.

코페르니쿠스는 카톨릭 사제임에도 불구하고 밤만 되면 수도원의 지붕에 올라가 별들을 관측했다. 그리고 천동설의 문제점을 파악하고 그것을 해결하려 노력하였다. 그래서 탄생한 것이 지동설이었고, 마침내 이천 년을 지배했던 천동설은 무너진다. 우리가 바라보는 세계관 자체의 완전한 뒤집음이다. 소위 "코페르니쿠스적 전환"이라는 것이다.

코페르니쿠스의 뒤를 이어 가난했던 케플러는 스승인 티코 브라헤의 평생의 자료를 유산받았다. 망원경이 없었을 당시 브라헤의 천문관측 자료는 당대 세계에서 가장 정밀하고 방대한 것이었다. 스승의 자료를 오랜 기간 연구하던 중 천체역학의 선구적 법칙인 "케플러 법칙"을 발견한다.

의학을 공부하던 갈릴레이는 아리스토텔레스의 역학에 대한 책을 읽고는 의학에 취미를 잃어 수학과 과학에 관심을 가졌다. 그리고 나중에 대학에 자리를 잡은 후 아리스토텔레스 역학을 학생들에게 가르치기 시작했다. 아리스토텔레스 역학을 가르치다 보니 문제가 있다는 것을 알게 되었고, 그 유명한 피사의 사탑 실험을 한다. 그리고는 자신이 좋아했던 아리스토텔레스의 역학을 무너뜨리고 바로 세웠다.

갈릴레이가 죽던 후 과학의 역사에서 독보적인 영웅이 태어난다. 그가 바로 아이작 뉴턴이다. 뉴턴은 평생 독신으로 살면서 과학의 역사에서 가장 중요한 법칙인 운동의 법칙과 만유인력의 법칙 등을 발견하고 중세 시대를 종결짓고 우리 인류에게 근대 시대라는 새로운 세계의 문을 활짝 열었다.

2,000년을 지배했던 천동설과 아리스토텔레스 역학은 그렇게 자취를 감추었다. 뉴턴의 말년에 사람들이 뉴턴에게 질문을 했다. 어떻게 그렇게 훌륭한 이론들을 만들어 낼 수 있었는지 그 이유를 뉴턴에게 직접 듣고 싶어 했다. 뉴턴은 대답을 한다. "나는 거인들의 어깨 위에 서서 볼 수 있었기에 그것이 가능했다"고. 뉴턴에게 있어서 거인들이란 코페르니쿠스와 케플러 그리고 갈릴레이였다.

여기서 한 가지 생각해 볼 것은 옳지 않았던 천동설과 아리스토텔레스 역학이 왜 그리 오랜 기간 동안 진리로 여겨지며 2,000년을 유지해왔을까 하는 의문이다. 물론 여러 가지 이유가 있겠지만 중요한 원인은 의심 없이 받아들였기 때문이다. 동양에서 공자의 말이 옳지 않다고 주장하는 학자가 몇 명이나 될까? 서양에서 공자의 위치를 차지하고 있었던 아리스토텔레스의 영향은 너무나 엄청나서 설마 그의 이론이 옳지 않다고 감히 생각할 엄두조차 내지 못했다. 코페르니쿠스, 케플러, 갈릴레이, 뉴턴 같은 새로운 거인들이 나타나기까지 기다릴 수밖에 없었다.

물론 이러한 이야기들은 우리 인류의 역사를 크게 보고 살펴본 것이다. 뉴턴이 그의 거인들의 결과를 이용하는 데 있어서는 코페르니쿠스부터 갈릴레이까지 약 150년이라는 세월이 흐른 뒤였다. 나의 외부에 존재하는 거인의 어깨 위에 오르기까지는 그만한 시간이 걸린다.

나에게 있어 중요한 것은 나의 역사이다. 내가 태어나서 죽을 때까지의 시간만이 나에게는 의미가 있다. 잊지 말아야 할 것은 나에게 주어진 시간 안에 내가 할 수 있는 것을 해야 한다는 것이다. 길지 않은 시간에 내가 좀 더 의미 있는 일을 하기 위해서는 외부의 거인을 기다리기보다는 내 안에 있는 거인을 깨워야 한다. 그리고 그 거인을 지렛대로 삼아 나의 길을 간다면 내가 할 수 있다고 생각한 것 이상의 좋은 일들을 훌륭히 해 나가지 않을까 싶다.

지렛대는 작은 힘으로 훨씬 무거운 것을 들어 올릴 수 있다. 내 안의 거인을 깨울 수 있다면 그리고 그 거인을 지렛대 삼는다면 나의 능력을 최대한 활용할 수 있을 것이다. 나 스스로 내가 가지고 있는 거인 이상의 새로운 거인을 만들어 갈 수 있다는 뜻이다.

앤소니 라빈스는 〈네 안의 거인을 깨워라〉는 책에서 말한다.

"사람들은 어떤 목표를 이루기 위해 자신의 모든 잠재능력을 집중하면 거인처럼 엄청난 능력을 발휘할 수 있다는 사실을 잘 모르고 있다. 잘 조절된 집중력은 마치 레이저 광선 같아서 우리를 가로막는 어떤 것이라도 뚫고 나갈 수 있다. 어떤 분야를 개선하기 위해 지속적으로 생각의 초점을 집중하면 그 분야를 향상시킬 수 있는 독특한 방법을 개발하게 된다. 사람들이 간절히 원하는 것을 성취하지 못하는 것은 거기에 초점을 맞추지 않기 때문이다."

사람은 누구나 자신만의 재능이 있다. 모든 것을 전부 잘하는 사람은 없다. 내가 가지고 있는 재능이 바로 내 안의 거인이다. 또한 그러한 내 안의 거인은 내가 지렛대를 사용하여 움직인다면 주어진 것 이상의 좋은 일들을 할 수 있음은 확실하다.

어떻게 그러한 지렛대의 효과를 볼 수 있을까? 라빈스는 집중력 등 여러 가지를 이야기하고 있다. 그가 말하는 것 말고도 내 나름대로의 방법을 찾는다면 진정으로 내 안의 거인은 나를 위해 너무나 훌륭한 일을 해 낼 것이다.

"그러나 고통과 즐거움의 회로를 조절하지 못하면 그저 주위 환경에 반응하면서 닥치는 대로 삶의 방향과 질을 결정하는 동물이나 기계와 다를 바 없다. 우리의 몸과 마음, 감정을 조율하면 우리가 원하는 어떤 것이라도 고통과 연결하거나 즐거움과 연결할 수 있다. 우리가 고통과 즐거움의 연결을 바꾸면 행동도 곧 변화하게 된다."

라빈스는 그의 책에서 내 안에 있는 거인을 깨우기 위한 상당히 많은 이야기를 하고 있다. 그의 의견을 참고 삼아 내 나름 대로의 지렛대를 만들어 나간다면 진정으로 거듭한 나를 만날 수 있을 것이다. 나의 거인은 내 안에 있다. 비록 나에게 주어진 시간이 그리 많지는 않지만 내 나름대로의 나만의 역사를 만들어 가기에는 충분하지 않을까?

76.

똑같이 둥글고 하얀색이지만

음력으로 보름이 되어 맑은 밤하늘을 바라보면 하얗고 둥근달이
밤을 밝히며 하늘 위에 떠 있다. 달을 바라보면 마음이 편안해지고
왠지 낭만을 느낀다. 많은 시인들이 달을 바라보며 유명한 시를 지었
다. 달은 왠지 신비롭고 저 하늘의 어떤 영원무궁한 것을 꿈꾸게 만
든다. 우리 인간은 땅에 발을 디디고 서 있어서 그런지 몰라도 저 밤
하늘의 달은 왠지 동경의 대상인 듯 하다.

영국은 화폐단위로 종이돈인 파운드와 동전인 펜스를 쓴다. 펜스는
페니의 복수형이다. 화폐는 우리 현실에서 경제의 가장 중요한 개념
이다. 영국에서 6펜스는 은화다. 은화이기에 둥그렇고 하얗다. 화폐는
상징하는 것은 물질이다. 그저 현실일 뿐이다. 우리가 이 땅에 발을
디디고 살아가면서 매일 사용해야 하는 것이다.

서머셋 모옴의 〈달과 6펜스〉는 예술가의 이상과 현실을 다룬 이야
기이다. 우리 안에 내재되어 있는 이상을 좇는 영혼과 실질적인 삶을
무시할 수 없는 현실 사이에는 무엇이 있을까? 이 소설은 실제로 이
상과 현실 사이의 방랑자였던 고갱을 모델로 하여 쓴 작품이다.

프랑스 출신의 인상파 화가였던 폴 고갱(Paul Gauguin,
848~1903)은 당시 현대문명의 중심지였던 파리에서 태어났다. 일찍

아버지를 여의고 어머니의 삯바느질로 생계를 유지해 갔다. 17살 되던 해 도선사가 되어 배를 타고 남미와 북극을 오가며 살아갔다. 23살 때 어머니마저 돌아가시고 다시 파리로 돌아와 증권거래소의 점원으로 일하다 덴마크 여성과 결혼한다. 점차 경제적으로 안정되어 가면서 그는 그림에 취미를 갖게 된다. 전문적인 화가가 되기 위해 다녔던 증권거래소를 그만 두게 되면서 경제적인 어려움에 빠지게 되고 이로 인해 그의 아내와 사이가 나빠지면서 별거하게 된다. 그리고 점점 그림에 빠지게 되고 현실적인 문명세계를 도피하여 남태평양의 타히티섬으로 떠난다.

그곳에서 미술에 전념하다 향수병에 걸리고 가족이 그리워 파리로 돌아와 아내와 재결합을 원했지만, 그의 아내는 냉담하게 거절한다. 현실은 그를 받아주지 않았다. 현실에 대한 환멸을 경험한 그는 다시 타히티섬으로 돌아가 13세의 혼혈 창녀와 함께 살며 오직 자신의 예술혼만 불사른다. 그리고 그곳에서 원주민의 삶과 인생, 그리고 뜨거운 열대의 강렬한 햇빛으로 인한 밝은 색채로 그의 예술을 완성시키고 그곳에서 삶을 마감한다.

소설에서 주인공인 찰스 스트릭랜드에게 왜 그러한 삶을 살아가느냐는 질문에 그는 말한다. "단지 그림을 그리고 싶었기 때문"이라고. 그에게 예술은 이유가 없었다. 그저 좋았을 뿐이다. 그렇기에 현실을 버릴 수 있었다. 경제적으로 궁핍하게 될 줄 알면서도, 그는 그가 원하는 것을 했을 뿐이다. 실제로 고갱도 그가 살아있을 때는 극도의 빈곤 속에서 지내다 병을 얻게 되어 심장마비로 사망했다. 그의 사후에 그의 예술이 인정을 받게 된다. 이상을 좇아 시대를 앞서 살아가는 사람에게 현실과의 괴리는 어쩌면 피할 수 없는 것인지도 모른다.

하지만 중요한 것은 예술가의 입장에서 바라본다면 우리는 다른 시각과 이해를 얻을 수 있다. 우리는 예술을 쫓아가는 것이 이상이라고 표현할 수 있을지 모르나, 예술가의 세계에서는 우리들이 말하는 그 예술이라는 이상이 그들에게는 현실이었을 뿐이다. 우리들이 생각하는 표준적이고 규범적인 삶이 그들에게는 현실이 아니라는 것이다.

소설에서 주인공은 나중에 예술에 몰두하다 문둥병에 걸려 삶의 종착지가 가까워져 가고 있음을 안다. 주인공과 함께 지냈던 혼혈 소녀 이타는 주인공을 떠나지 않고 끝까지 그의 곁에 머문다. 순진한 그녀의 사랑에 주인공은 눈물을 흘리고 자신 때문에 불행해진 그녀에게 연민을 느끼게 된다.

그가 눈을 감는 순간 그의 마음에는 누가 있었을까? 끝까지 자신을 믿고 함께 했던 이타를 마음 가득 품고 세상을 떠나지 않았을까? 그들은 영혼까지 함께였던 것이다.

77

어떤 이별과 어떤 만남

우리는 살아가면서 수많은 인연을 경험하게 된다. 가까운 가족부터, 친구, 친척, 직장이나 사회 동료들, 만남이 있으면 헤어짐이 있고, 헤어짐이 있으면 또 다른 만남이 있다.

이세기의 소설 〈이별의 방식〉은 아빠와 딸에 대한 이야기이다. 딸이 태어난 지 얼마 되지 않아 엄마는 세상을 떠난다. 아빠는 홀로 갖은 고생을 해가면서 딸을 16살까지 키운다. 출장 관계로 미국에 간 아빠는 그곳에서 백인 여인을 만나게 되는데, 그 여인은 미국 장군 출신의 딸이었다. 외로웠던 아빠는 그 여인과 결혼을 하게 되고 미국 장군 집안의 위력은 대단해서 돈과 명예, 사회적 지위를 한꺼번에 얻게 된다. 한국에 있는 딸을 미국에 초청하지만, 딸은 친구들이 있는 한국을 떠나 낯선 땅인 미국에 가기를 거부한다. 할 수 없이 그들은 따로 떨어져 살게 된다.

10년 정도의 시간이 지나 딸은 대학을 졸업하고 직장에 취업하여 완전히 독립적인 생활을 할 수 있게 된 후, 아빠의 초청에 의해 미국을 방문한다. 빨간 머리의 백인 여인과 살면서 아들 하나도 낳아 기르는 아빠, 오랜 세월 만나지 못한 사이 훌쩍 성인이 되어 성장해 버린 딸, 그들의 10년은 진정한 이별을 하기 위한 시간이 되어버리고 만다.

"이왕 떠나는 마당에 서로가 부담을 가질 필요는 없다. 나는 어차 피 서울에서 살 사람이고 그들은 이곳에 살 사람이다. 내가 오지 않 았던 셈 치고 조용히 떠나 주자. 사실 그들에겐 그들의 세상이 있는 것이고 나는 나대로다."

한국에서 살아가고자 하는 딸과 미국의 기득권을 포기할 수 없는 아빠는 다시 헤어질 수밖에 없었고, 각자의 길이 너무 달라 이제 더 이상 만나기 힘들 것이라는 직감을 한다.

"사람과 사람과의 관계를 어떤 끈으로 굳이 구성하고 연결할 건 뭔가. 더구나 그와 나 사이에 흐린 십 년이란 시간은 우리 사이를 완 벽하게 갈라놓고 있다. 시간이 오랠수록 사람 사이는 변질되게 마련 이 아닌가. 너와 내가 남이 돼버린 과정, 그것도 너무나 미묘한 나머 지 그 사유들을 낱낱이 늘어놓을 수가 없게 된다."

그들의 자신의 생각대로 자기의 이익을 따라 이제는 서로 다른 방 향을 향해 걸어가는 선택을 한다. 그들은 그렇게 남이 되어 갔다.

캄보디아에서 태어난 스롱 피아비는 집안이 너무 가난해 중학교 1 학년 때 학업을 포기하고 집안의 감자 농사짓는 일을 도울 수밖에 없었다. 그러다 그녀가 20세 되던 해 한국에 사는 남자와 국제결혼을 한다. 남편은 청주에서 조그만 복사 집을 하는 분이었는데 자신보다 20살이나 많았다. 한국에 온 피아비는 한국어를 전혀 하지도 못했고, 모든 것이 낯설었다. 집안에만 있는 아내의 무료함을 달래주기 위해 남편은 그녀를 집 근처 당구장에 같이 가자고 하고, 피아비는 남편을 따라 평생 처음으로 당구장이라는 곳을 간다. 그녀의 남편은 취미로 당구를 좋아했다. 당구장에 도착해 그냥 무료하게 앉아 있는 아내에 게 남편은 그냥 아무 생각 없이 당구를 같이 치자고 하고 피아비도 남편이 가르쳐주는 대로 당구를 친다. 태어나서 한 번도 당구장이라는 곳을 가보지 못했고, 처음으로 잡아 본 당구 큐였다.

피아비가 당구 치는 모습을 본 남편은 그녀가 당구에 엄청난 재능을 가지고 있다는 것을 알게 된다. 태어나 큐대를 한 번도 만져 본적 없었지만, 피아비의 숨어있던 당구의 잠재력은 드디어 활화산처럼 폭발하게 된다. 재미로 치기 시작한 당구 실력이 늘게 되면서 각종 대회에 나가게 되었고 나가는 대회마다 상을 휩쓸기 시작한다. 전생에 당구의 여신이었던 피아비가 이생에서 다시 환생을 한 것이었는지도 모를 정도였다.

하지만 연습할 시간이 부족했던 피아비였기에 남편은 그녀를 위해 과감한 결단을 한다. 평생 하던 복사집을 청산하고 피아비를 위해 당구장을 개업한다. 하루 종일 아내가 당구를 칠 수 있게 해 주기 위해서였다. 재정적으로 넉넉하지 못한 그들이었기에 청주 시내에서 벗어난 외곽지역인 청주 문암 생태 공원 옆에 당구장을 차리고, 남편과 피아비는 같이 당구장을 운영한다. 손님이 오면 뒷바라지를 하고, 손님이 없을 때는 둘이 같이 당구를 치면서 피아비의 실력은 더 늘기 시작한다.

피아비의 당구 실력이 소문이 나기 시작하면서 전국에서 남녀노소를 불문하고 숨어있던 당구의 고수들이 피아비의 당구장으로 오기 시작한다. 재야의 고수들과 당구를 함께 치면서 피아비의 당구 실력이 엄청나게 늘게 되면서 피아비는 대회의 모든 상을 휩쓸면서 세계 아마추어 여자 당구계를 평정한다. 스포츠 국제 대회에서 우승이 거의 없었던 캄보디아에서 피아비는 국보급 스포츠 영웅이 되고, 캄보디아 국민에게 꿈과 희망을 주는 우리나라의 김연아 선수 정도의 위상이 된다.

아마추어 세계에서는 더 이상의 적수가 없어 피아비는 드디어 프로 세계로 입문한다. 숲 속의 호랑이가 드디어 세상으로 나온 것이다. 프로 입문 후 2번째 대회였던 어제 6월 20일, 그녀는 마침내 프로 세계에서마저 우승을 차지한다. 현재 그녀는 한국 여자 당구 랭킹 1위, 세계 여자 당구 랭킹 3위이다.

만남과 이별은 어쩌면 운명일지도 모른다. 하지만 그 운명 안에는 분명히 우리의 선택이 존재한다. 각자의 이익을 위해 서로 다른 방향의 이별을 선택할 수도 있고, 상대의 이익을 위해 자신의 길을 포기하고 같은 방향을 선택할 수도 있다. 어떤 것이 정답인지는 아무도 모른다. 하지만 어떤 이별과 어떤 만남이란 단지 단어 하나 차이가 아니다.

78

나만의 신세계

"내가 가진 부는 무한하다. 왜냐하면 나의 재산은 소유가 아니라 향유이기 때문이다." 헨리 데이비드 소로우가 쓴 〈구도자에게 보낸 편지〉는 그가 신학자에게 보낸 편지를 묶은 것으로 항상 근본적인 것을 추구하는 구도자의 입장에서 자신과 세상을 어떻게 바라보고 판단해야 할 지에 대해 이야기하고 있다.

우리는 살아가면서 보이는 것에 추구하는 경향이 크다. 하지만 보이지 않는 것이 보이는 것보다 훨씬 크다면 우리는 현재 올바른 삶의 삶을 살아가고 있는 것일까? 우리가 알지 못하는 세상이라 해서 그 세상이 존재하지 않는 것이 아니다. 그러한 세상에 대하여 우리는 얼마나 관심을 가지고 있을까? 그러한 세상이 진정으로 우리에게 더 많은 평안과 안식을 준다면 우리가 지금 살아가고 있는 보이는 세상이 어느 정도의 의미가 있는 것일까?

"낡은 것들이 나를 둘러싸고 있는 한, 참된 의미에서 새롭거나 더 나은 삶을 산다고 할 수 없습니다."

삶은 새로운 것을 찾아가는 과정이라 생각된다. 나만의 "신세계"를 찾아 떠날 수 있는 용기가 필요하다. 그것이 바로 구도자의 길이다. 신학이나 종교에 몸담고 있지 않더라도 우리는 우리만의 내면의 신세계를 찾아 나 자신이 스스로 나를 위한 구도자가 될 필요가 있다. 그 신세계는 어떤 분야이건 어떤 형태건 상관없다. 중요한 것은 옛것에 파묻혀 관습이나 습관에 얽매이지 않고 나만의 세계를 찾아가는 것이 어쩌면 한번밖에 주어지지 않는 우리의 삶에 대해 어느 정도 스스로 보답하는 것이 아닐까 싶다.

"우리는 현재의 삶을 기초로 그 위에다 진정한 삶을 세울 수 있을 것처럼 막연히 이야기하곤 합니다. 지빠귀 새가 뻐꾸기알 사이에서 자신의 알을 골라 부화시키듯이, 만일 우리가 낡은 것들에 대한 애정과 온기를 차단하고 그것을 썩혀 버릴 수만 있다면 그 일이 가능할 것입니다. 하지만 실제로는 우리는 둘 다를 품고 있는 것이며, 뻐꾸기들은 언제나 하루 먼저 부화해 어린 지빠귀들을 둥지 밖으로 내몹니다. 따라서 그것은 불가능한 일입니다. 뻐꾸기 알을 없애거나 새 둥지를 만들어야만 합니다."

낡은 것들은 나의 발전에 장애가 될 뿐이다. 나의 낡은 사고방식, 나의 낡은 습관, 나의 낡은 편견과 선입견은 현재 내가 있는 둥지에서 밀어내야 한다. 우리 내면에는 커다란 잠재력이 있는지도 모른다. 그것이 무엇인지도 그리고 어느 정도인지도 모른 채 이생을 마쳐야 한다면 너무 억울하지 않을까? 새로운 둥지를 틀어 새로운 삶을 지향해야 하는 것은 어쩌면 당연한 것인지도 모른다.

"인간들은 사물이나 현상을 정확하게 바라보지 못합니다. 어떤 일이 이루어지지 않는 것도 그 때문입니다. 자신의 경험을 냉정하게 관찰하고, 그것에 대해 있는 그대로 말할 수 있는 사람은 많지 않습니다. 자신이 믿는 올바른 삶을 추구하고, 그것에 다가설 수 있도록 끊임없이 노력하십시오."

사람들은 자신의 판단이나 생각이 항상 옳다고 착각을 많이 한다.

객관적으로 판단하지 못하는 이상 우리는 우리의 새로운 세계를 만들어 가기에 너무나 부족할 뿐이다. 가장 중요한 것은 내 자신을 객관적으로 정확히 알아야 한다. 먼저 내가 정확한 안목과 시야를 가지고 있는지가 중요하다. 나라는 사람이 혹시 편견이나 선입견으로 내가 가지고 있는 극히 작은 일부분으로 모든 것을 판단하는 주체는 아닌지 우선 살펴볼 필요가 있다. 올바른 판단과 객관적 생각을 할 수 있는 내 자신이 되려 노력한 후 다른 사람이나 세상을 바라보는 훈련을 할 필요가 있다. 내가 가지고 있는 삐뚤어진 시각으로 세상을 본다면 세상 자체를 정확히 볼 수 없을 뿐만 아니라 새로운 세계를 만들어 간다는 것 자체가 의미가 없다.

"변화는 변화입니다. 새 생명이 낡은 육체에 들어가는 법은 없습니다. 낡은 육체는 부패합니다. 새 생명은 태어나고, 성장하고, 꽃을 피웁니다. 사람들은 매우 감상적으로 낡은 것을 받아들이고 몸에 걸칩니다."

변하지 않고 발전하지 않는 나는 나의 신세계를 만들어내지 못한다. 새로움은 탈피다. 내 자신을 버려 낡은 나 자신으로부터 탈피해야 한다. 과감히 잘못된 나를 버리고 새로운 향내 나는 나의 모습으로 변해야 한다. 삶은 양이 아닌 질이다. 아무리 많이 가지고 있어도 누리지 못하는 한 의미가 없다. 어차피 섞어 버릴 것이기 때문이다.

나 자신이 나의 구도자가 되어 새로운 나를 찾아 그 길을 가다 보면 언젠가 나만의 신세계가 기다리고 있지 않을까? 그곳에서는 나는 나의 존재를 느끼며 내가 살아있음을 만끽하고 나에게 주어진 나의 삶을 향유하는 그런 시간들이 기다리고 있는지도 모른다. 그것이면 나의 삶은 충분하지 않을까?

79.

삶의 끝에서

우리들은 삶이 영원할 것이라 생각하는 경우가 많다. 우리가 가지고 있는 다른 사람에 대한 미움과 삶에 대한 절망이나 근심도 우리가 아직까지는 오래 살 것 같다는 생각을 전제로 한다. 만약 우리에게 주어진 시간이 오늘밖에 없다면 그러한 삶의 부정적인 것들이 의미가 있을까? 남을 미워할 시간도, 인생을 후회할 시간도 남아 있지 않다면 우리는 무엇을 해야 하는 것일까? 삶의 끝에 서 본다면 나에게 가장 중요한 것은 어떤 것일까? 내가 미련 없이 이 세상을 떠나려면 최소한 어떠한 일들을 해야 할까?

정재영의 〈삶의 끝에서 비로소 깨닫게 되는 것들〉은 삶을 마쳐가거나 죽음의 문턱에 다다른 이들의 경험을 이야기한다. 다시 돌아오지 못할 이 세상을 끝내는 시점에서 그들이 느꼈던 점들은 무엇일까?

"제발 인생을 즐기세요. 인생을 받아들이고 두 손으로 꽉 잡아요. 인생 일분일초의 가치를 믿으세요. 사랑하는 사람을 껴안아 주세요. 그런데 그 사람이 당신을 안아주지 않으면 어떻게 해야 할까요? 다른 사람을 만나면 돼요. 사랑을 주기만 해서는 안 돼요. 받기도 해야 합니다. 부족한 사랑에 절대 만족하지 마세요. 그리고 즐길 수 있는 일을 찾되 일의 노예는 되지 말아요."

우리는 살아가면서 가장 가까운 사람에게 상처를 주고 상처를 받는다. 어찌 보면 사랑할 시간도 부족한데 미워하고 싸우기만 하면서 시간을 보낸다. 그러다 그 사람이 갑자기 이 세상을 떠나거나 헤어지고 나면 지나간 시간들이 생각이 나서 후회하는 경우가 허다하다. 그 사람에게 조금 잘해 주지 못한 것, 그렇게 하지 않았어도 되는데 나의 욕심과 나의 자존심 때문에 너무 많은 상처를 주고 그 사람을 보낸 것 때문에 속상해한다. 하지만 중요한 것은 그 사람은 다시 돌아오지 않는다.

또 중요한 것은 나를 좋아해 주는 사람과 많은 시간을 보내야 한다. 나도 사랑받으며 이 세상을 살아가는 게 중요하기 때문이다. 나를 생각해 주고, 나의 존재를 인정해 주는 사람과 많은 시간을 보낼 필요가 있다. 사랑은 상대적이지만 상호작용적이다. 그것이 부족할 때 우리의 삶과 영혼은 피폐해질 수밖에 없다.

"아름다운 삶도 공짜로 주어지지 않는다. 무지개처럼 아름답고 예쁜 것이 저절로 우리를 찾아오지 않는다. 어딘가에 숨어 있게 마련이니 적극적으로 찾아내야 한다. 어떤 게 있을까? 가령 엄마의 얼굴, 강아지의 눈망울, 연인의 미소는 유심히 바라봐야 더욱 감동적이다. 살찐 남편이나 중년 아내에게도 아름다움이 숨어 있다. 그것을 찾아내서 인정해줘야 내 삶이 아름다워진다."

스스로 아름다운 삶을 긍정적이면서도 적극적으로 살아가야 할 필요가 있다. 나의 인생은 결국 나에 의해 결정된다. 다른 사람은 나의 삶에 그다지 관심이 없다. 결국 나의 삶은 내 자신에 의해 꾸며질 수밖에 없다. 이왕이면 아름답고, 의미 있는 순간들로 가득 찬 생을 살아낼 필요가 있지 않을까?

"죽음을 맞는 사람들은 운명을 받아들이면서 정신이 훌륭한 사람으로 성장한다. 시한부 삶을 사는 사람들은 행복의 밀도가 높다. 우리는 그들의 현명함을 본받아야 한다. 일의 노예가 되지 말아야 한다. 사랑을 주지 않는 사람에게 매달리는 바보 같은 짓으로 시간을 낭비하는 것도 해롭다. 언제나 신나게 춤추고 웃으며 살려고 애써야 한다. 매드슨은 작은 문제에 집착하지 않는 것이 행복의 비결이라고 했다. 또 하고 싶은 일이나 말을 참지 말라고 했다. 그래야 세계 여행처럼 신나는 인생이 시작된다."

우리가 우리에게 주어진 시간이 그리 많지 않다는 것을 항상 염두에 두고 살아간다면 의미 있는 순간의 지속적인 삶을 살아갈 수 있지 않을까? 그런 삶이 최선의 삶이 아닐까 싶다.

지나고 나면 별것도 아닌 것에 연연해하지 말고, 즐겁고 기쁘게 우리들의 시간들을 보내야 할 필요가 있다. 고민한다고 해서 우리에게 주어진 문제가 해결되는 것도 아니고, 우울하고 심각하게 생각한다고 해서 우리들의 삶이 나아지는 것도 아니다. 그저 주어진 것에 만족하며 오늘 하루를 즐겁고 재미나게 살아가는 방법을 배울 필요가 있다.

"사람들은 원하는 삶을 살지 않은 걸 후회했다. 생각보다 많은 사람이 자기가 아니라 남을 위해 산다. 주변 사람의 기대를 충족시켜 그들을 웃게 만들려고 인생을 낭비하는 것이다."

내가 가장 원하는 것은 무엇일까? 나에게 주어진 시간에 내가 정말 해보고 싶은 것이 무엇인지 그것만이라도 하면 이 생을 살았다는 것에 후회하지 않을 것 같은 것을 꼭 해볼 필요가 있지 않을까? 만약 내가 이 세상을 떠나갈 때 정말 하고 싶었던 것을 못 해보고 간다면 그것만큼 슬픈 일은 없을 것이다. 다른 사람을 위한 삶도 중요하지만, 자신을 사랑하지 못하는 사람이 어떻게 다른 사람을 위해 사는 것이라 말할 수 있을까? 나를 제일 사랑해 주어야 할 사람은 다른 사람이 아닌 나 자신이다. 나를 사랑하고 나서 다른 사람을 사랑할 필요가 있다. 정말 내가 원하며 진정으로 하고 싶었던 것을 더 시간이 지나가기 전에 오늘 당장이라도 해야 하지 않을까?

"사람들은 일을 너무 열심히 한 것도 후회한다. 브로니 웨어가 간호했던 많은 남성이 그런 후회를 했다. 일하느라고 바빠서 자녀와 시간을 보내지 못했다는 사람들이 많았다. 자녀와 아내의 마음을 차분히 읽을 시간도 없었다. 사회적 성공을 거뒀으니 겉은 화려할지 모르지만 속은 공허하다."

앞만 보고 달리다 보면 나중에 언젠간 후회할 가능성이 많다. 정말 열심히 살았는데 갑자기 나에게 주어진 시간이 얼마 남아 있지 않다면 내가 그동안 열심히 살았던 이유는 결국 죽기 위한 것일 뿐이라는 것밖에 안 된다. 앞만 바라보고 너무 열심히 살지 말고 옆도 보고 뒤도 돌아보면서 말의 뉘앙스가 좀 이상하기는 하지만 대충 살아가야 할 필요가 있다.

"사람들은 죽을 때가 돼서야 행복이 선택의 문제라는 걸 깨닫는다. 행복은 내 의지로 선택하는 것이다. 나를 행복하게 할 사람을 만나고, 행복한 일을 하고, 행복한 태도를 골라서 선택해야 내가 행복해진다. 반대로 해로운 사람에게 오래 붙어 있으면 자연히 불행해진다. 사람들은 행복을 적극적으로 선택하지 않은 걸 인생 최후의 순간에 안타까워한다."

행복은 주어지는 것이 아니라 나의 마음에 의해 결정될 수 있다. 어떤 일이 일어나도 내가 지금 가지고 있는 것에 스스로 만족할 수 있다면 그것으로 충분히 행복할 수 있다. 행복을 느낄 수 있는 나만의 비법을 생각하고 스스로 행복할 수 있는 연습을 할 필요가 있다. 힘든 일이 있어도 마음 상하는 일이 나에게 일어나도 내가 그것에 연연해하지 않고 행복하려는 훈련이 되어 있다면 큰 문제가 되지 않는다. 운동이나 공부만 훈련이 필요한 것이 아니라 나의 마음도 훈련과 연습이 필요하다. 어떤 일이 나에게 일어난다고 하더라도 행복할 수 있는 마음의 연습이 되어 있다면 그러한 일은 나의 인생에 아무것도 안 된다.

우리에게 주어진 시간이 얼마가 남아 있는지는 모르지만, 마음속에 삶의 끝에 서 있다는 생각을 하고 있다면 우리의 삶은 지금보다 더 아름다운 삶을 살아갈 수 있을 것임은 너무나 확실하다.

80

꽃처럼 웃자

언젠가부터 꽃을 바라보기 시작했다. 아파트 단지 내에 있는 꽃도 지나가다 한 번씩 보고, 길에 가다가 심어진 꽃을 보기도 했다. 나는 예전에 꽃의 존재를 몰랐다. 있어도 나의 눈에 들어오지 않았다. 나의 마음의 눈에 꽃이 보인 것 그리 오래되지 않는다.

언제 어느 곳에서나 꽃을 바라보아도 그 꽃이 어떤 꽃이건 상관없이 싫지가 않다. 꽃은 변함없이 나를 향해 웃고 있는 것 같다. 나에게 싫은 표정 하나 없이 그 자리에서 꽃을 바라보는 나를 향해 항상 웃고 있다.

꽃도 피기 위해서는 많은 것이 필요했으리라. 하지만 일 년 중 꽃이 피는 시기는 정해져 있고, 그 기간도 아주 짧은 편이다. 활짝 나에게 웃음을 안겨주고 어느덧 시간이 지나면 시들어 버리고 만다. 힘들게 피었건만 오래가지 못한 채 생을 마감한다. 그렇게 힘들게 피었건만 왜 그리 짧은 시간만 존재하고 마는 것일까? 나에게 함박웃음 안겨주고 자신은 그리도 빨리 사라지고 마는 것에 마음이 아플 뿐이다. 꽃도 그 짧은 시간 존재하기 위해 많은 일들이 있었을 것이고, 잠시 피었다가 사라지지만 피어 있는 동안은 웃고만 있다. 그래서 내가 언젠가부터 꽃이 좋아지기 시작했는가 보다.

정목 스님의 책 〈꽃도 꽃피우기 위해 애를 쓴다〉는 스님의 따스한 마음이 한가득 담긴 수필집이다. 한 문장씩 꼼꼼히 읽을 때마다 내 마음이 밝아옴을 느꼈다.

"그러나 햇빛을 향해 두 팔 뻗으며 활짝 웃음 짓는 사람은 곧고 아름다운 모습으로 성장하는 소나무처럼 좋은 에너지를 전달하며 주변에 있는 모든 사람을 행복하게 만듭니다."

예전에 나는 잘 웃지 않았다. 웃을 수 있는 일도 없었고, 그럴 시간도 없었다. 햇빛을 바라볼 시간도 하늘에 떠가는 구름을 볼 시간도 없었다. 내가 웃지 않기에 나의 주위에 있는 사람들에게 웃음을 선사하지 못했다. 그게 가슴이 아프다. 나는 왜 나의 주위 사람들에게 웃음을 선사하지 못했을까? 나는 왜 살아오면서 그리 많이 웃지 않았을까?

"지금 문제라고 생각하는 것들이 사실은 문제가 아닐 수도 있다는 사실을 알아차리기만 해도 우리는 한 걸음 더 앞으로 나아갈 수 있습니다. 진짜 더 큰 문제는 문제에 대한 우리의 편견과 그것에 대한 부정적인 인식입니다. 왜 우리는 이 세계에 사는 짧은 순간들을 이런저런 문제에 시달리며 살아가는 걸까요?"

문제는 문제라고 생각하기에 문제일 수밖에 없다. 그것이 문제라고 인식하지 않으면 아무것도 아니다. 어쩌면 아무것도 아닌 것을 문제라고 생각한 것이 문제였다. 별것도 아닌 것을 가지고 왜 그리 고민하고 근심을 하며 걱정으로 밤잠도 이루지 못했던 것일까? 나의 주위에 일어나는 일들을 다 문제라고 생각하니 나는 웃을 수 없었다. 괜히 심각하게 고민하고 안달하며 조급해하다 보니 그것이 아예 습관이되어서 문제가 아닌 것도 문제로 인식했던 것이다. 그것이 나의 웃음을 빼앗가 가 버리고 말았다.

"스스로를 고통스럽게 만드는 수많은 반응들을 내려놓고, 일어나는 모든 것을 있는 그대로 다 받아들여 보세요. 밉다, 보기 싫다, 힘들다 생각되는 그 모든 것들에 대해 아무런 해석을 하지 말고 끌어안아 보세요."

많은 것을 받아들이지 못했기에 그러한 것들이 고통으로 다가왔다. 그냥 받아들였으면 아무런 고통이나 아픔이 아니었던 것을 나의 기준에 맞지 않다고 생각하기에 그 아무것도 아닌 것들에 의해 나의 마음이 무겁고 힘겨워졌던 것이다. 그냥 그러려니 해 버리면 그동안 겪었던 고통이나 어려움들이 전부 아무것도 아니었을 텐데 나는 왜 그리도 그 많은 것들을 내 자신의 울타리 안에서 해결하려 했던 것일까? 나의 마음이 더 넓었더라면 그러한 것들이 다 그냥 지나갈 수 있었을 것을 그러지 못했기에 나는 웃지 못했던 것 같다.

"상대방에 대한 깊은 이해 없이 자신의 기준으로 그 사람을 재어 보고 판단하는 습관을 끊어버릴 때 비로소 상대의 내면에 웅크린 채 떨고 있는 외로운 영혼을 알아볼 수 있게 됩니다."

모든 사람들은 어쩌면 전부 외로운지 모른다. 그들의 외로움을 볼 수 있는 나의 영혼의 눈이 없었기에 나는 그들을 나의 기준으로만 판단해 버려 그들에게 웃음을 주지 못했던 것이다. 나의 기준이 옳지 않았을 텐데 나는 왜 그다지도 나의 기준을 고집했던 것일까? 이해하려는 노력도 하지 못했고, 받아들이지도 못하니 나의 미소가 사라졌던 것이다. 아주 어릴 때를 생각해 보면 나도 많이 웃고 지냈던 것 같다. 하지만 어느 순간부터 나에게 아픔을 주는 사람들이 생겼고, 그들이 무서웠고 가까이할 수가 없었기에 나도 모르는 사이에 나만의 방어벽이 생겨버려 그로 인해 나의 웃음이 사라져 갔던 것 같다. 그러한 방어벽이 나의 얼굴에서 모든 웃음을 다 빼앗아 가버린 것 같기도 하다. 그로 인해 나의 영혼의 눈이 어두워지기 시작했고, 그래서 나의 기준이 확고해졌는지 모른다. 하지만 이제는 나의 영혼의 눈을 다시 떠야 할 때가 되었고, 나의 기준이 아예 없애 버려야 할 때가 왔다.

"웃어야 합니다. 웃고 미소 짓는 그 행위는 자신에게 닥치는 인생의 모든 것을 축복처럼 즐길 수 있는 힘을 키워줍니다. 운동으로 근육이 단련되듯이 편안하고 고요한 호흡과 웃음은 유약한 마음을 넉넉하고 고요한 호흡을 하며 삶에 다시 물을 부어주세요. 그러는 동안 슬며시 웃음이 찾아오도록 마음을 느슨하고 낙천적으로 풀어놓아 주세요. 많이 웃고 미소 짓는 동안 우리는 행복과 하나가 됩니다."

이제는 예쁜 꽃처럼 웃으려 한다. 나에게 어떤 일이 다가와도 꽃들이 그러는 것처럼 그냥 웃으려 한다. 그러한 웃음이 나에게 행복을 준다는 것을 이제는 안다. 내가 웃어야 나의 주위 사람들도 웃을 수 있다. 일 년 중 그 많은 수고를 하고 난 후 단 며칠 동안만 피는 꽃들도 그냥 그렇게 웃고 지는데, 내가 왜 그것을 못 하겠는가?

지금 생각해 보면 나를 웃을 수 있도록 해주신 사람들이 많지는 않지만 여러 명 있었던 것 같다. 그들은 꽃과 같은 분들이다. 그리고 정말 고마움을 느낀다. 나도 이제 그런 분들에게 웃음을 선사하려 한다. 그것이 나의 행복이고 그분들에게도 행복이 되길 바란다. 이제 나는 꽃처럼 웃을 것이다.

행복한 책읽기 (정태성 수필집)

초판 발행 2021년 8월 15일

지은이   정태성
펴낸이   정주택
펴낸곳   도서출판 코스모스
등록번호 414-94-09586
주소 충북 청주시 서원구 신율로 13
전화 043-234-7027
팩스 050-7535-7027

ISBN 979-11-967990-8-3

값 12,000원